# 혈리표

血劕豹

# 혈리표 4

이영석 新무협 판타지 소설

초판 1쇄 찍은 날 § 2004년 1월 29일
초판 1쇄 펴낸 날 § 2004년 2월 9일

지은이 § 이영석
펴낸이 § 서경석

편집장 § 문혜영
편집 § 장상수 · 권민정 · 유경화
마케팅 § 정필 · 강양원 · 이선구 · 김규진 · 홍현경

펴낸곳 § 도서출판 청어람
등록번호 § 제1081-1-89호
등록일자 § 1999. 5. 31
어람번호 § 제2-0326호

주소 § 경기도 부천시 원미구 심곡1동 350-1 남성B/D 3F (우) 420-011
전화 § 032-656-4452  팩스 § 032-656-4453
http://www.chungeoram.com
E-mail § eoram99@chol.com

ⓒ 이영석, 2003

값 8,000원

ISBN 89-5505-981-7 04810
ISBN 89-5505-850-0 (SET)

이영석 신무협 판타지 소설

血狸豹

# 혈리표

**4**

슬픈 노래

도서출판
청어람

10장 추적(追跡)

추적(追跡) 1

　폐허가 된 금검장엔 대낮인데도 귀기(鬼氣)가 감돌았다. 무너진 벽돌 담장과 깨진 기왓장의 위로는 잡초가 쑥대처럼 무성했다. 간신히 절반의 형체를 지탱하고 있는 내원 전각의 두 개뿐인 기둥은 오히려 더 흉물스러웠다. 그 위로 여름에 젖은 태양이 뜨겁게 내리비췄다.

　세철은 천천히 바라보았다. 하나도 놓치지 않겠다는 신념으로 눈에 넣고 또 넣었다. 죽은 자들의 원혼이 보이는 것 같았다. 갈라지고 찢어진 그들의 흐린 몸통이 눈앞에 떠다니는 것 같았다. 사람들의 처절한 비명이 귓가에 때려 울리는 것만 같았다.

　머리가 어지러웠다. 귓속의 이명(耳鳴)도 점점 더 심해져 갔다. 들어서기 전부터 미약한 열기를 보이던 오른 가슴과 어깨의 상처는 후끈한 열기로 점점 달아올랐다. 벌써 십오 년이 흘렀건만, 그어버린 놈의 흔적을 본 몸이 몸살처럼 반응하고 있는 것이다. 손끝이 떨리고 이마로

식은땀이 흘러내렸다.

달[月]이 바뀌어서야 도착한 땅이다. 예상대로 모든 것이 사멸된 죽음의 집터. 온전히 남아 있는 것이 아무것도 없는, 순연한 지옥의 흔적이었다. 그곳에 놈의 자취가 자욱했다. 마치 냄새로라도 맡아질 것처럼 진하게 코끝에서 후끈거렸다. 이곳에 놈이… 바로 그놈이 있었던 것이다.

세철은 큰 숨을 들이쉬며 떨리는 몸을 한 걸음 더 내디뎠다. 달포도 전에 떠나온 숭산으로부터 이곳 산서성의 북단인 정평(井坪)까지 오는 길은 메마른 갈증의 길이었다. 북서로부터 불어오는 저 멀리 사막의 더운 바람은 온몸에 진득하게 달라붙어 기운을 뺏어갔고, 쉬지 않고 달려온 천 리 길의 여정은 더워진 날씨만큼이나 힘에 겨웠다. 하지만 그 끝에 본 참혹의 현장은 가슴마저 무너지게 만들었다.

"제기랄, 기왓장 하나 제대로 남아 있는 게 없구만."

잔뜩 찌푸려진 미간으로 둘러보던 언두수가 그답지 않게 조용한 목소리로 뇌까렸다.

"이건 생각했던 것 이상이로군 그래."

부춘호도 무겁게 말을 꺼냈다.

"아직도… 냄새가 납니다."

거뭇한 핏자국이 보이는 땅바닥을 내려다보며 하남이 발을 멈춰 세웠다. 천천히 폐허 속으로 진입하던 일행의 눈이 하남에게로 돌아갔다.

그랬다. 냄새가 났다. 죽은 자들의 냄새가. 아니, 더 정확히 말하면 죽은 자들이 떨어낸 부스러기들이 썩어가는 냄새였다. 시체는 어디에도 없다. 하지만 거기서 떨어지고 흘려낸 것들이 부패하는 냄새가 바람에 풍겨 날랐다. 지독한 내음이었다.

"무덤을 찾아."

찬물을 끼얹듯 정곽이 말을 던졌다. 무슨 소리인가 언두수 등이 돌아다 볼 때, 칼날 같은 눈으로 사방을 둘러보던 그의 눈이 한곳에서 멈췄다. 모두가 알 수 있었다. 정곽이 말했던 것이 눈앞에 보였기 때문이었다.

금검가총(金劍家塚).

한 길이 넘는 목비(木碑)에 쓰인 네 글자가 커다랗게 눈에 들어왔다. 기둥만 남은 내원의 우측 편 무너진 담장 뒤로 후원의 한가운데 우뚝 서 있는 그것은, 죽은 자들을 수습한 산 자들이 남겨놓은 위령과 경계의 표식이었다. 아마도 태원표국이리라.

모두의 눈에 목비가 세워진 뒤로 땅을 뒤엎어 올린 흔적이 거북등처럼 솟아 있는 것이 보였다. 둥그렇고 커다랗게 모양을 진 그것은 작은 동산만했다. 하지만 높이는 높지 않았다. 둥그스름하고 평평하게 돌아간 높이가 가슴께에 불과했다. 그리고 온통 파랬다.

"허, 풀이 귀신처럼 자랐구먼."

무성한 풀을 보며 부춘호가 탄식처럼 말했다. 그의 말처럼 봉분에도, 그 곁을 둘러 나간 폐허의 집터 전부에도 풀은 온통 제 세상이었다.

"뭐야? 죽은 사람들을 한군데 다 묻어버린 모양이네?"

목비 옆의 풀을 쓰다듬다 한 움큼 쥐어뜯은 언두수가 말했다. 그 입은 또 다른 의문도 내뱄다.

"태원표국의 손길 같은데, 이거 제 딸의 시댁 사람들을 너무 소홀히

한 것 아니야?"

"임시 가묘로군."

하남이 대답을 내놨다.

"임시라고?"

되물으며 하남의 반듯한 얼굴을 보던 언두수의 시선이 목비의 아랫부분으로 향하고 있는 그의 시선을 따라 눈길을 돌렸다. 내려간 눈길이 가 닿는 곳에 풀잎에 가려진 글자들이 듬성듬성 눈에 보였다.

금검장주(金劍莊主) 금응검(金鷹劍) 유기현과 그 아들 유범수, 그리고 장의 일백일흔여덟의 식솔들이 모두 이곳에 묻히었다. 때가 이르면, 비명에 죽어간 이들의 안식을 다시 도모할 것이로되, 원수의 피를 뿌리는 그날까지 절통한 염(念)을 모아 한곳에 합장한다. 이제 이곳은 사자(死者)들의 땅이 되었으며, 뜻을 알리는 목비의 글자가 흐려지는 그날이 오기 전까지 원수의 목을 베어 그 피를 이 땅 위에 뿌리리라.

검게 파여 새겨진 글귀 하나하나에 감당 못할 원한이 서린 듯했다. 이것은 복수에 대한 결의였고 다짐이었다. 그 결의가 이루어지는 날까지 이들은 이렇게 한자리에 누워 산 자들에게 원념(怨念)을 주며 흩어지지 못할 것이다.

웃자란 풀을 헤치고 글귀를 읽어 내려가던 언두수가 탄식처럼 입을 열었다.

"그렇네… 복수를 이루기 전까진 이대로 놔두겠다는 소리 같은데, 그렇지만 이거 왠지……."

"무덤을 파."

　연민스럽게 내려다보던 언두수의 귓가에 간단한 말소리가 들렸다. 반응은 바로 나오지 않았다.

　"에… 무덤을… 엣! 뭐라구요?"

　중간을 끼어든 정곽의 감정없는 목소리가 무얼 말하는지 뒤늦게 파악한 언두수가 새된 목청을 높였다. 말은 안 했지만 같은 얼굴로 쳐다보긴 하남과 부춘호도 마찬가지고, 세철마저도 굵은 눈빛을 정곽에게로 고정시켰다.

　정곽은 다시 말했다.

　"시간이 없어. 어둡기 전에 일을 마쳐야 해."

　말을 던지고 돌아선 정곽은 폐허가 된 금검장의 구석구석을 돌며 바닥을 헤집었다. 일행들의 시선이 아직도 그의 뒷모습을 보며 허망스럽게 헤매일 때, 다시 돌아온 그의 손에는 땅을 파냄 직한 연장 몇 개가 들려 있었다. 그는 가타부타 말도 없이 봉분을 파내기 시작했다.


　땅거미가 깔리는 폐허의 금검장을 뒤로하고 밤길을 걸어 도착한 삭주(朔州) 인근의 소읍에 들어서서야 일행은 숨을 틔웠다. 뭐가 그리 급했는지 무작정 주가(酒家)를 찾아들어 화주부터 들이킨 언두수의 얼굴은 쓰디쓴 찡그림이 가시질 않았다. 술잔을 들이키고 내리면서는 독배를 마시는 것처럼 진저리를 쳐댔고, 안주를 취할 사이도 없이 다음 잔을 거푸 들이켰다. 그러나 그보다도 더욱 이상한 것은 하남이었다.

　반듯한 얼굴에 온통 파릇하게 날 돋은 인상을 만든 하남은 잔도 없이 병을 쥐고 술을 마셨다. 언두수와 달리 표정도 바꾸지 않았고, 시선은 탁자 위에 놓인 편육 안주에 고정시킨 채 움직이지 않았다. 하지만 미동없는 눈은 그것이 아닌 다른 것을 보고 있는 듯 보였다.

두 사람의 표정을 살피며 손가락으로 양쪽 관자놀이를 문지르던 부춘호는 한숨을 내쉬었다. 그 표정은 두 사람의 행동이 무엇으로 인해 저러한지를 알고 있는 듯했다. 그러나 그조차도 인상을 찡그리기는 마찬가지였고, 무엇인가 자꾸만 떠오르는 것을 떨쳐 내려는 듯 머리만 흔들었다.

모두가 제각기의 행동에 취해 있을 때, 언제나 한결같은 표정과 자세로 앉아 있던 세철이 제 잔에 술을 따랐다. 천천히 술잔을 들어 목으로 넘긴 세철은 일행들의 일그러진 얼굴에서 보여지는 죽은 자들의 썩은 숨결을 맡으며 숨을 내쉬었다.

모두들 처음 보았으리라. 무덤을 열어젖혔을 때 맡아지던 후끈한 열기 어린 가공할 악취보다도, 그 속에서 거의 다 썩어버린 수많은 시체들의 조각조각이 어떤 말을 하고 있는지를 알았으리라. 말로는 다 이르지 못할 그 수많은 원한의 응어리들을.

비워 버린 잔에 다시 술을 따른 세철은 문득, 자신을 둘러싸고 있는 이 밤의 주가와 같이 탁자를 마주 앉은 네 사람의 면면들, 그리고 빈 잔에 술을 채워 넣는 자신의 모습이 생경하고 이질스럽게 느껴졌다. 자신이 왜 지금 이 시간 이 자리에 앉아 있는 것인지, 저들과는 어째서 함께하고 있는 것인지, 또다시 알 수 없고 혼란스럽기만 했다.

이제 와서는 부질없는 생각이란 것을 알지만, 자신에게 일방적인 호의를 보이고 있는 저 사람들의 심리를 세철은 이해할 것도 같았고, 또한 이해가 되지 않았다. 심상히 여기려 해도 부담스러운 것 또한 어쩔 수가 없었다. 자신을 도우려는 저들의 일은 그저 어릴 때 헤어진 동리 사람을 찾는 것이 아닌, 목숨을 걸고 도모해야 할 위험천만한 일인 것이다. 그 뚜렷한 증거를 오늘 이들은 눈으로 확인하였다.

하지만 그렇다고 해도 저들이 변하지 않을 것이란 걸 세철은 알고 있다. 그 참혹하고 끔찍하며 욕지기가 치미는 시체 더미를 헤치는 저들의 눈에 어린 것은 두려움이나 저어함이 아닌 순연한 분노였다. 그것이 눈으로부터 시작해 전신으로 피어 나왔다. 그리고 그러한 분노가 어떻게 작용하리란 것 또한 세철 자신이 누구보다도 잘 알고 있었다.

위험한 일이다. 저들의 정의롭고 순수한 마음을 십분 헤아리지만, 그런 것만으로 부딪치기에는 너무도 위험한 일인 것이다. 때가 되면 저들을 위험으로부터 떨어뜨려야 한다. 그것이 자신에게 호의를 준 저들에 대한 보답이며, 그래야만 세철 자신의 일 또한 마무리가 될 것이다. 이것은 누구에게도 기댈 수 없고 그래서도 안 되는 오직 그만의 일인 것이다.

빈 잔에 채워져 찰랑이는 술잔을 내려다보며 생각을 일으키던 세철이 잔을 두 번째로 들어 올렸다. 곧바로 입가에서 꺾어진 술잔이 다시 내려오고 화끈한 느낌이 식도를 타고 가슴을 지나갔다. 그리고 그때 정곽이 입을 열었다.

"놈은 혈리표 외에 도(刀)를 쓴다."

세철의 눈이 정곽에게로 돌아갔다. 나머지 세 사람의 눈도 함께였다.

"어릴 적 보았을 때, 그놈이 칼을 차고 있었다 했지?"

시선을 고정시킨 세철이 고개를 끄덕였다.

"놈은 비단 칼을 쓸 뿐만 아니라 대단한 고수다."

이어진 말에 일행들이 눈을 끔벅거렸다. 그리고 언두수가 말문을 틔웠다.

"고수라고요? 그 말은, 놈이 혈리표가 없어도 상대하기 힘든 초절정의… 뭐, 대충 그런 거란 말씀이오?"

얼굴을 들이대며 묻는 언두수의 얼굴을 보던 하남과 부춘호는 다시 정곽에게로 시선을 맞췄다. 그리고 그건 세철도 마찬가지였다.

"자세히 말해 주겠소?"

세철의 물음에 가만히 탁자 위에 올린 자신의 유엽도를 바라보던 정곽이 도병(刀柄)을 붙잡았다. 짐작 못할 행동에 무슨 일인가 하고 모두가 쳐다보았다. 그 속에서 날씬하고 부드러운 칼날이 천천히 뽑혀 나왔다.

스르르릉.

은빛의 낭창이는 칼날이 불빛 속에 어른거리며 시선을 사로잡았다. 그리고 그때, 정곽의 손에 잡힌 유엽도가 탁자 위를 갈랐다.

스핑!

한순간 은빛 전광이 번뜩인 순간, 칼날은 언제 제 속살을 보였냐는 듯이 도갑 속에 잠겨 들어갔다.

탁! 하는 소리와 함께 칼날 잠기는 소리가 모두의 정신을 다시 깨웠을 때, 탁자 중앙에 놓였던 주병 하나가 반절로 벌어지며 바닥에 자빠졌다. 무너진 둑의 물처럼 좌악 퍼진 술이 탁자를 적셨다. 그렇게 갈라진 주병과 정곽의 얼굴을 번갈아 보던 언두수가 다시 입을 벌렸다.

"이게 뭐……."

"잘린 단면을 봐."

곧바로 나온 정곽의 목소리에 언두수는 말을 삼켰다. 손은 그의 말처럼 주춤주춤 술병을 집어 들었고, 매끈하게 잘라진 단면에 눈길을 모았다.

정곽이 다시 말을 이었다.

　"칼을 씀이 일정한 경지에 이른 자라면, 누구라도 술병을 잘라 그처럼 고운 단면을 만들 수 있다. 그것은 사람을 벰에 있어도 마찬가지. 잘라진 뼈의 단면도 그와 같을 수 있지."

　말하는 정곽과 손에 쥔 주병의 반 조각을 번갈아 보던 언두수는 옆에서 시선을 주고 있는 하남과 부춘호를 돌아보며 동조의 눈빛을 모았다. 그 눈빛을 뭉쳐서 다시 정곽에게 물었다.

　"선배의 그 말은… 오늘 본 것 중에서 뭔가… 이상한 점이 있다는 말씀입니까?"

　일행의 눈길을 한데 받는 정곽은 세철의 눈으로 시선을 맞췄다. 검고 깊은 그 눈을 보며 그는 자신이 아는 바를 이야기하기 시작했다.

　"금웅검 유기현은 검의 고수다. 그의 집안 대대로 내려오는 금검술(金劍術)은 무림의 일절이지. 그런 그가 두개골이 잘려 죽었다. 그런데 그게 혈리표에 잘린 것이 아니라는 거다."

　뜻밖의 소리에 언두수가 어벙한 얼굴을 만들었다. 물음은 바로 나왔다.

　"무슨 소리요? 그러면 유기현이 혈리표에 당한 것이 아니고, 자신의 검을 들고 싸우다가 상대의 다른 무기에, 즉 칼에 당했다는 말씀이오?"

　물어온 건 부춘호였다. 그렇게 바로 되묻는 부춘호의 질문에 정곽은 시선을 돌려 응시하며 다시 입을 열었다.

　"오늘 보아서 알겠지만, 난도질당한 것처럼 조각난 시체들의 특징은 한 가지요. 그 잘린 뼈의 단면이 예리하기는 하나, 마치 톱날로 그어낸 것 같은 물결 무늬가 있다는 거요. 그것은 예외없이 똑같았고, 죽은 자들 모두의 사체 조각에서 드러났소. 당연히 혈리표의 날에 의한 것이오만 단 하나, 금검을 가슴에 안고 맨 위에 안장된 유기현의 사체만이 그 흔적이 없었소이다."

정곽의 답변에 서로 얼굴을 돌아보던 언두수와 하남 중에, 술병을 내려놓은 하남이 말문을 열어 물었다.

"그건 무슨 얘깁니까? 분명, 금웅검 유기현의 사체도 두개골이 갈라져 있었던 것을 우리 모두 보지 않았습니까?"

"맞아, 꼭 박을 쪼개 버린 것처럼 안면 부위가 정확하게 반으로 갈라져 있더구만."

하남의 말에 언두수가 동조하고 나섰다. 정곽은 기복없는 음성으로 차분히 다시 말했다.

"분명히 두개골이 잘려져 있었다. 하지만 그 잘려 나간 단면에는 물결 무늬가 만져지지 않았어. 마치 면도(面刀)로 두부를 잘라놓은 것처럼 말끔하고 매끄러웠지. 들고 있는 그 주병의 단면처럼 말이야."

언두수는 정곽의 입을 보던 시선을 내려 제 손의 술병을 보았다. 반절로 갈라져 술이 빠진 그 단면에는 술 방울이 번져서 매끄럽게 윤을 내었다. 유등 빛에 반짝이는 그 빛을 보던 언두수는 슬며시 입을 열었다.

"그러면 그놈이 칼로……."

"금웅검 유기현은 미약하나마 검강을 구사하는 인물이라고 들었소. 그런 사람을 칼 한 자루로 해쳤다는 말이오?"

자신의 말을 자르고 나선 부춘호를 언두수가 고개 돌려 껌벅껌벅한 눈으로 바라보았다. 정곽의 음성이 다시 이어 나왔다.

"유기현의 금검엔 군데군데 이가 빠져 있었소. 노년의 그가 누군가와 검을 들고 다툴 일은 없었을 것이오. 더군다나 그렇다고 해도 자신의 애병을 손보지 않았을 리도 없소. 그렇다면 죽기 바로 전에 누군가가 그로

하여금 검을 맞대게 만들었다는 이야기요. 또한 그의 사인(死因)은, 하복부를 스치고 가슴을 그어 올라간 병기의 궤적이 아래턱을 쪼개고 머리끝으로 빠져나간 것이었소. 그것은, 누군가가 근접해서 도(刀)로 그어 올린 것이오."

정곽의 이야기에 듣고 있던 부춘호는 점점 미간의 주름을 짙게 만들어갔다. 그는 걱정스런 시선을 세철에게로 슬며시 치우치며 말했다.

"유기현 같은 고수를 단칼에 절단 낸 자라… 그런 자가 혈리표와 같은 개세의 병기를 쓴다면… 이건 생각보다도 훨씬 더 심각한 문제로군."

"아니, 그럼 그자가 삼제오신에 버금가는 무공이라도 지녔단 말입니까, 뭡니까?"

"지금 상황에선 그럴 개연성이 충분하다고 봐야겠지. 다른 사람도 아닌 금검장주와 같은 자를 일도(一刀)에 죽이는 자라면… 이미 그렇다고 봐야겠군."

선 굵은 언두수의 얼굴에 잔뜩 담긴 의문과 염려를 보면서 부춘호가 대답했다. 하지만 힘없는 그 목소리는 스스로에게 주는 자답처럼 들렸다.

부춘호의 침울하게 어그러지는 눈매를 보며 언두수는 허망한 눈길로 허공을 바라보았다. 그러나 초점없이 바라보던 그 눈이 다시 내려오더니, 술잔을 잡은 손에 들어간 힘처럼 기운찬 빛을 내보이며 말을 꺼냈다.

"그렇게 위험천만한 놈을 세상 속에 놔둔다면 정말 큰일이겠군요. 그놈을 꼭 막아야겠습니다. 무슨 일이 있어도 말입니다."

언두수의 결의가 깃든 목소리는 이제 세철의 일만이 아닌 세상의 일을 거론했다. 그 말이 무슨 소리인지, 또 말처럼 그렇게 되지 않으면 어떤 일이 벌어질 것인지, 나머지 모두는 피부의 소름처럼 확연하게 느낄 수 있었다.

모두는 잠시 동안 말이 없었다. 마치, 연못 속에 잠기는 돌처럼 침중하게 가라앉아 갔다. 그런 분위기를 슬쩍 비껴서며 세철이 나직하게 물었다.

"이제 어디로 가야 놈을 만나겠소?"

청동 가면을 씌워놓은 듯한 얼굴로 물어오는 세철에게 눈길을 맞춘 정곽은, 다시 일행 모두를 향해서 입을 벌렸다.

"이미 많은 시간과 또한 무자비한 현장의 상황으로 군이 흔적이랄 것도 없거니와 짐작들을 하였겠지만 놈은 그 옛날 태실봉의 혈사에 연루한 가문과 문파들을 대상으로 살겁을 벌일 것이 명확하네. 그 첫 번째가 이곳 산서의 금검장이었지만, 이곳엔 그 외의 대상이 더 이상 없네."

말을 잠시 멈추고 궁금한 눈으로 바라보는 언두수와 하남의 얼굴을 응시하던 정곽이 요점을 찍듯 다시 말을 이었다.

"대신, 동진(東進)을 하여 나가면 하북 땅이 지척이지. 그리고 그곳엔, 그자가 찾는 오십 개의 표적 가운데 두 곳이나 자리를 잡고 있지."

"그 말씀은 설마……."

하남의 침 삼키는 듯한 음성에 정곽은 무심하게 다시 말했다.

"설마가 아니야. 제일 가까운 곳의 가장 확실한 표적들을 그냥 지나칠 리가 없지. 놈은 팽가와 남궁가를 노리고 있어."

"그건 너무 비약이 아닙니까? 아무리 금검장을 단신으로 멸망시켰다 하나 오대세가가 어떤 곳인데, 하물며 팽가나 남궁가 같은 곳을 단신으로 들이친다는 것은 한마디로 무모한 짓이 아니겠습니까?”

반듯한 미간에 골을 만들며 다시 말하는 하남의 얼굴을 보던 정곽은 천천히 고개를 가로저었다.

“보고도 그 딴 소리를 하는군. 이건 경고에 불과하다. 놈의 능력은 우리의 상상을 넘어선 것이라 여겨야 한다. 그렇지 않곤 이런 지옥을 연출해 낼 수가 없지. 자네 같으면 그 옛날 무예도 모르는 철공장이가 무림을 대표하는 고수 오십 인과 맞서서 동사할 확률이 몇 할이나 된다고 여기는가? 일 할? 아니, 일 푼? 이건 그저, 놈이 자신의 의지와 존재를 공표하는 첫 신호와 같은 것에 다름 아니야.”

눈길을 모아 정곽의 입만을 바라보던 모두의 눈엔 경색된 침묵만이 감돌았다.

틀린 말이 아니었다. 아니, 백 번을 생각해도 맞는 이야기다. 그 옛날에 이미 혈리표는 무수한 고수의 목숨을 앗아갔다. 그것도 백수광부(白首狂夫)에 불과한 철공장이의 손에서 날아올라서. 그것이 이제 많은 시간의 준비를 거쳐 세상에 다시 나왔다. 더군다나 이번엔 쓰는 놈이 달랐다. 그놈이 제 원수로 정한 한 사람의 집안을 벌써 도륙 낸 것이다.

상식적으로는 절대 불가능한 일이다. 눈으로 결과를 보지 않았다면 반신반의했을 일이다. 아무리 천하에 기병을 가졌다고 해도, 단 일 인이 오랜 전통의 무가를 상대로 씨몰살을 시킨다는 것은 보고도 믿기지 않는 일이 분명하다. 하지만 그 일은 벌어졌다. 마치 굶주린 표범이 우리 안의 가축들을 유린하듯, 그렇게 참혹한 일을 저지른 것이다.

생각해 보면 그것은 피에 굶주린 짐승이나 악귀와 매한가지였다. 벌써 백 년 가까이나 피 맛을 참아온 그것이, 드디어 뜨끈하고 끈적한 피의 갈증을 풀어버린 것이다. 무서운 일이다. 이제 과연 얼마나 많은 피들이 그 이빨에 갈리어 나갈지, 예측도 할 수 없는 노릇이었다.

"전에도 말했지만 이 일은 아주 위험하오. 그리고 이건 내 일이오."

침묵의 연못 가운데로 불쑥 말의 돌을 던진 세철이 몸을 일으켜 세웠다.

출발의 모양새다. 그 모습을 보고, 던진 말의 뜻이 무엇인가를 되새기던 일행 중에 정곽이 칼을 들고 일어섰다. 언두수는 결기를 돋우며 몸을 세웠다.

"장 형! 많지는 않으나 그대보다도 세상을 더 산 사람들이오! 벗의 신의를 믿지는 못할망정 그렇게 깎아내리지 마시오! 아직도 우릴 내칠 생각이오? 우린 이미 생사지경을 함께한 사이이거늘 무엇을 그렇게 걸려한단 말이오?"

두 눈을 부릅뜬 언두수는 세철의 눈을 정면으로 직시했다. 그때를 맞춰 하남과 부춘호도 자리에서 일어섰고, 마주 선 세철은 대답이 없었다. 정곽 또한 이렇다 할 말이 없었다. 그리고 그때 세철의 몸이 등을 보이고 돌아섰다. 언두수의 얼굴은 일그러졌다.

"장 형!"

소리치는 언두수의 말을 등에 받고 세철은 발걸음을 떼었다. 그러나 무정한 발걸음과 달리 굵직한 음성이 무심한 듯 유심한 듯 흘러나왔다.

"여기선 쉴 만큼 쉬었으니 하북 땅에 들어가서 요기나 합시다."

일그러졌던 언두수의 표정이 삽시간에 풀어졌고, 두 번째로 나선 정곽의 뒤를 따라 일행들은 주가를 나섰다. 밤은 이미 야심하여 인가의 불빛 저 밖으로 귀신새들의 울음소리만이 요란하였으나, 생사의 고락을 함께하고자 하는 사내들의 발걸음은 떨어지는 별빛의 풍광 아래서

거침없이 땅을 밟았다.

*　　　　　*　　　　　*

　작은 돛을 내린 배가 선착장에 닿자마자 비호처럼 뱃전을 차고 오르는 자가 있었다. 바람을 타고 다닌다는 이야기 속의 신선처럼 허공을 비상하는 사내는, 포구의 이름을 알리는 표지목을 밟으며 물을 차는 제비처럼 쏘아져 나갔다.

　포구의 사람들이 놀란 눈으로 사내의 자취를 좇을 적에, 같은 모습으로 날아가는 또 한 사람이 있어 사람들은 더욱 놀랐다. 두 번째 사내가 밟고 나간 표지목은 한쪽으로 기울어지며 놀란 사람들의 이목을 모았다.

　그 안에는 중하포구(中河浦口)의 네 글자가 기울어져 삐뚜름하게 보였다.

　발끝에 기력을 쏟아 부으며 온 힘을 다해 내달리는 고건성은 곁을 스치며 놀라 소리 지르는 사람들을 무시하고 두 팔에 안긴 채로 의식이 없는 조카, 고연호의 얼굴을 쳐다보았다. 전신을 치는 바람에 흩날리는 머리카락 사이로 보이는 것은 미목이 뚜렷하고 영준하던 얼굴이 아닌, 오관이 파묻힐 정도로 부어오른 끔찍하고 참담한 모습이었다.

　분노가 치밀어 올랐다. 이런 지경에 이르게 한 자들에 대한 분노였고, 조카의 안위를 위해 방비하지 못한 자신을 향한 분노였다. 핏발 선 눈가로 눈물이 새어 나왔다. 눈물은 부딪치는 바람을 타며 흩어져 나갔다.

　불현듯 형님의 당부가 떠올랐다. 부디 잘 키워달라던… 그 한마디만을 남기고 형님은 눈을 감았다. 재산에 대한 이야기도 가문에 관한 유언도 한마디 없었다. 그저 연호만을 탈없이 잘 키워달라던 한마디.

형님은 자신을 믿고 모든 걸 맡긴 것이다. 그래서 다짐했었다. 세상을 향한 자신의 바람을 접고 가문의 적손이며, 많지 않은 나이로 별세한 형님의 유일한 혈손인 조카를 위해 살기로. 그렇게 키워온 조카는 이제 자신의 자식이었다. 그런 금쪽 같은 조카가 사경을 헤매고 있는 것이다.

분노한 기운이 가슴을 비집고 용솟음쳐 올라왔다. 참을 수 없는 화기가 전신을 돌며 머리끝으로 몰려들었다. 그렇지만 지금은 화를 낼 때가 아니었다. 한시라도 빨리 조카를 살려내야 하는 것이 급선무였다. 그렇게 조카를 보는 고건성의 눈엔 다급함이 앞서 나왔다.

포구를 달려온 지 얼마나 되었을까. 인적의 경계인 듯한 토성(土城)을 지나치자 저자가 시작되었다. 중화참의 저잣거리는 오가는 사람들의 발길로 북적거렸다. 흡사 송화촌의 중정로를 닮은 듯한 대로의 주변으로는 양 옆으로 즐비한 상점들이 소란하였다. 그 길 한가운데를 고연호를 안은 고건성이 질주하였다. 그 때문에 더욱더 소란스러웠다.

급작스레 바람이 몰아치는 기세에 사람들이 놀라 주저앉고, 그 사이사이를 고건성의 신형이 스치고 지나갔다. 포목전에서 흥정하던 자의 손에 들린 무명천이 흩날리고, 놀란 도기전 주인의 손에선 쌓아놓은 반상기가 떨어져 부서졌다. 휘날리는 적녹황지를 붙잡는 지물전에서 욕설이 터져 나올 적에, 저만치 앞으로 보이는 영빈루(迎賓樓) 세 글자를 눈에 넣으며 고건성이 소리쳤다.

"의원을 찾아! 빨리!"

"알았소!"

그림자처럼 바짝 뒤를 따르던 고민석의 촉급한 대답을 들으며, 고건성은 영빈루의 현관 안으로 뛰어들었다.

"주인! 주인!"

난데없이 들이닥쳐 주인을 소리 높여 부르는 고건성을, 술과 음식을 들던 일층의 사람들이 쳐다보았다. 그러나 팔에 안긴 늘어진 한 사람의 신형을 보는 순간, 다급한 목소리에 수긍하는 것처럼 알 듯 모를 듯 고개를 주억이며 일행들끼리 수군대었다.

탁자를 닦아내던 점소이들의 놀란 시선이 안쪽의 회계대로 모여들었다. 그 안쪽에서 살집 좋고 혈색 좋은 비단옷의 중년 사내가 고건성에게 다가왔다.

"무슨 일이십니까, 손님?"

"방을! 객방을 주시오! 환자요!"

화급함을 알리는 건장한 체격의 사각 진 턱수염 사내와 그의 두 팔에 안겨 있는 또 한 사람의 얼굴을 보는 순간 주인은 미간을 찌푸리며 사태를 파악했다.

"저런, 위중해 보이는군요! 자, 어서 이리로 드십시오."

일이층의 주루 안쪽에, 내원의 객방으로 통하는 출입구를 가리키며 주인이 돌아섰다. 고건성을 뒤에 달고 안내하던 주인이 불현듯 황급하게 고개를 돌려 누군가에게 지시를 했다. 엄격하고 단호한 목소리였다.

"두환(斗煥)아! 더운물을 데우라고 일러라. 면포와 수건도 새것으로 준비하고, 너는 이 길로 장 의원댁으로 뛰어가 위급한 병환자가 있음을 알려라. 어서!"

대답도 하지 않고 열예닐곱 살 정도로 보이는 점소이 하나가 수건을

집어 던지며 주방에 머리를 집어넣고 뭔가를 이르더니, 번개처럼 주루
를 빠져나갔다.

사람들의 시선이 객방으로 사라진 주인 쪽과 입구 쪽으로 사라진 점
소이의 뒤를 번갈아 처다보며 수군대기를 얼마 후, 소리 지르며 들어선
앞서의 사람처럼 다급하게 주인을 찾는 자가 또 한 사람 나타났다. 이
번에도 두 사람이었다.

"주인! 이보시오, 주인!"

역시 다급하게 소리 지르는 자는 앞서의 사람처럼 건장한 체격은 아
니었으나 평범한 얼굴에 들고 있는 물건은 예사로 볼 수 있는 그런 것
들이 아니었다.

한 자루 검과 두 자루의 칼을 한데 엮듯이 들고 있는 사내는 붙어 선
옆의 사람을 제압하듯이 붙들고 있었는데, 끌려가는 소처럼 우스운 얼
굴을 하고 있는 옆의 사람은 자신을 알아보는 주루 안의 몇몇 사람들
에게 애매한 웃음을 흘리고 있었다. 그중엔 다가오는 점소이 한 명도
포함되어 있었다.

"어, 장 의원님, 안 그래도 두환이가 뫼시러 갔는데 벌써 오셨네요?"

"어어, 태우(泰愚)야, 그게……."

"이봐라! 조금 전에 덩치 큰 덥석부리가 안고 온 환자, 환자가 있는
곳이 어느 방이냐?"

말을 자르며 다급한 기세로 물어오는 중년 사내의 얼굴을 보며 점소
이의 눈빛이 잠시 전의 일로 회상에 들어갔다. 그리고 자신의 얼굴을
보고 일그러지는 사내의 얼굴을 보며 화들짝 놀라듯 전후를 꿰어 맞춘
후, 아직도 애써 미소 짓고 있는 장 의원을 향해 입을 열었다.

"어, 어떻게 미리 알고 오셨네요? 화, 환자라면 저, 저를 따라오십

시오.”

　시선을 피하며 객방으로 안내하는 점소이를 따라 고민석과 의원 장씨가 사라져 갔다. 그리고 사람들은 두 번씩이나 계속된 소란으로 식어버린 술과 음식을 들면서 다시 그들만의 이야기 속으로 빠져 들어갔다.

　대로 쪽의 창문에 연한 밝은 자리에서 음식을 들던 한 쌍의 젊은 남녀가 고개를 숙이고 저희들끼리 속삭였다. 그 모습은 자연스러운 듯 매우 은밀했고, 간간이 시선을 돌리는 눈길은 소란을 떤 장본인들이 사라져 간 회계대 옆쪽의 내원 출입구를 주시하였다. 그들의 말소리는 아주 은밀했다.

　“오라버니, 저들은 남궁가에서 먼저 사라진 그들이 틀림없어요.”

　말하는 여인은 미모 수려한 모습에, 보통의 여인들보다 약간은 큰 듯한 체형을 지닌 날씬한 몸매의 여인이었다. 몸에 걸친 흑색의 경장은 담담함 속에 여인의 향기를 더해주는 듯 보였고, 탁자 위에서 여인의 흰 손으로 만져지는 한 자루 검은 헛된 무리들의 접근을 물리치기에 충분해 보였다.

　“그래, 그들이 확실하구나. 그런데 저 청년은 아무래도 독(毒)에 당한 듯싶은데…….”

　대답한 청년은 삼십을 막 넘긴 듯한 준수한 얼굴에, 여인처럼 한 자루 검을 탁자 위에 올려놓은 진갈색 경장을 입은 사내였다. 두툼하고 마디 굵은 사내의 손은, 단순히 검만을 휘두르는 자가 아님을 은근히 보여주었다.

　“독이라구요?”

　여인이 되묻자 사내는 고개를 끄덕이며 대답했다.

"그래, 내 눈이 잘못되지 않았다면 틀림이 없지. 변색한 얼굴색이 그렇고 심하게 부어오른 용모가 전형적인 독상이다. 그렇지 않고선 저런 병태(病態)를 보일 리가 없지."

"그렇다면 누군가에게 공격을 받았다는 이야기인가요?"

"안 그러면 왜 저리되었겠니. 당연히 원인 제공자가 있었겠지."

다시 한 번 회계대 옆의 출입구를 바라다본 여인은 의혹 어린 눈빛으로 재차 물었다.

"하지만 누가, 무엇 때문에 저들을 공격했을까요? 그냥 촌사람들에 불과한 것 같던데 말이에요. 설마 하니……."

"설마가 아닌 듯하다. 저들이 남궁가에서 남긴 말은… 그 말은 모든 사람의 이목을 끌었어. 그 지옥의 병기를 알아본 사람은 오직 저들밖에 없었으니까 말이야……."

말을 하며 무엇인가를 떠올린 듯한 사내는 어깨를 부르르 떨어 진저리를 치며 말을 잇지 못했다. 그러하기는 바라보던 여인도 마찬가지였고. 사내는 천천히 숨을 내쉬며 술 한 잔을 들이키고는 다시 말을 꺼냈다.

"말로만 들었던 그것에 대해서… 다른 이들이 알고 있지 않은 사실을 알고 있다는 것은 눈길을 끌기에 충분하지. 더욱이나 눈앞에서 그것의 존재를 온몸으로 실감한 이들에게는 말이야. 그러니 그 자리에서 살아남은 누군가가 그것에 대해서 알고 싶은 것은 인지상정인 게지."

"하지만 그렇다고 생명을 해친단 말인가요? 그냥 물어보아도 될 것을 말이에요."

"무가의 딸이 허무맹랑한 소릴 하는구나. 세상의 일이, 아무리 사소한 것이라도 이치대로, 또는 순리대로 되는 것이더냐? 오히려 그렇지 않은 것이 다반사이지. 보여지는 것이 전부는 아니며 그 이면에 숨은 것이 때로는 더욱 클 수가 있는 법이다. 그것이 강호의 일이지.”

사내의 말에 고개를 살짝 끄덕이며 여인은 수긍의 빛을 보였다. 하지만 별빛처럼 반짝이는 눈동자는 다시 의문을 드러냈다.

“그렇다면 누가 저들을 해쳤을까요? 다시 나타난 도적들의 무리인 녹림연합의 그자들일까요? 그도 아니면, 독을 썼다 하니…….”

“쓸데없이 예단하고 함부로 입 밖에 내지 말아라!”

낮고 강한 어조로 자신의 말을 자르는 사내의 얼굴을 보며 여인은 동그란 눈을 만들었다. 사내는 심각한 눈빛으로 다시 말했다.

“이 일은 나타났다 사라진 혈룡도의 일과 더불어 매우 위험하고 예측하기 힘든 음모와 사연이 깃든 일임에 틀림없다. 말 그대로 우리가 남궁가의 혈겁에서 살아난 것은 천행이 아닐 수 없다. 이제 이 일을 둘러싸고 많은 사건이 벌어질 것이 틀림없다. 그중에는 우리가 아는 사람들이 있을 수도 있고, 거북한 일을 만나게 될지도 알 수 없는 일이다. 우리는 모른 체, 그냥 집으로 돌아가면 그만이다.”

사내의 이야기에 여인은 입을 비죽 내밀며 토라진 목소리로 말했다.

“치, 그렇게 아는 게 많으면서 아버지 일은 돕지도 않고 왜 맨날 혼자 돌아다니면서 잘난 척만 하는 거예요. 흥! 흥!”

여인의 말에 다시 한 잔의 술을 넘긴 사내는 슬며시 웃음 지으며 말을 꺼냈다.

“형님이 계신데 뭘 그런 소릴 하느냐. 그리고 이번에 아버님 명을 받아 이곳까지 너와 함께 온 게 아니냐. 그러니 그 말은 맞지 않다.”

“체, 입술에 기름 바른 사람처럼 말은 잘해요.”

혀를 샐쭉 내미는 여인에게 사내는 여전히 웃음을 문 얼굴로 말을 걸었다.

"네 맘대로 여기려무나. 그건 그렇고, 계집애가 검은 경장을 입고 다니는 이유가 무어냐? 밝고 예쁜 것만을 탐해도 모자랄 나이에 그게 무슨 꼴이냐?"

"헹, 이게 뭐 어때서? 어때요, 오라버니? 묵직하고 근엄하면서, 뭔가 범접 못할 무게감이 있어 보이지 않나요? 그지요? 그렇지요?"

자꾸만 되묻는 여인의 얼굴을 보며 사내는 피식거리는 웃음을 입가에 물었다.

"왜 안 하던 짓을 하는 게냐? 나한텐 검은색 하면 묵호련과 철비철각호란 사내, 그 둘만이 생각난다만은, 너는 계집애가 대관절 무슨 심사로 그런 옷차림을 하고 다니는 게냐? 남들의 이목은 생각지 않는 게냐?"

사내의 말에 생긋거리던 여인의 얼굴이 갑자기 시무룩해졌다. 뭔가 속을 앓는 것 같은 그 표정에 사내는 의아함을 느꼈다. 하지만 누군가 자신을 부르는 소리에, 사내는 의아함을 떨치고 고개를 돌려 바라보아야만 했다.

"황보 형! 이곳에서 다시 만나게 되었구려!"

크지도 작지도 않고, 그렇다고 반가운 기색이나 그렇지 않은 어감도 아닌 어중간한 성량과 음색으로 부른 사내는 당정이었다. 다가오며 손을 모아 보이는 그의 옆으론 당현우가 있었고, 그들의 뒤쪽으로는 천수비천 당무호가 뒤따르고 있었다. 그런데 뒤서 오는 그의 눈은 이상하게 번뜩이며, 객잔의 내부를 샅샅이 뒤짐 하듯 살펴보는 양이었다.

"이거, 숙정 소저도 같이 계셨구려. 반갑소이다."

호의롭게 웃음 지으며 인사를 건네는 당정과 당현우에게, 두 사람은 엉거주춤 일어서며 손을 모았다.

"반가와요."

"반갑소이다. 그리고 또 뵙게 되었습니다, 어르신."

인사가 건네어오자 당무호는 주위로 돌렸던 시선을 고정하며 눈길을 주었다. 그리고 슬며시 미소를 지어 보이며 인사말을 주었다.

"황보가의 차남 황보석정은 어진 눈을 가진 군자와 같고, 또 여식 황보숙정은 재색에 겨워 뭇 남자의 맘을 설레게 한다더니, 내 오늘 다시 보니 허언이 아니로구나. 그곳에서는… 경황이 없어 이제야 면식(面識)을 보이게 되었다. 가내(家內)에 두루 무고하시더냐?"

당무호의 안부 말에 사내 황보석정은 머리를 가볍게 숙여 보이며 다시 인사말을 꺼냈다.

"염려 덕분에 존체 두루 편안하시옵니다. 하옵고, 이제 돌아가시는 길이옵니까?"

되묻는 황보석정의 말에 잠시 머뭇한 표정을 짓던 당무호는 대답을 했다.

"그래… 이곳에서 운하(運河)를 타고 황하로 나가 귀향할 생각이다. 너희들도 그러하냐?"

"예, 그렇습니다. 그리하시면 동행을 하면 되겠군요. 아주 잘되었습니다."

"그래… 그렇구나."

대답하는 당무호의 얼굴은 어쩐지 내켜하는 빛이 아니었다. 그저 의례히 허투루 말을 주는 것 같았다. 그 얼굴에 이상함을 느낀 황보석정이 눈치를 살필 때, 느닷없이 객잔의 창이 부서지며 산산조각으로 터져 들어왔다.

콰아아!

황보석정과 황보숙정이 앉았던 탁자의 바로 옆 창문이, 반쯤 열렸던 문짝을 빗발처럼 조각으로 비산시키며 안으로 쏘아져 들어왔다. 순간적인 그 상황에 황보석정이 검을 잡을 사이도 없이, 시커먼 그림자가 탁자를 스치듯 밟으며 환상처럼 튀어 나갔다. 그림자가 덮치는 곳에는 당정이 눈을 부릅뜨고 서 있었다.

"이놈!"

당무호가 옆쪽에서 두 손을 뿌렸다. 짧은 순간, 그보다 더 짧은 거리를 격하고 미세한 은빛들이 검은 그림자에게 꽂혀들었다. 당정에게 짓쳐들던 검은 그림자가 소용돌이처럼 휘돌았다. 마치 흙탕물이 똬리 치며 번져 가는 듯한 그 형상에 은빛들이 박혀들었다. 하지만 그 순간 검은 그림자는 당정을 먹어버렸다.

"커어억!"

당정의 몸을 감싼 검은 그림자가 형체를 드러냈다. 검은 장갑 낀 손으로 당정의 목줄기를 틀어 잡았고, 기다란 검은 피풍으로 감싸인 몸 위로 하얀 백발이 창날처럼 하늘로 솟았다. 이빨을 보이고 웃는 얼굴은 유난히도 창백했다.

"이, 이놈! 백발귀!"

눈썹을 꿈틀거릴 사이도 없이 촌음간에 벌어진 습격으로 제압된 당정을 보며 당무호와 당현우는 분노와 당황을 머금었다. 하지만 손을 쓸 수가 없었다. 상대의 손끝에 목줄기를 쥐어 잡힌 당정의 얼굴이 사색으로 변해가는 것이 그들의 눈에 확연했기 때문이다.

"당무호! 독 바른 침이나 던지는 독귀신 놈아! 네놈만 사람을 가지고 논다고 생각하면 오산이다! 알겠느냐?"

"이노옴! 으드득!"

분노한 당무호의 이 가는 소리가 실내에 울렸다. 이미 객잔 안의 손님들은 때 아닌 소란으로 한쪽 구석에 비 맞은 개 떼처럼 몰려 오글거렸고, 경황없는 황보석정과 황보숙정 남매는 몸을 물려 주시하고 있었다.

모든 사람들의 시선을 한 몸에 받은 백발귀는 창백한 웃음을 지으며 당정의 몸을 더듬었다. 시선은 여전히 당무호를 향한 채였지만, 그 웃음은 어딘가 모르게 초조해 보였다.

"여기 있구먼!"

당정의 몸을 더듬던 그의 손이 흰색의 작은 자기병을 앞섶에서 꺼내들었다. 코끝에 대고 냄새를 맡아보던 그는, 확신에 찬 목소리로 입을 열었다.

"이제야 해약을 손에 넣었구나. 이 독벌레 같은 것들! 이제 기대해라!"

자기병을 품에 갈무리하는 백발귀의 눈에는 불꽃이 튀어나왔다. 하지만 그 순간 목을 잡힌 당정이 발을 들어 백발귀의 겨드랑이를 올려찼다. 그 가죽신의 끝에서 은빛의 날카로운 비수가 튀어나왔다.

피잇!

"이놈이!"

차 올라오는 비수를 피해 손을 놓아버린 백발귀에게 당무호의 손이 수많은 그림자를 만들며 빛을 던졌다. 당정은 뒤로 미끄러지듯 재빨리 몸을 피하고, 그 모양을 바라본 백발귀의 입매가 악물리며 두 눈은 독한 빛을 뿜었다. 하지만 그 순간, 제 앞의 탁자를 몸 앞으로 걷어차 올린 그는 올 때처럼 검은 그림자가 되어 창문으로 날아 나갔다.

"쫓아라!"

소리친 당무호의 몸도 바람처럼 창문을 타 넘었다. 연이어 당정과 당현우가 독 오른 짐승들처럼 뛰쳐나갔다.

순식간에 벌어진 일이었다. 그리고 순식간에 사람들이 사라져 갔다. 객잔 안엔 짧은 시간에 벌어진 사건의 흔적만이 즐비할 뿐, 원인을 만든 자들의 신형은 어디에도 보이지 않았다.

부서진 창문 앞엔 두 남매가 남아서 그들의 뒤를 바라보았다.

# 추적(追跡) 2

잠깐 동안 험악하고 소란했던 객잔의 소동이 물거품처럼 끝이 났다. 놀란 가슴을 쓸어 내리고 쳐다보던 사람들은 수군대다 돌아갔다. 객잔 안이 다시 술 마시고 밥 먹으며 저마다의 인생 속으로 잠겨들었을 때, 아무것도 모르고 비지땀을 흘리며 모진 애를 쓰는 자들이 따로 있었다.

그중에는 계산 빠른 얼굴을 한 중년인에게 손을 붙들려 온 의원도 있었는데, 한낮에 온 그 장씨 성의 의원은 한밤이 되어서야 기진한 몸을 이끌고 돌아갔다. 그가 보살펴 준 젊은이의 얼굴은 조금은 누그러지고 편해진 기색을 보이며, 잠속으로 빠져 들어가는 중이었다.

의원이 말한 고연호의 증상은 전형적인 중독 증세였다. 커다란 자석을 갖다 댄 오른 어깨와 팔뚝에서 쇠털처럼 가느다란 비침이 뽑혀져 나왔다.

독은, 흔하디흔한 율모기의 것에 더운 곳에 사는 흑전갈의 독을 섞어 사용했다고 했다. 무시로 얘기하는 오보단혼(五步斷魂)이니 칠보단장(七步斷腸)이니 하는 것들에 델 것이 아닌 평범한 것들이지만, 각각의 분량 조절과 혼용의 형태에 따라서는 치명적인 것이 될 수도 있다고 했다. 하지만 연호의 경우는 늦지 않은 치료로 치명적인 위험을 피할 수 있었으며, 약으로 몸을 다스리고 체액으로 독을 배출하면 완치될 수가 있다고 진단하였다.

고민석은 침상의 곁으로 갖다 놓은 커다란 청동 화로에 석탄을 집어넣고 장작을 뒤집으며 불을 키워 올렸다. 한쪽 팔로 안면을 가린 얼굴에는 땀이 흘러내렸다. 그렇게 흥건히 젖은 몸으로 고연호가 누워 있는 침상에 걸터앉아 뜨거운 물수건을 온몸에 덮어가며 조카의 몸을 뒤척이고 닦아 내렸다.

"형님, 놈들이 지독스런 독을 쓰지 않은 걸 보면, 우리를 사로잡아 혈리표의 내막을 캐겠다는 의지가 대단한 것 같소. 그렇지 않았다면 그 사갈 같은 놈들의 손에 벌써 결단이 나도 났을 터인데 말이오……."

화로를 들쑤시던 고민석이 고건성을 향해 조용히 말을 걸었다. 그러나 고건성은 조카의 몸에 덮인 수건만을 갈아 덮을 뿐, 굳어진 얼굴로 이렇다 하게 말이 없었다.

"고통스런 연호에게는 안된 일이지만, 당문의 해약 없이 일반 의원의 손으로 해독이 되니 참으로 다행이오. 정말 생각만 해도 끔찍한 일이 아니오? 내 살아생전 당문의 문도들과 맞서게 될 줄 누가 알았겠소. 허어, 참."

격세지감을 느끼는 노인 같은 한숨을 내쉰 고민석은 대꾸없는 고건성도 상관없이 제 혼자 계속 지껄였다.

"거기다 백발귀 같은 괴이악랄한 자와 청성의 늙은이까지 딴 맘을 품고 달려드니… 에이, 빌어먹을 자식들! 이름을 얻고 명문대파라 하는 것들의 행태가 그러하니 산속의 도적들을 욕할 게 다 무어야! 더러운 놈들!"

혼자 분노해 소리치는 고민석의 음성에도 고건성은 눈길조차 주지 않았다. 그저 쉬지 않고 고연호의 몸에 흐르는 땀을 닦아내며 수건을 번갈아 바꾸어 올릴 뿐이었다. 그런 고건성의 얼굴에는 시종일관 굵은 땀이 흘러내렸다. 하지만 흐르는 땀방울이 눈가로 스며 미간을 찌푸리게 하자, 고개를 흔들어 털어내는 사각 진 얼굴이 분노에 가득한 음성으로 입을 열었다. 나직한 그 음성은 찐득거리는 살기로 뭉쳐 낸 듯 소름 끼쳤다.

"개 같은 놈들! …용서하지 않겠다! 오늘의 빚은 내가 살아 있는 한 반드시! …반드시 돌려주고야 말 테다!"

분기로 가득한 고건성의 음성에 찔끔한 얼굴을 하던 고민석이 조심스럽게 다시금 입을 열었다.

"어쨌든 포기할 놈들이 아니니 안심할 수 없소이다. 운하를 건너기 전에 꼬리를 떼어놓았지만, 기껏해야 하루나 반나절의 여유뿐일 거요. 연호의 상세가 조금이라도 호전되는 대로 길을 나섭시다. 그 안에 놈들에게 종적이 드러나기라도 한다면, 이곳에서 무슨 꼴을 당할지 모르오."

추적자들의 발길을 염려하는 고민석의 음성은 아주 무거웠다. 말없이 돌 같은 얼굴로 듣고 있는 고건성도 의제의 말만큼이나 현 상황이 시급하다는 것을 알고 있는 터였다. 하지만 조카가, 연호가 저 지경인 것이다. 그 위험했던 몸이, 독에 젖었던 몸이 이제야 풀린 숨을 겨우 쉬고 있는 것이다. 지금 무리해서 움직인다면 또다시 어찌 될지 알 수 없는 일이었다. 연호에겐 지금 무엇보다도 치료가, 휴식이 필요했다.

그것이 가장 절실한 것이다.

고건성은 답답한 숨을 내쉬며 수건을 갈아 얹었다. 하지만 그때, 화로의 열기와 분노를 내뿜는 사람의 열기로 숨이 턱턱 막히는 객방의 문을 조심스럽게 두들기는 소리가 방 전체를 울렸다. 반사적으로 고민석과 고건성의 시선이 불꽃처럼 빛을 내며 마주친 후, 검을 잡은 고민석이 문가로 다가서며 물음을 던졌다.

"누구냐?"

"나으리 탕제입니다요."

문을 격하고 목소리가 울려 들렸다. 점소이의 목소리였다. 자신처럼 문을 바라보고 있는 고건성의 군은 얼굴을 한번 돌아본 고민석이 문을 열었다. 문 앞에는 객점의 점소이가 탕제를 받쳐 든 소반을 들고 있었다.

어설프게 웃는 점소이에게서 탕제 그릇을 받아 든 고민석은 방 안의 후끈한 온도에 영향을 받은 탓인지, 얼굴가로 땀을 흘리는 점소이를 흘 깃 바라보았다. 고개를 끄덕이고 다시 문을 닫는 고민석을 향해 머리를 숙여 보이는 점소이는, 선선한 밤 공기에 어울리지 않는 땀을 아직도 흘리고 있었다. 고민석은 허약한 놈이라 속으로 지껄이며 문을 닫았다.

"형님, 약입니다."

뒤돌아선 고민석이 고건성의 손으로 약그릇을 넘겨줄 적에, 뒤편의 문으로부터 두드리는 소리가 다시 들려 나왔다. 고민석이 고개를 문으로 다시 돌리며 버럭 소리를 질렀다.

"또 뭐냐? 성가시게!"

"네, 깜박했는뎁쇼. 주인어른께서 보내시는 야참입니다요."

“야참?”

점소이의 대꾸에 문득 자신의 배를 바라보던 고민석이 풀썩 웃으며 문고리를 잡았다.

“먹을거리란 말이지?”

기대에 찬 얼굴로 문을 여는 순간, 야참을 준다던 점소이는 보이지 않았다. 대신, 전광처럼 새하얗게 시린 빛이 눈이 부시며 얼굴로 쏘아져 들어왔다. 그 빛이 무엇인지 생각도 하기 전에 고민석은 몸을 틀었다.

문이 열림과 빛이 보이는 동시에, 고개를 좌로 튼 고민석의 몸이 방문을 차며 뒤로 회전해 나갔다. 그 얼굴 옆으로 예리한 빗살들이 섬뜩한 느낌으로 지나갔다. 돌아가는 그의 손에는 검집을 빠져나온 장검이 이를 드러내고 허공을 휘감았다.

피르릉! 쉬피피피핑!

방문으로부터 고민석이 떨어져 나오는 그 순간에, 고건성은 침상 옆 원탁 위에 올려놓은 자신의 박도를 발끝으로 차올렸다. 허공에 솟구친 칼의 손잡이를 손으로 잡아내며 칼이 가는 방향으로 도를 뽑아냈다.

취잉!

뽑혀진 칼이 소리를 내며 도갑이 허공에 맴돌고 있을 때, 문으로부터 회전하며 뒷걸음하는 고민석의 옆을 스치고 반대의 회전으로 문을 향해 쇄도했다. 그리고 차여진 문이 문밖의 힘으로 다시 되팅길 적에, 사선으로 횡격을 그은 박도가 번개와 같이 문짝을 갈라 버렸다.

쉬거억!

“크아악!”

갈라지는 문짝의 뒤로부터 비명이 터져 나왔다. 고건성의 몸이 칼을 내려친 방향인 좌측으로 돌아갔다. 그때 뒷발로 가볍게 탁자를 받은 고민석의 몸이 문을 향해 재차 돌진했다. 그의 손에 들린 시퍼런 날빛의 장검이 공간을 찌르고 쑤셔 박혔다.

"크헉!"

또 한 번의 신음이 터져 나왔다. 갈라져 내린 문짝 너머로 소리친 자의 얼굴이 보였다. 일그러진 그 얼굴은, 야참을 든 점소이가 아니라 당정의 얼굴이었다.

당정의 잘린 팔에서 피가 뿜어져 나왔다. 아귀처럼 일그러진 얼굴은 제 몸에 검을 박은 고민석을 노려보고 있었지만, 그 안쪽의 떨림은 충격과 놀라움이 분명했다. 마치 한 영혼의 손길 같은 두 사람의 벼락 치는 합격은, 기습을 노리려던 당정의 몸을 오히려 습격처럼 유린해 버린 것이다.

기습자의 어깨에 검을 꽂고 있는 고민석은, 고통으로 일그러진 당정의 눈동자가 바깥을 향해 움직이는 걸 포착해 냈다. 곧바로 손에 쥔 검을 바깥쪽으로 돌려 그으며 뽑아내고는, 배후에 선 고건성을 향해 소리를 질렀다.

"형님! 지금!"

소리친 고민석은 방 안쪽으로 뛰었다. 자신의 신호에 이불만한 누런 뭉치를 펼쳐 드는 고건성이 몸 앞을 가릴 적에, 시뻘겋게 달구어진 청동 화로를 문을 향해 차버렸다. 그리고 그 순간 당정이 서 있던 문 앞으로부터 은빛의 비가 수도 없이 쏟아져 들어왔다.

화르르르르.

뒷발질로 차버린 화로로부터 뜨거운 불비가 방 안에 자욱이 흩어졌다. 그 사이로 토도도독거리는 수없이 많은 소리가 여름날의 가랑비처럼 들려 나왔다. 불의 장막 사이로 날아든 비침들이 꽂히는 소리였다.

고민석은 그때 보았다. 등을 보이고 선 고건성이 펼친 돼지 가죽 장막 너머로 보이는 당무호의 얼굴을. 자신의 비침을 가죽 무더기로 막아낸 고건성의 얼굴에서, 쓰러진 당정의 끊어진 오른팔을 보는 그의 얼굴은 흉신악귀처럼 일그러지고 있었다. 그런 당무호의 손이 재차 움직였다. 천천히 소리없이, 누구도 피하기 힘든 빠른 빛줄기로.

슈하아아아!

싸늘한 소리가 허공에 자욱이 퍼졌다. 같은 순간 고건성의 손이 장막을 휘돌려 커다랗게 회전시켰다. 흡사 넓다란 판자처럼 뻣뻣하게 평면으로 돌아가는 그것을 보며, 고민석은 고연호를 들쳐 안았다. 그와 동시에 고건성의 손이 가죽 장막을 앞쪽으로 밀 듯이 내던졌다. 그리고 그걸 봄과 동시에 고민석의 몸이 둥근 월창을 어깨로 치고 빠져나갔다. 그 뒤를 고건성의 몸이 침상을 발로 차며 튀어 나갔다.

창턱을 차며 객점의 후문 쪽으로 뛰어내린 고민석은 주저없이 문을 향해 내달렸다. 예상과 달리 열린 문을 바라보며 달려나간 그의 눈은 마구간의 한쪽에 매어져 있는 마차를 볼 수 있었다. 야심한 밤에 말을 매어둔 마차는 일견 수상스러웠다. 하지만 두 팔에 안아 든 고연호의 신음 소리와 뒤를 쫓는 당무호는 그런 걸 살필 겨를이 아니었다. 고민석은 의심을 뒤로 물리며 그대로 마차를 향해 달려갔다.

비호처럼 뛰어가 마차의 문을 열고 고연호를 밀어 넣은 고민석은 마부석에 올라 고삐를 잡으며 뒤를 돌아보았다. 그리곤 달려오는 고건성을 향해 손을 흔들어 소릴 질렀다.

"형님! 여기요! 어서!"

후문의 문설주를 박차고 비스듬히 방향을 꺾은 고건성의 몸이, 중간의 땅을 한 번 더 차 오르고야 마차에 매달렸다. 그와 동시에 고삐를 후려친 마차가 흙먼지를 튀기며 달려나갔다.

"하아!"

말을 다그치는 고민석의 목소리가 허공에 남아 울려 퍼졌다. 검은색 일색인 마차는 어둠 속에 빠르게 먹혀들어 갔다. 그 모습은 검은 강을 흐르는 검은 배와도 같아 보였다.

마차가 있던 자리로 당무호가 뛰어나왔다. 멀어지는 마차를 보는 그의 눈은 차갑게 가라앉아 얼음 같은 냉기를 뿌렸다. 그 안쪽에서 겁화 같은 불길이 넘실거렸다. 땅을 향한 그의 손이 가느다랗게 떨림을 보였다. 그 손 안에 무엇인가가 잡혀 있었다. 땅바닥으로 진득한 물방울을 떨어뜨리는 그것은, 잘려 버린 누군가의 손목이었다.

＊　　　＊　　　＊

몸이 흔들린다… 계속해서 흔들린다… 늪에 띄워진 연잎처럼 두둥실 떠다니는 느낌이다… 머리가 출렁댄다. 손과 발에 힘이 없다…….

왜 이러는 걸까?… 간혹 가단 들썩이며 온몸이 떠오르기도 한다… 온통 젖어 있다… 찐득함이 가랑이에 느껴진다… 땀을 흘리고 있는 걸까? …너무 덥다… 그런데 누군가 두터운 이불을 덮어놨다… 가슴이 답답하다… 머리도 너무 아프다… 냄새가 난다… 불쾌한 냄새가… 바람이라도 불어주면 냄새가 가시련만…….

"조금만 참아라."

고연호의 얼굴에 흐르는 땀을 닦아내며 고건성은 낮게 이야기했다. 의식의 들고 남을 반복하는 조카의 얼굴은 흐르는 땀으로 범벅이었다.

땀에서는 역한 냄새가 나고 있었다. 열에 들뜬 입술은 까맣게 타 들어가며 갈라졌다. 그 입에 물을 흘려 넣어주었다. 새처럼 물을 삼키는 모습이 애처롭다. 창을 열어 더운 몸을 식히게 해주고 싶지만 아직은 그럴 때가 아니었다.

마차는 거칠게 요동질을 쳐댔다. 말이 죽지 않을 만큼씩만 쉬며 벌써 하루 밤낮을 달려왔다. 창주를 등지고 산서로 넘어와 덕주(德州)와 평원(平原)을 지나 하진(河津)을 눈앞에 두고 있다.

중원엔 갈 곳이 없다. 아는 곳, 아니, 갈 만한 곳이라곤 십오 년 전에 도움을 줬던 소림의 승려들뿐이다. 도움을 청할 곳이라곤 오직 그곳뿐인 것이다. 그러자면 배를 타야 한다. 그런데 저 짐승 같은 당무호 놈이 틈을 주지 않는다. 이제 기회는 하진뿐이다. 이곳에서도 배를 타지 못한다면, 말이 쓰러지는 순간 놈에게 당할 것이다.

"형님! 하진이오!"

마부석 고민석의 목소리가 격풍처럼 들려왔다. 조카의 몸을 돌보던 고건성의 굵은 손이 마차의 검은 휘장을 걷어내고 창문을 열었다. 내밀어진 머리로 맑은 바람이 부딪쳐 왔다. 바람을 보내주는 저쪽, 노을이 부서지는 하늘가로는 젖가슴처럼 도드라진 산봉우리들이 우쭐이 솟아 있었다. 그 가운데로 포실히 자리 잡은 현이 보이고, 황하와 잇닿은 것이 분명한 강물의 지류가 띠처럼 눈에 보였다.

"이제 조금만 더 가면 되오! 강물과 배가 보이는구려! 하앗! 달려라!"

목적지를 보는 고민석의 들뜬 목소리가 바람을 타고 다급하게 귀를 때렸다. 그리고 빠르게 스쳐 가는 주변 경물처럼 화살같이 뒤로 흩어져 나갔다.

"그래, 강도 보이고 배도 보이는구나. 소림이라……."

독백 같은 음성이 흘러나왔다. 눈이 시리게 바람을 헤치고 달려가는 마차의 앞으로 보여지는 인간의 자취에, 그 뒤로 이어진 물길 끝 어딘가에 있을 목적지인 소림의 담장에, 고건성은 고마운 안도보다는 울컥한 서러움이 가슴을 치받았다.

어쩌지 못할 세상의 인연에 휩쓸려 생명과 신체의 위해를 피해 도주하는 이 현실이, 어쩐지 모두가 소림의 책임인 것만 같고 그들로 인해 비롯한 것만 같았다. 그러나 세상의 이치가 어찌 그리 단순할 것이랴. 자신이 세상 속으로 파고들지만 않았던들, 하얀 백지 같은 조카를 끌고 나와 세파에 휘둘리도록 하지만 않았더라면, 버렸다고 생각했던 마음속의 찌꺼기를 사람들에게 아는 체하지만 않았더라도 오늘의 이와 같은 일은 막을 수가 있었을는지도 모를 일이었다.

그러나 후회란 것이 아무리 빠르더라도 알고 난 후에는 이미 늦는 법. 조카의 얼굴은 저렇게 고통 속에 땀을 흘리며 신음하고 있었다.

"어라! 저게 뭐야?"

창문을 밀치는 바람결에 고연호를 돌아보며 문을 닫으려던 고건성의 귀로 느닷없는 고민석의 외침이 들렸다. 곧바로 욕설도 들려왔다.

"이런 개썅!"

욕설의 원인은 곧 알 수 있었다. 욕을 먹는 자의 정체도 파악되었다. 그것은 자신들을 쫓는 악(惡)의 한 이름이었고 불행(不幸)의 다른 자식이었다. 그리고 불행이란 것들은 줄을 이어서, 마치 때를 맞춘 것처럼 밀물같이 밀려오게 마련이었다. 바로 지금 눈앞의 저자와 같이.

고건성은 참을 수 없는 분노가 치밀어 오름에 머리를 떨며 이를 악물었다. 달리는 마차의 전방, 하진으로 통하는 외진 들녘 길의 한가운데를 막고 서서 붉은 노을을 등지고 선 사람이 보였다. 창날처럼 뻗친 백발 머리의 뒤쪽으로 저녁 하늘빛을 후광처럼 둘렀고, 검은 피풍으로 감싸인 몸의 중앙으로 내민 두 팔은 암흑 같은 장갑을 손에 끼었다. 마주 달려오는 마차를 바라보는 그자의 눈엔, 노을 같은 혈광이 넘실거렸다.

백발귀였다.

"저런 썩어 죽을 백대가리 자식이!"

"으드득! 뭉개 버려!"

먼저 욕설을 뱉은 고민석이 흠칫 놀라 돌아볼 정도로, 고건성의 악무는 음성이 섬뜩하게 터져 나왔다. 핏발 선 눈가에는 전의가 변해 버린 광기가 흘러넘쳤고, 볼 살이 미어지게 악다문 입술에는 결전의 의지가 넘어 나왔다. 그것은 더 이상 물러날 곳이 없다는 절박한 심정의 다른 표현이기도 했다. 어디쯤인지 알 수 없는 뒤로는 당무호가 쫓아왔고 눈앞 저 건너에는 목적지인 숭산으로 갈 수 있는 뱃길이 있는 것이다.

백발귀를 향해 돌아간 고민석의 눈빛도 광기로 번진 거친 빛을 뿜어내기 시작했다.

"그래! 개노무새끼! 누가 죽나 한번 해보자!"

고삐를 후려치자 말은 더욱 질풍처럼 달려나갔다. 천리준구는 아닐지라도 서역과 북방의 혈통을 고루 받은 듯한 거대한 갈색 몸체는 온몸으로 근육을 꿈틀거리며 질주해 나아갔다. 재갈 물린 입가로는 흐르는 침이 공기 중에 흩날렸고, 저녁 바람은 건조하게 불어댔다. 그 바람에 휘날리는 말갈기의 너머로는 백발귀의 창백한 얼굴이 점점 가까워졌다. 이리저리 휘어지는 눈과 입의 모양은 분명 웃고 있는 것이 명확해 보였다.

"이야아아아아!"

고민석은 괴성을 지르며 마차와 한 덩어리로 나아갔다. 인적없는 외진 길의 저녁 하늘가를 고함 소리가 난자했다. 그 소리가 흩어지기도 전에, 웃고 있던 백발귀는 말의 발굽 아래 깔려 버렸다. 아니, 그렇게 보여졌다.

질주하는 마차 앞을 가로막았던 백발귀의 신형이 말을 옆으로 스치며 핑글 돌아갔다. 촌음간에 좌로 한 바퀴를 돌아간 거리는 지척이었지만, 밟아오는 말의 발굽과 바퀴를 피하기에는 영락없었다. 그리고 그 사이에서 검은 장갑의 손이 뺨 때리듯 후려쳐졌다.

퍼억! 하며 들릴 것 같은 후려치는 소리나 말의 머리가 터져 나가는 소리는 들리지 않았다. 옆으로 휘돌아 비키며 후려친 백호조에, 말머리가 부서지고 붉은 혈수가 자욱이 흩어질 때 몸통이 고꾸라졌다. 그 몸에 걸려 곤두박질치는 마차가 달리던 힘을 못 이겨 부웅! 하고 거꾸로 솟구쳤다. 그 순간 백발귀의 시커먼 몸이 땅을 차고 떠올랐다. 그리고 그때 마차를 튀어나온 고민석의 몸 역시 장검과 하나가 되어 공간을 비상했다.

고민석은 자신의 검끝이 백발귀의 가슴을 관통하는 것처럼 보였다. 아니, 최소한 흉악한 상처는 안겨줄 수 있을 걸로 생각했다.

안이한 생각이었다. 백발귀의 손은 청성 명숙 공진자의 시린 검날을 받을 때처럼 자신의 검을 받아냈다. 비단 받아냈을 뿐 아니라 검배를 이끌듯이 내리눌렀다. 그 손짓에 검의 힘이 아래로 흩뿌려지고 백발귀의 신형은 위로 솟구쳤다.

아차 하는 순간에 몸을 뒤집었다. 머리부터 떨어지는 몸에 회전을 넣어 역진각(逆進脚)을 차올렸다.

거꾸로 떨어지며 위로 솟구친 발뒷꿈치가 적의 복부를 강타한다고 느낀 순간, 백발귀의 발바닥이 마주쳐 왔다. 곧바로 강한 반발력과 함께 자신은 아래로, 백발귀는 위로 솟구쳐 올라갔다. 그 몸 아래 뒤집힌 마차가 떠오르고 있었다. 그리고 윤곽이 불분명하게 시커먼 백발귀의 두 손이 마차를 후려쳐 내렸다.

파팡! 쿠아아악!

뒷부분이 하늘로 솟구치던 마차가 파괴의 비명을 질렀다. 그리고 온통 흩어지는 잔해 속에 조각들이 되어 부서져 내렸다. 기웃한 저녁 해가 사라진 하늘가에 두 개의 바퀴가 날고 부서진 구성체들이 우박처럼 뿌려져 내렸다. 그 사이로 천신의 하강처럼 백발귀가 내려서고 있었다.

부풀어 휘날리는 검은 피풍이 성난 것처럼 펄럭거렸다. 그러나 고민석은 안도의 숨을 내쉬었다. 땅에 내려선 백발귀가 바라보는 자신의 반대쪽엔, 모포에 휘감긴 고연호를 둘러 안은 고건성의 성난 사자 눈이 보이고 있기 때문이었다.

"키헬! 어리석은! …아는 바를 털어놓고 협조하면 그뿐인 것을! 그래, 당가의 독침 맛은 겪어보니 별미로 칠 만하더냐? 앙? 크켈켈켈켈!"

창백한 얼굴을 들어 젖히며 백발귀는 대소했다. 그 벌어진 입 사이로 검누런 송곳니가 사악한 짐승의 그것처럼 빛을 내었다. 그러나 고건성도 고민석도 동요의 기색 없이 차분한 분노를 천천히 갈무리했다. 두 사람은 아무런 말이 없었지만, 간간이 주고받는 시선 속엔 소리없는 의견이 쉼없이 오고 갔다.

이윽고 고건성이 살며시 뒷걸음질하기 시작했다. 그 모양을 본 백발귀의 미간이 불끈 곤두섰으나 그때마다 움찔거리면서도 여전히 뒷걸음질을 멈추지 않는 고건성을 차분히 노려만 보았다.

두 사람의 시선이 끈으로 이어진 것같이 서로에게서 떨어지지 않고 있을 때, 고건성의 등에 목적한 그것이 감각을 알렸다. 하진 외곽을 돌아 난 들녘 길가에서, 부서진 마차의 잔해와 위험의 원천인 백발귀의 위치로부터 떨어진 노변(路邊)의 소나무 아래, 파릇한 수풀 위에 고연호를 내려놓았다. 천천히.

시선은 여전히 서로에게 고정되어 있었고 그런 둘 사이로 메마른 저녁 바람이 먼지를 몰아대고 뿌연 자락을 일렁였다.

"네놈… 생사결(生死結)을 내보자는 것이로구나……."

고민석을 버려두고 완전히 고건성에게로만 돌아선 백발귀가 침중하게 읊조렸다. 그 앞엔 도병(刀柄)을 잡아가는 고건성의 굵은 손이 천천히 일어서는 제 몸 앞에서 진중하고 조심스럽게 움직였다.

어느새 그의 몸엔 도망자의 기색이 아닌 패력의 기운이 넘실대고 뿜어 나왔다.

"크헐! 좋구나! …하지만 손을 쓰면 인정이란 남아 있지 않는다. 꼭, 이러해야 하겠느냐? 쉬운 길을 놔두고서 말이다……."

치아앙!

맑게 울리는 소리가 백발귀의 말을 끊으며 퍼져 나왔다. 고건성의 손엔 수족 같은 박도가 은청의 몸으로 벌거벗고 나신을 드러냈다. 몸을 가렸던 도갑은 땅으로 떨어져 내렸다. 그리고 그 모양을 보는 백발귀의 두 눈은 끓는 핏물처럼 사악하게 빛나기 시작했다.

"……그래, 정히 그렇다면, 오너라!"

이윽고 죽음의 선고 같은 백발귀의 외침을 시작으로 고건성의 몸이 공간을 쪼개는 칼질을 터뜨리며 폭사해 나갔다. 그와 동시에 고민석의 삼척장검도 바람을 일으키며 저녁을 갈랐다.

"타앗!"

"하야!"

폭풍처럼 횡격세를 몸에 감으며 흙바람을 두른 고건성의 칼이 백발귀의 허리를 갈랐다. 그 배후에선 고민석의 장검이 뒷목을 쑤셔 박았다. 그러나 검은 악령 같은 몸은 위험을 피했다. 허리를 휘청하는 것 같은 몸이 수평으로 떠오르더니 두 개의 위험을 위와 아래로 간단하게 제껴 버렸다.

연이어 목을 찌르던 고민석의 검이 수직으로 그어 내려오자 발이 휘돌며 쳐내 버렸다. 허리를 가르던 고건성의 칼 역시 수직으로 솟구치자 백호조가 내려쳐졌다. 타탕! 하는 두 번의 맑은 쇳소리와 함께 가슴 높이께의 허공을 돌던 백발귀의 몸이 땅에 내려섰다.

그 순간에도 공격하는 두 남자는 쉬지 않았다. 곧바로 전질보로 거리를 좁힌 고건성이 궁보로 크게 내뻗으며 수직세를 내리그었다. 검은 장갑 낀 백호조가 불꽃을 튕기며 칼을 쳐냈다. 남은 한 손은 고건성의 가슴으로 때려 박혀왔다. 하지만 그때, 커다란 고건성의 어깨를 밟고 오른 고민석의 장검이 창처럼 꽂혀들었다.

시이잇!

백발귀의 목 어림으로 찍히는 검날이 뱀머리처럼 요동 쳤다. 그 순간 고건성의 가슴을 향하던 손이 귀신처럼 꺾여 오르며 장검을 마주 쳐냈다.

탕!

튕겨 오르는 검날을 타고 백발귀의 손이 돌았다. 그 와류 속에 고민석의 손이 빨려들었다. 하지만 회류수(回流手)로 검 든 자의 팔목을 비틀어 뜯으려 하는 백발귀의 아래로부터, 숫구치는 칼의 기세는 사타구니를 갈라내고 있었다. 백발귀는 손을 털고 연속해서 검은 두 손을 내뻗었다.

시퍼퍼퍼퍼퍽!

시커먼 손 그림자가 칼과 검과 사람과 허공을 연속해서 때려내며 뒤로 물러났다.

고건성의 앞으로 내려선 고민석은 재차 땅을 튀기며 쫓아 나갔고, 그 뒤를 그림자처럼 붙어가는 고건성의 왼 어깨가 뭉그러져 있었다. 고통의 표정은 없었으나 살인의 의지로 입매가 일그러진 고건성은 미친 사자처럼 뛰어왔다. 백발귀의 눈빛은 더욱 붉어졌다.

미친 듯이 튀어나오며 미간을 찔러가던 고민석의 검이 갑자기 쓰러지며 백발귀의 오금을 쑤셨다. 그 모양은 흡사 앞 못 보는 소경이 발에 걸려 넘어지며 지팡이로 땅을 짚는 형국이었다. 또한 다른 점은, 의도했음을 알지 못할 만큼 빠른 속도와 번개 같은 검극의 전환이었다.

백발귀는 오금을 빼며 손을 후려쳤다. 그러나 머리 위에선 호목의 곰 같은 놈이 뛰어오르며 칼을 쪼개 내렸다. 그 기세가 왠지 만만치 않아 보였다.

아랫놈에게 두 번의 손 그림자를 날려주고 양손을 들어 올려 칼을 마주 잡았다. 그리고 내려서는 몸을 향해 일지각(一枝脚) 차 넣었다. 이 한 수에 놈의 하복부는 맞창이 뚫릴 것이었다. 그러나 그때 고건성도 마주 발을 차내고 있었다.

백발귀는 새하얗게 웃었다.

파앙!

두 발이 격돌하는 순간, 부딪침과 함께 고건성의 무릎이 굽어들었다. 굽혀진 정강이가 대퇴를 치는 순간, 반동으로 힘을 받은 육중한 몸이 팽그르 허공으로 다시 떠올랐다.

두 손 사이에 잡힌 칼도 돌아가며 미끄러졌다. 어, 하는 백발귀의 기성이 나오는 순간, 내버려 뒀던 아래쪽의 놈이 검으로 땅을 짚으며 되튕겨 올라왔다. 그리고 땅에 박혔던 검이 뽑혀질 때, 동반한 거친 흙먼지가 자욱이 비산해 붉은 눈을 유린했다.

"어억!"

백발귀는 저도 모르게 소리쳤다. 갑자기 눈 속을 파고든 흙 알갱이가 시야를 가렸다. 따끔한 고통 속에서 두 놈의 모습이 사라져 버렸다. 순간적으로 발끝에 진기를 모아 땅을 밀어 차고 두 손은 쉬지 않고 앞을 향해 내둘렀다.

파파파파파팡!

손끝에 공기가 부서지는 소리가 요란한 가운데 무언가 이질적인 기운이 쇄도했다. 두 팔에 진기를 끌어 모으며 억지로 눈을 부릅뜬 순간, 왼쪽 어깨에 두터운 박도가 내리박히고 있었다. 백발귀는 이를 악물고 왼손을 마주 뻗어냈다.

캉!

쇠붙이와 인간의 손이 부딪쳐 내는 소리가 아닌 것이 터져 나왔다. 손목과 팔을 타고 어깨를 거쳐 심장을 흔드는 힘에 백발귀의 미간이 흉하게 일그러졌다. 그리고 그사이에 고민석의 검은 귀신처럼 가슴을 찍어 들어왔다. 백발귀의 오른 손바닥이 검극을 가로막았다.

캉!

예의 쇳소리가 울려 나오고 검끝은 검은 장갑의 손에 잡혀 버렸다. 그 순간 백발귀의 붉은 눈이 출렁대며 기운이 쏟아져 나왔다. 양손에

잡힌 칼과 검은, 팔을 타고 솟아난 검푸른 기운 속에 동시에 부서져 나
갔다.

탕!

팡!

그러나 그때, 검을 버린 고민석이 백발귀의 품으로 뛰어들었다. 그
의 손에는 작고 예리한 것이 반짝거렸다. 그것이 검은 피풍을 뚫고 백
발귀의 하복부에 틀어박혔다. 검을 부순 백호조도 내려쳐졌다.

“으헉!”

“커헉!”

두 마디의 음성이 동시에 터져 나왔다. 하복부에 박힌 비수의 고통
에 백발귀가 내지른 소리였고 백호조에 등짝을 가격당한 고민석이 토
해낸 비명이었다. 그러나 비명은 그것이 끝이 아니었다.

삼 분지 일이 부러져 나간 박도를 고건성의 몸이 돌며 횡격세로 갈
라 넣었다.

거칠게 휘돌린 칼이 장작에 박아 넣는 쐐기처럼 백발귀의 흉부에 박
혀 버렸다. 버석! 하고 살과 뼈를 쪼개는 소리는 손끝에만 들리는 듯했
다.

모든 것이 순간이었다.

“크호억⋯⋯!”

백발귀의 몸이 선 채로 경련을 했다. 고건성을 노려보던 눈이 제 가
슴을 내려다보더니 흰창을 드러내며 눈알이 돌아갔다. 이윽고 뒤틀려
진 입으로 피가 흘러내렸다. 그 발 아래 엎어진 고민석의 머리 위로 피
가 떨어져 내렸다.

고건성은 머리를 흔들며 한 걸음 물러 나왔다.

손발이 떨리고 호흡이 턱 끝에 닿아 있었다. 고민석의 몸은 엎어진 채 미동이 없었다. 후둘대는 팔다리로 겨우 다가앉아 의제의 몸을 끌어안았다. 뒤늦은 고통이 왼쪽 상반신을 감싸며 팔이 늘어져 내렸다. 그 앞에서 경련하는 백발귀의 몸뚱이가 비칠대며 뒷걸음질을 쳤다.

한 발, 그리고 두 걸음 물러서던 발이 급기야 무릎을 꺾었다. 가슴에 가로 박힌 칼의 손잡이가 출렁이며 흔들렸다. 검은 장갑으로 뒤덮인 손은 쓰러지는 몸을 떠받치며 땅을 짚었다. 그 손이 앞으로 기우는 몸을 바로 세우더니, 경련으로 부들대며 복부 앞으로 모여들었다. 그리고 배꼽 어림에 박힌 비수의 손잡이를 잡아 뽑았다. 선홍의 핏무리가 퍼지듯 쏟아져 나왔다.

제 배에서 뿜어지는 피를 맞던 손이 가슴으로 올랐다. 억겁이 걸릴 것처럼 느리게 올라가던 손이 넓은 칼날을 붙잡았다. 그러나 푸들대던 손이 조금씩 잦아들더니, 고건성을 바라보던 고개가 가슴 앞으로 숙여져 내렸다. 종내에는 몸을 흔들던 경련도 차츰 사라져 갔다. 입가에서 새어 나오던 피도 더 이상 흐르지 않았다.

피는 기행과 흉악을 일삼던 백발괴인의 것도 진저리 쳐지는 붉은색이었다.

노을도 완전히 사라진 하늘이 검푸르게 변해갔다. 그 아래로 또다시 바람이 불어 당겼다. 바람을 타고 저녁 새들이 집으로 돌아가고 있었다. 고건성의 머릿결이 흔들리고 백발귀의 검정 피풍이 펄럭거렸다. 황량한 바람은 계속해서 감싸고 돌았다. 아마도 저 바람을 타고 죽은 자의 영혼이 하늘에 오르고 새에 의해 인도되어 황천을 가는지도 몰랐다. 그 옛얘기이지만, 진정으로 그러한지는 알 수 없는 일이었다.

망실한 사람처럼 허공을 지향하던 고건성의 고개가 흠칫 떨어져 내렸다. 품 안에 안긴 고민석은 기식이 엄엄하였다. 얼굴은 하얗게 탈색되어 밀랍 같았고 입 주위로는 백발귀처럼 선혈이 낭자하였다. 마음이 다급해졌다. 하진 쪽을 쳐다보았다. 아직은 산의 그림자만이 눈앞에 있을 뿐, 심중의 거리는 아득하였다. 조카 고연호를 돌아보았다. 그리고 그 순간…… 절망하였다.

당무호가 웃고 있었다.

고연호가 누워 있는 나무 아래, 모포 옆에 쭈그리고 앉아 시골의 노인네처럼 이빨을 보이며 희게 웃고 있었다. 검붉게 그을린 얼굴은 사신처럼 섬뜩했고 야차같이 치솟은 눈매는 희뜩대며 차가운 열기를 뿜어냈다. 시선은 고건성의 전신을 얽어매듯이 엄밀했고 두 손은 한가로이 잡풀을 뜯어내며 풀을 던졌다. 불행은 밀물처럼 연이어 밀려온다 했던가…….

"대단하군 그래… 백발귀의 목을 따다니 말이야……!"

차가운 목소리엔 감정이 실려 있지 않았다. 말의 내용처럼 경탄이 담겨 있지도 않았다. 그냥 건조하고 차가울 뿐이었다.

손끝에 놀아나던 풀을 버리고 당무호가 일어섰다. 의식이 없는 채로 풀밭에 누워 있는 고연호를 내려다보았다. 차가운 미소가 다시 얼굴에 생겨났다. 그리고 고민석을 안고 주저앉아 있는 고건성을 향해 다가오기 시작했다.

"곧 시체가 되겠군 그래. 사특한 백발광인의 백호조에 얻어맞고 멀쩡했던 사람은 여태껏 없었으니까. 저런! 숨소리도 끊어져 가고 있군……!"

실성한 사람처럼, 다가오는 당무호를 고건성은 쳐다보기만 했다. 왜 자신이 이러고 있는지, 자신이 품에 안고 있는 사람이 누구인지, 다가오며 말을 지껄이는 자가 누구인지도 망각한 듯한 얼굴이었다. 그러다가 문득, 숨소리가 끊어져 간다는 마지막 말이 챙그랑! 하는 머리 속의 유리 벽을 깨는 소리로 정신을 돌려놓았다.

품에 안긴 고민석이 울컥거렸다. 입으로 피거품이 뿜어져 나왔다. 턱을 벌리고 입 안의 것들을 황급하게 손으로 걷어내었다. 머리를 붙잡고 기도가 개방되도록 고개를 젖혔다. 그러나 코로도 피가 흘러내렸다.

이젠 정말 위험했다. 허망하고 허탈하던 가슴속에 치열한 분노가 다시금 치솟아올라 왔다. 무엇 때문에, 대체 무슨 근거로, 어떠한 자격으로 저들은 자신을 핍박하는지, 왜 자신의 의제가 명재경각(命在頃刻)인 채로 이 허망한 들판에서 자신에게 안겨 있어야 하는지, 옥 같고 금 같은 조카는 무엇으로 인해 저렇듯 사경을 헤매야 하는 것인지, 모든 것이 불합리하고 모순되며 엉망으로 뒤집혀져 있었다.

자신조차 진위가 불명확한 몇 마디의 말과 단편적인 과거의 이야기로 이런 일을 당해야 한다는 것이 말이 막혀 음성이 되어 나오지 않을 정도로 통분절통하였다. 그렇게 뽀개질 것처럼 분노한 가슴에 당무호의 원수 같은 목소리가 칼을 박았다.

"네 조카 놈도 중탕으로 독기를 속히 뽑아내지 않으면 반병신은 면하기 어렵겠구나. 쯔쯔쯧……."

마치 친족의 어려움을 눈으로 보듯이 안타까이 말하며 혀를 차대는 당무호였다. 그러니 곧 이어 쏟아진 말은 잘 벼려진 비수처럼 마디마디에 날이 돋아 있었다.

"하지만… 내 아들의 팔 하나를 잘라낸 것을, 이 정도로 탕감할 수 있으리라 생각하지는 않겠지?”

자신의 앞에 서서 뒷짐 진 손을 풀어내며 이를 갈 듯이 말을 뱉어내는 당무호를 올려다보며 고건성의 조용한 분노가 조금씩 새어 나왔다.

“왜냐? …무엇 때문이냐? …우리가 너희에게 무슨 잘못을 저질렀느냐? 대관절 너희 같은 인의(仁義)의 탈을 쓴 파렴치한 도적의 무리가 궁벽한 시골의 촌부일 뿐인 우리를… 도대체 무슨 관계가 있어 이렇게 죽음으로 핍박하냔 말이다!”

목소리 끝에 고함을 지르는 고건성의 각 진 얼굴과 그 얼굴을 덮고 있는 텁수룩한 턱수염이 분노를 담고 흔들거렸다. 그 얼굴을 보는 당무호의 미간에는 내천 자가 새겨지며 뒤틀렸다.

“억울하단 게냐? 우매한 소리를 지껄이는구나. 어찌 된 것이든 간에 네놈과 우리 당가에는 이미 지울 수 없는 인과(因果)가 생겨나 버렸다. 그것이 쌍방이나 혹은 어느 일방에 의해 강요된 것일지라도 강호에 몸을 담고 살아가는 자라면 하찮은 소문 한 자락과 오래된 구리 동전 한 조각에도 목숨을 잃고 사는 것이 무림의 사람들이다. 너는 빠져나갈 수 없는 덫에 스스로 발을 들이민 것이다. 그건 누구의 탓도 아닌 게야! 그런 걸 바라지 않았다면 눈과 귀를 틀어막고 세상에 나오질 말았어야지!”

당무호는 조용히 차분하게 지껄이고 있었다. 미간은 차츰 풀어져 갔고 눈빛은 희어지며 가라앉는 듯 보였으나, 어쩐지 독한 기운이 눈자위로 스며드는 것만 같았다.

“결국은 칼을 든 자의 말이 진리이며 힘센 자가 누리는 권세가 당연하다는 말이더냐? 그 아래 영문 모르고 버러지처럼 짓밟혀야 하는 자들은 사람으로 치지도 않는다는 것이냐? 그것이 수백 년을 이어 내려온 너희 당씨 성을 쓰는 족속들의 신념인 것이냐? 진정 그렇다면 너희들은……! 인세에 해를 끼치는 없어져야 할 해충에 지나지 않는 것들이구나……!"

고건성의 악물린 입이 흐트러지듯 다물어지자 당무호의 미목(眉目)이 꿈틀거렸다. 하지만 눈빛만 더욱 하얗게 빛이 날 뿐, 평정을 흩뜨리는 흥분은 나타나지 않고 있었다.

"좋을 대로 생각하려무나. 하지만 나도 이제 내 볼일을 보아야겠다. 달갑진 않겠지만 너를 맞을 준비를 해두었으니 나와 함께 본 가로 가주어야겠다. 다른 건 몰라도 혈리표를 만든다는 그놈과는 특별한 인연이 있는 듯하니, 네 몸뚱아리는 아마도 유별하게 쓰일 수 있을 게다."

"네놈들이 노리는 것에 대해 아는 바도 없지만, 안다 해도 가르쳐 줄 의향은 조금치도 없거니와 이제 나를 죽일 수는 있어도 네놈 뜻대로 몰고 가지는 못할 것이다!"

부릅떠진 눈으로 저주처럼 말을 내뱉고는 고민석의 부러진 장검을 잡고 고건성이 몸을 일으켰다. 죽음을 각오한 결사의 의지가 온몸에 피어 나왔다.

"어리석은 곰 같기는… 내가 의중에 둔 물건을 망치는 바보로 보이더냐? 당가의 사람들이 무엇을 장기로 삼는지 잊은 게로구나. 흐흐흐흐흐!"

당무호의 웃음소리가 귓가에 멍멍히 울린다고 느낀 순간, 고건성의 망막에 비친 당무호의 얼굴이 흐릿해졌다. 무공을 처음 배우던 어린 시절, 마보(馬步)로 두 시진 동안을 뜨거운 태양 아래서 버티다가, 온통 돌아가는 하늘과 함께 무너지던 그때의 기억이 떠올랐다.

고건성은 비틀거렸다. 눈앞엔 당무호의 몸통이 이지러지며 땅이 솟구쳤다. 하늘이 돌아가고 초목이 흩어졌다. 갈피를 잡지 못하는 몸이 무릎을 꺾어 내렸다. 술 취한 사람처럼 흔들리는 윗몸 아래 손목이 풀어지며 동강난 검을 떨구었다.

악귀처럼 찢어진 입으로 당무호가 웃으며 다가들었다. 이젠 끝이었다. 이렇게 끝이 나고 마는 것이었다. 정신이 아득하고 몸뚱이는 지옥처럼 가라앉았다. 죽어야 하는데. 욕을 당할 수는 없는 노릇인데. 저놈들의 뜻대로 되어서는 정녕코 안 될 터인데…….

고건성의 의식은 절망으로, 점점 더 나락으로 떨어져 내려갔다. 그러나 그때, 닫혀가던 의식의 틈을 비집고 희망의 불씨를 되살려 주듯, 꺼져 가는 의식을 찢는 바람의 소리가 낭자하게 들려왔다.

쿠아아아아!

거대한 힘을 실은 바람의 소리가 흔들리는 당무호의 몸을 가르고 지나갔다.

회오리처럼 회전하던 그것이 휩쓴 자리에는, 떨어진 마차 바퀴가 갈라지며 튀어 올랐다. 그리곤 길을 벗어나 나무 밑둥을 쓸어내며 박혀 버렸다. 그 힘에 고목의 몸통이 갈라지며 비명을 질렀다.

뿌드드드드득!

고목에 박힌 채 가진 힘을 주체하지 못해 떨고 있는 그것은 커다란 몸체의 살인 병기였다. 결코 지금처럼 풍차와 같이 날아와 박히는 용도의 것이 아닌, 한 자루 거대한 도끼였다.

고건성은 흔들리던 몸을 가누지 못하고 쓰러져 버렸다.

바닥에 부딪친 머리는 거칠게 퉁겨지는 흙바닥 위로 다시 떨어졌다. 그 눈앞으로, 저 멀리 길의 끝에서 땅을 접듯이 질주해 오는 여러 사람의 모습이 흐릿하게 보였다. 그중 한 사람은 커다란 덩치가, 자그만 자신의 모습처럼 보이고 있었다.

고건성은 침을 흘리며 흐릿하게 웃었다. 눈앞은 가물해지고 점점 어두워져만 갔다.

## 추적(追跡) 3

장마가 시작되려는지 바람 속에 비 냄새가 가득했다. 중하현을 가로
도는 눈앞의 퍼런 강물도 비릿한 물 내음을 그 바람에 실어 더했다. 해
는 아직도 나오기 싫은지 온통 푸름한 새벽 여명만이 사방에 가득했지
만, 그 속을 들고 나는 언덕 아래의 선창에는 부지런한 배들과 사람들
이 쉼없이 움직였다.

황보숙정은 휘날리는 귀밑머리를 가지런히 손가락으로 모아 내리며
한 남자를 생각했다.

이십일 년을 살아오는 동안 처음으로 가슴속에 돌처럼 들어앉은 사
내. 눈 내리던 지난겨울 휘날리는 눈발 속에서 신화처럼 다가온 남자.
그리고 때때로의 생각만으로 온 전신의 달콤함과 무정한 서글픔을 주
는 사나이.

사람들은 그를 가리켜 무쇠 팔과 강철 다리를 가진 호랑이. 철비철

각호라고 한다.

"호오… 어렵구나, 어려워."

나직한 한숨과 함께 뜻 모를 외마디를 내뱉으며 황보숙정은 제 볼을 두 손으로 감쌌다. 발갛게 상기된 볼은 따끈했고, 볼록한 가슴은 아직도 쿵쾅거렸다.

"뭐가 어렵다는 게냐?"

"어머나!"

갑자기 들린 목소리에 황보숙정이 화들짝 놀라며 돌아섰다.

목소리의 주인은 오빠 황보석정이었다.

"어, 언제 온 거예요?"

"언제 오긴? 네가 하도 넋을 빼놓고 있길래 말을 안 하고 있었을 뿐이지 진작에 와 있었다."

당황해하는 여동생의 얼굴을 보며 황보석정은 알 듯 모를 듯 의미로운 미소를 짓고 있었다.

"와, 왔으면 기척을 낼 일이지 그렇게 도둑처럼 보고 있었단 말이에요?"

당황한 얼굴을 감추려는 듯, 도리어 샐쭉이 말을 쏘아붙이는 황보숙정의 모습을 보며 황보석정은 빙그레 웃음 진 얼굴로 대답을 했다.

"무예를 수련한 무가의 여식이, 지척에 사람이 다가오도록 기척을 발견하지 못했다면 그 또한 웃음거리다. 그것도 황보가의 자식이 말이다."

"그, 그거야 뭐……."

얼버무리는 황보숙정의 고운 얼굴에 황보석정은 은근한 음성으로, 그러나 진지하게 되물었다.

“도대체 무슨 생각을 하고 있었던 거냐?”

오빠의 질문에 다시 당황함으로 허둥대는 황보숙정의 입은 두서없이 말을 꺼냈다.

“새, 생각은 무슨… 그, 그냥 강바람이 심회(心懷)를 돋는지라서…….”

“집 떠난 여행자의 소회라도 느끼던 중이었단 말이냐?”

“그, 그래요. 바로 그거예요.”

황급히 고개를 끄덕이는 여동생의 두 눈을 보며 황보석정은 더욱 짙게 미소를 그렸다.

“조금 전 네 모습은 말이다.”

“네?”

“여문 복숭아처럼 붉어진 볼을 해서 강을 쳐다보던 네 모습은 말이다…….”

“뭐, 뭐가…….”

황보숙정은 제 뺨을 두 손으로 다시 감쌌다.

잠시 뜸을 들이던 황보석정은 다시 말을 꺼냈다.

“꼭… 연전에 개봉관아의 문서기(文書記)와 눈이 맞아 집을 나간 월향이의 모습과 똑같더구나.”

황보석정의 말에 두 눈을 껌벅대던 황보숙정은 뒤늦게 얼굴을 붉혔다. 그리고 고운 목소리를 높여 소리 질렀다.

“오빠!”

“하하, 하하하하하!”

호탕하게 웃음을 웃는 황보석정을 보며 황보숙정은 예쁜 두 눈을 가득 흘겨 떴다.

“객쩍은 소리는 그만 하고 다녀온 일이나 얘기해 봐요!”

골내는 아이 같은 동생을 보며 황보석정은 흐릿하게 웃음을 뒤로 끌며 말을 꺼냈다.

"어떤 놈인지 모르지만 우리 숙정이의 마음을 저렇게 뺏어간 걸 보면 분명 보통 사내는 아니겠지?"

"그만 해욧!"

"하하하하!"

거듭된 황보숙정의 새된 고함에 시원한 강바람처럼 웃던 황보석정은 웃음을 거두었다. 그리고 천천히 흘러가는 강물을 향해 몸을 돌리며 뒷짐을 지었다.

몸을 돌린 황보석정의 모습에서 더 이상의 농기운을 느끼지 못한 황보숙정은 가볍게 한숨을 쉬며 처음처럼 강을 바라보며 섰다. 하지만 자신이 내쉬는 한숨이 어떤 의미인지는 자신조차도 헤아려지지 않았다.

"짐작대로 지난밤의 일은 당가의 소행이더구나."

강물처럼 조용히 흘러나온 오빠의 목소리에 황보숙정은 흠칫 상념을 털어냈다. 그리고 방금 전 들렸던 오빠의 말이 어떤 내용인지를 상기하고 고개를 돌렸다.

"그럼, 그들이……."

"그래. 수상쩍은 당가의 움직임과 독상을 입고 찾아든 그들 일행의 처지를 짐작하고 미리 마차를 준비해 놓지 않았다면, 그들은 봉변을 면하기 어려웠을 게다."

고개를 끄덕이는 황보석정의 옆모습을 보며 황보숙정은 찬 숨을 들이키었다.

"역시… 그렇게 객잔에 나타난 건 우연이 아니었군요."

혼잣말 같은 동생의 음성을 옆으로 들으며 황보석정은 뒷짐 진 손을 풀어 가슴 앞에 모아 팔짱을 지었다. 무거운 음성은 조심스럽게 다시 흘러나왔다.

"하지만 잘한 일인지는 모르겠구나. 강호의 은원(恩怨)에 끼어든다는 것은 제 몸을 사슬로 얽는 것과 같은 일인데……."

오빠의 무거운 음성에 유심한 눈빛으로 바라보던 황보숙정은, 이내 고개를 갸웃하며 되물었다.

"도대체 당가는 어째서 그들을 핍박하는 걸까요? 그들은 그저 촌사람들에 불과한 것 같던데 말이에요. 설마 하니 혈리표인가 하는… 그것 때문일까요?"

제 말 중에 스스로 끔찍한 것을 떠올린 듯, 짧은 진저리를 털어낸 황보숙정은 아미를 깊게 찌푸렸다.

동생의 질문에 고개를 돌려 잠깐 눈길을 준 황보석정은, 다시 바라보던 강물로 시선을 돌리며 입을 열었다.

"그들에겐 기진이보를 발견한 듯한 일이겠지. 다른 것도 아닌 암기와 독으로써 기초를 세운 가문이니까 말이야."

강물을 보던 황보석정의 눈은 하늘로 향했다. 습기 가득한 짙은 구름을 보는 그 두 눈은, 다시 벌어지는 입만큼이나 무거웠다.

"그런 자들의 눈에 비친 혈리표는… 베일 줄 알면서도 잡을 수밖에 없는… 칼잡이들의 본능과도 같은… 그런 것이겠지."

삼키는 듯 뱉어내는 듯, 어쩐지 슬픈 기운이 묻어나는 듯한 오빠의 목소리를 들으며, 황보숙정은 가만히 고개를 끄덕였다. 그러나 그렇게 끄덕여지던 머리가 곧바로 세워지며.

"하지만 아무리 그렇다고 해도 사람의 목숨을 해쳐 가면서까지 자신들의 욕심을 채우려는 것은 옳지 못해요. 그것은 사람의 도리가 아니에요. 설사 그런 일을 벌이는 당사자가 당문이 아닌 그 어느 누구라도 말이에요."

황보숙정의 목소리는 단호했다. 그 음성에, 흐르는 구름을 올려다보던 황보석정이 가만히 고개를 다시 돌렸다.

흑백이 분명한 검고 큰 눈에 누구라도 반하지 않고는 못 배길 어여쁜 얼굴. 그 얼굴에 떠올라 있는 단호한 의지. 세상의 이치를 인정의 옳고 그름으로만 판단하는 때 안 묻은 철부지 소견.

다 큰 듯하지만 동생은 아직도 어렸다. 제 눈에 보이고 제 마음에 좋은 것으로만 판단할 뿐, 세상이 어떻게 흘러가는지를 알지 못하는 것이다. 사랑스럽고 여린 아이다.

그런 동생이 연정(戀情)을 품었다. 저 눈은 그리운 사람이 있음을 유난스런 반짝임으로 말하고 있다. 언제나 코흘리개로 응석만 부리던 동생의 마음을 앗아가 버린 외간의 사내가 생긴 것이다. 그런 걸 보면 동생은 또한 다 커버렸다. 이젠 함부로 안아주지도 못할 만큼.

그러나 그 대상이 과연 누구일까. 동생을 생각에 잠긴 얼굴로 만들고 붉어진 뺨을 만지게 하는 사내는 과연 누구일까. 혹여 아는 자일까.

아무래도 좋다. 그저 저 고운 웃음을 평생 이어줄 수만 있는 사내라면…

"뭘 그렇게 봐요? 내 말이 틀려요?"

도전하는 눈빛으로 되묻는 황보숙정의 얼굴을 보며 황보석정은 이제 막 눈 뜬 강아지의 앙알거림을 보는 듯, 가만히 푸근한 웃음을 지었다.

"뭐예요? 그 웃음은?"

사뭇 화난 기색으로 되쏘는 동생에게 황보석정은 염려와 자애가 묻어 나오는 마음을 가슴에 되새기며 천천히 뒤돌아섰다.

그 모양에 황보숙정이 또 소리쳤다.

"오빠! 그렇게 자꾸 사람 무시할 거예요!"

그 소리를 뒤로 들으며 황보석정은 포구를 내려다보며 언덕길을 내려갔다.

발길은 무거웠지만 동생의 예쁜 웃음은 그나마 마음을 덜어주었다. 돌이켜 보면 자의 반 타의 반으로 떠나온 여행길이었지만, 그 도중에 겪은 일은 이제껏 살아온 인생을 통틀어 가장 참혹한 경험이었다.

마치 역병(疫病)처럼 갑작스레 들이닥친 남궁가의 참사. 그 원인을 제공한 거짓 같고 꿈같고 허무맹랑한, 눈으로 보지 않았다면 믿기조차 힘든 혈리표라는 악마의 무기. 그리고 그 날에 찢겨 나간 수백 사람들의 목숨과 붉은 피.

황보석정은 호흡이 가빠지는 걸 느끼며 발을 헛디뎠다. 떠올리는 생각조차도 힘에 겨운 그 일은 꿈처럼 기억 속에 박혀 버렸다. 그리고 그일은 시도 때도 없이 악몽처럼 눈앞에 짙은 피 안개로 떠오르는 것이다.

진정 지독하고도 지옥 같았던 일이었다. 함께 온 동생이 걱정스러웠다. 황보가의 자식이라지만, 그저 꽃을 보고 웃음 짓는 여자일 뿐인 저아이가 받았을 충격을 생각하니 안쓰럽고 고민스러웠다. 그러나 그런자신의 걱정과 달리, 동생은 어쩐 일인지 평소와 같아 보였다.

생전 처음 겪은 일에 충격을 받은 것은 확실해 보이지만, 그보다는더 크고 중요한 일이, 아니, 그 어떤 영상이 참혹했던 기억을 뒤로 밀어내는 것 같았다. 그리고 그것은 당연히, 한 남자의 얼굴일 것이다.

"오빠아!"

또다시 골질 하는 아이 같은 황보숙정의 음성이 뒤로부터 들려왔다. 그 천진스런 음성에 지옥 같은 기억들을 고갯짓으로 털어버린 황보석정은 시큰둥한 목소리로, 그리고 달라붙는 동생을 귀찮아하는 어릴 적 오빠의 음성으로 대답했다.

"그만 가자꾸나. 배 들어오는 게 안 보이느냐?"

성큼성큼 내려가는 황보석정의 뒷모습을 보고 눈을 흘기던 황보숙정은, 저 아래쪽으로 흰 포말을 꼬리에 달고 들어오는 판옥선을 보았다. 그때, 몇 걸음 더 멀어진 오빠의 음성이 다시 들렸다. 바람에 실려 보내는 독백 같은 목소리가.

"이젠 집에 돌아가 정말로 잠이나 자야겠다. 세상이 어지럽구나… 내 집안이나 바깥이나 어느 곳이나……."


"깨여엇!"

유난히 큰 목소리가 포구를 들고 나는 사람들의 귀를 파고들었다.

"달콤새콤한 살구엿! 말랑몰랑 호박엿! 해동 특산 인삼여엇!"

목소리의 주인은 선창가의 정경과 걸맞지 않는, 작은 엿수레를 끈 엿장수였다.

"할아비 손자 같이 먹다 주먹질하는 호박엿! 젊은 처자들 니 구멍 내 구멍 크기 재다 뺨 때리는 통깨엿! 과부 홀아비 밤새 먹다 잠드는 살구엿! 죽은 자식 부랄도 세우는 인삼여엇! 자, 구경들 하시고 맛들 보시오! 엿판이요, 엿판!"

곰보 얼굴에 무명 수건을 질끈 이마에 둘러맨 엿장수의 사설은 지나는 사람들의 이목을 끌어 모았다. 배에서 내리던 사람들도 한 차례씩 시선을 주며 관심을 보였고, 배에 오르려는 사람들도 웃으며 발길을 멈췄다.

"큭큭! 오빠, 저 사람 말하는 것 좀 들어봐요."

황보숙정은 황보석정의 옷깃을 잡으며 키들거렸다.

동생의 가리킴에 선창으로 가던 발길을 멈춘 황보석정은 엿장수의 소란스런 언행을 보며 실풋 웃었다. 하지만 이내 눈길을 돌려, 한쪽 손으로 입을 가린 채 연신 까륵대는 동생의 얼굴을 보며 더욱 짙게 미소를 그렸다.

동생은 확실히 사랑에 빠진 여인의 태를 내었다. 선창으로 오는 내내 하늘과 구름과 사람과 집들을 보며 싱글거렸고, 봄바람에 터지는 꽃봉오리의 향내처럼 그렇게 방실대었다. 그러나 그 중간중간에 실연당한 여인처럼 시무룩함에 빠지기도 했으며, 때때로 깊은 한숨 속에 진저리를 치며 죽은 자들의 얼굴을 떠올리는 듯도 했다. 그러나 역시 또, 누군가를 생각하는 얼굴이 되어서는 다시 방긋거렸다. 하지만 그 미소가 지금 갑작스레 굳어지고 있었다.

의아함을 느낀 황보석정은 동생의 굳어지는 눈을 보며 그 눈길을 따라 시선을 돌렸다.

"숙정아, 왜……."

돌아가는 시선과 함께 말을 꺼내던 황보석정은 끝을 잇지 못했다. 엿장수를 바라보며 아이처럼 웃던 황보숙정이 보고 있는 것이 무엇인지를 알았기 때문이다. 아니, 보고 있는 사람이 누구인지를.

"어, 여보슈. 그거 정말이오?"

투박한 목소리가 동생처럼 굳어버린 황보석정의 귓가에 들려왔다. 다섯 명의 사내들이 발길을 멈추고 엿장수의 수레 앞에 멈춘 것이 보였다. 그중 억세 보이는 골격의 황의(黃衣)사내가 엿장수에게 말을 걸고 있었다.

"뭘 말이오?"

엿장수의 대답도 들렸다. 하지만 두 남매의 눈은 한곳만을, 아니, 한 사람만을 보며 움직일 줄을 몰랐다.

다섯의 사내들 중 맨 뒤에 선 채로 무심한 눈길을 던지고 있는 자. 검은 옷에 회색 바랑. 쇠 기둥 같은 몸에 범 같은 손과 발. 표정없는 얼굴에 아무렇게나 동여맨 검은 머리.

황보석정은 굳어진 가슴속에서 절구공이처럼 쿵쾅대는 커다란 소리를 느끼며 눈동자를 떨었다.

"죽은 자식 부랄도 세운다며? 그거 진짜로 효과있는 거짓말이냐 이 말이오?"

"압따, 이 냥반이 뭔 말을 그렇게 허무맹랑하게 물어봇씨요? 속고만 사셨소? 이 인삼엿으로다가 말할 것 같으면 해동 특산의 특미에 특상품이다 이 말씀이오. 효과야 두루두루 장땡이지. 암 그렇고말고."

엿장수의 기름 친 듯 흘러나오는 대답에 황의사내 언두수는 미간을 찡그리며 사뭇 시비조로 딴지를 놓았다.

"제길, 그거야 누가 봤나? 장사꾼 이야기를 누가 믿어? 까짓 엿가락에 그런 효능이 있으려고?"

엿장수는 가자미처럼 눈을 옆으로 째지게 뜨며 언두수의 위아래를 훑어 내렸다. 그 눈이 말하는 것은 듣지 않아도, '이 자식은 뭔데 남이 장사하는 데 와서 초칠이야?' 라고 하는 것을 알 수 있을 것 같았다.

"어? 당신 눈이 왜 그래? 째진 눈알에 힘들어갔는데? 어라? 위아래로 요동질까지 하네?"

언두수는 엿가락을 하나 들어 사내의 눈을 가리키며 흔들었다. 그 불량한 모양과 말본새에, 어금니에 힘을 주던 엿장수의 눈이 파르르 떨림을 보였다.

하지만 곧 터져 나올 것 같던 엿장수의 침 튀는 말은, 주변에 선 사내들과 그 몸통에 붙은 쇠붙이들을 보고는 꿀떡 삼켜졌다. 그 모양이 또한 똥물을 퍼 마시는 장독(杖毒) 환자 같았다.

"에, 이 엿은 해동의 특산품을 바닷길로 직수입한 것으로서, 중원 땅에서는 찾아볼래야 찾아볼 수 없고, 맛볼래야 맛볼 수 없는 귀품 중의 귀품올시다. 고로……."

"잠깐!"

터지려는 울화를 누르며 장사꾼 본연의 자세로 돌아가 설명을 늘어놓던 엿장수의 말은 언두수의 급한 제지로 끊어졌다.

"해동의 특산품이라고?"

이번엔 언두수가 가자미눈을 만들며 엿장수에게 물었다.

"그렇… 습니다."

뭔가 불안한 눈이 된 엿장수는 대답이 늘어졌다.

"귀품 중의 귀품이고 구할 수도 없는 것이라고?"

"그런… 데요?"

"그런데 그걸 뭘로 믿지?"

"그거야… 내가 직접 믿을 만한 곳으로부터 사 왔으니까… 그렇지요."

"그럼, 지금 이곳에는 이게 진짜 해동 인삼으로 만든 그곳의 특산품인지 아는 사람은 당신밖에 없다는 말이잖아?"

"그렇… 지요."

"그렇다면 당신이 가짜를 진짜로 속여 판다고 해도 사 먹는 사람들
은 알 도리가 없는 거군? 그냥 그런 줄 알고 먹을 수밖에. 그렇지?"

고개를 뒤로 약간 젖히고, 눈을 아래로 내리깔며 말하는 언두수를
바라보는 채로 엿장수는 잠시 말이 없었다. 그러나 뭔가 굉장히 억울
하고 돈도 안 되는 쓸데없는 일에, 같잖은 놈한테 귀중한 시간을 빼앗
기고 있다는 생각이 얼굴에 비친 순간, 곰보 얼굴이 일그러지며 벌컥
말이 터져 나왔다.

"여보쇼! 살 거요, 말 거요? 이거 원, 별 엿 같은 꼴을 다 보겠구만!"

울화가 치민 엿장수는 앞선 사내들이 무림인들이란 종전의 생각도
잊은 채로 거듭 쏘아붙였다.

"뭐? 진짠지 가짠지 어떻게 아냐고? 아, 지미럴, 이따위 엿가락에 그
따위 게 다 무슨 상관이야? 처먹어봐서 입에 달면 그만이지! 안 사려거
든 저리 꺼져!"

엿장수의 화난 기세에 짐짓 놀란 눈을 만든 언두수는 어깨를 뒤로
빼며 다시 말을 받아쳤다.

"어라, 이 양반 화내니까 무섭네. 잘하면 사람 치겠소?"

"왜? 한번 진짜 쳐볼까? 집적대지 말고 가던 길이나 가라고! 나도 중
하바닥에선 이름자만 대도 으르쌍쌍한 몸이라고! 알았어? 에이, 퉤! 재
수가 없으려니까 별 놈이 다 난장질일세!"

바닥에 침을 쏘아 뱉은 엿장수는 이마에서 틀어진 무명 수건을 다시
동여매며 언두수를 외면했다.

어느새, 선창을 들고 나는 사람들은 갈 길을 멈추고 두 사람의 언쟁
을 지켜보는 중이었다. 하지만 사람들의 눈에 떠오른 표정은 한 가지.
종전의 수작질보다도 무림인이 분명한 황의사내에게로 이성을 상실한

듯이 막말과 댓거리를 해댄 엿장수에 대한 염려와 걱정이었다. 그리고
그 눈들은 아직도 상황 판단을 못하는 듯한 엿장수와 그를 바라보고
있는 황의사내의 반응을 기다렸다.

 "어라, 내가 뭘 잘못했나? 난 그냥 내 생각을 얘기했을 뿐인데?"

 뒷머리를 긁던 언두수는 뒤로 돌았다. 그리고 제 일행에게 다시 물
었다.

 "이봐, 하 형. 부 형님. 내가 잘못한 거요?"

 뒷전에 서서 처음부터 못마땅한 얼굴로 쳐다보던 부춘호는 끄응 소
리를 내며 몸을 외로 틀었고, 일행이 아닌 것처럼 강물과 배들만 멀끄
러미 바라보는 하남은 대답이 없었다. 그리고 정곽과 세철은 돌부처
같은 얼굴로 바라만 보았다.

 제각각인 일행의 모습을 바라본 언두수는 긁던 뒷머리를 더욱 세게
긁어대며, 다시 엿장수에게로 돌았다. 하지만 돌아가는 그 눈에서 반
짝반짝 빛이 나는 것이, 어쩐지 어울리지 않는 교활한 눈빛임을 아무도
알지 못했다.

 아직도 분기 안 풀린 얼굴로 목판 위의 엿가락들만 일없이 정리하는
엿장수에게로 언두수는 은근하게 입을 열어 불렀다.

 "여보슈."

 "뭘 보슈?"

 엿장수의 응대는 야멸찼다. 하지만 언두수는 더욱 은근했다.

 "솔직히 그 엿 말이외다."

 "내 엿이 뭐? 어디가 어때서? 객쩍은 소릴랑 집어치우고 가라니까?
당신 같은 사람한텐 내 엿 안 팔아. 그러니까 집에 가서 애를 보든지
뒷간에서 용두질을 하든지 당신 볼일이나 보라고. 허우대는 멀쩡해 가

지고 꼬라지는 어디서……."

처음처럼 언두수의 위아래를 쓸어보던 엿장수는 곰보로 얽어진 얼굴을 갑자기 흠칫, 굳혔다. 그리고 눈앞에서 얄밉게 말을 거는 황의사내와 그 뒤로 선 사내의 일행들을 다시 보았다.

그제야 오가다 멈춰 선 사람들의 혀 차는 소리와 작은 소곤거림이 귀에 들어왔다.

"저 곰보 무슨 배짱으로 저래? 저자들은 무림인들 아냐?"

"누가 아니래? 간이 배 밖으로 나온 자로군 그래. 아마도 미친 모양이야."

엿장수는 갑자기 입 안에 침이 고이는 걸 느꼈다. 하지만 따끔대는 목구멍은 고인 침을 넘기지 못했다. 덩달아 심장도 뛰었다. 그리고 오금이 저려왔다.

'제기랄 내가 지금 무슨 짓을 한 거야? 어젯밤 꿈자리가 사납더라니, 이런 개 같은 꼴을… 어이구, 미쳤구나 미쳤어.'

사색으로 변하는 엿장수의 얼굴을 말끄러미 바라본 언두수는 더욱더 친근한 얼굴과 음성으로 말을 건넸다.

"이보슈."

"네? 아, 네네……."

움찔, 뒤로 물러나는 엿장수의 반응과 달리 언두수는 엿판 위에 두 손을 짚고 상체를 바짝 들이밀며 다시 말했다.

"사실 말이야 바른말이지 당신도 물건을 떼어오는 곳에서 속고 사지 않았다는 보장은 없지 않소? 그렇지?"

"아, 그, 그거야……."

어찌 대답해야 하나 망설이는 태가 역력한 엿장수는 죽어 들어가는 목소리로 다시 대답했다.

"…그렇습지요."

실쭉, 가로로 입을 벌리며 웃음을 보인 언두수는 엿가락을 다시 하나 집어 들며 은근하게 속삭거렸다. 하지만 주위의 그 누구라도 들을 수 있는 목소리였다.

"그래서 말인데, 당신 오늘 우릴 만난 게 아주 다행스런 일이라구."

"예? 그 무슨……."

"내 뒤에 선 저 양반 보이쇼?"

엿판을 짚었던 한쪽 손을 뒤로 돌려 언두수가 손짓을 했다. 손끝을 따라 엿장수의 영문 모를 시선이 이동했고, 그 손길이 가리키는 것은 뜨악한 눈길로 바라보고 있는 부춘호였다.

"저 양반이 해동서 다년간 유학하다 온 사람인데, 그곳의 문물에 대해선 누구보다도 정통한 사람이오. 특히 그곳의 신품(神品)인 인삼에 대한 식견은 두말하면 잔소리지. 암 그렇고말고."

"예에… 그렇… 습니까?"

딱히 믿는 얼굴도 아닌 엿장수는 건성으로 늘여 대답을 했다. 바라보는 부춘호가 기막힌 얼굴인 건 당연했지만, 상관없다는 듯이 언두수는 다시 쑥설거렸다.

"그러니 다행이랄밖에. 저 양반에게 진품인지 가짜인지를 가려달라면 당신도 확신을 가지고 신용으로 장사를 할 것이고, 또한 가짜로 판명이 된다면 사 온 곳에 가서 따질 수 있을 것 아니오? 그렇지 않소? 그렇지?"

어쩐지 대답을 강요하는 듯한 어조와 분위기에 엿장수는 곰보 얼굴에 복잡한 표정을 지으며 언두수와 부춘호를 번갈아 바라보았다. 그 표정은 일견 언두수의 말이 그럴 듯하다는 듯도 했고, 또 돼먹지 못한 수작질에 응해줘야만 하는 지금의 상황을 못 내켜하는 듯도 보였다.

언두수는 엿장수가 생각할 틈을 주지 않았다.

"부 형님, 이리 오셔서 감정 좀 해주시지요. 아, 장사는 신의와 신용인데 파는 사람조차 진위를 모른다 하니, 형님께서 넓은 식견으로 헤아려 판정해 주시면, 그 또한 모두에게 두루두루 좋은 일이 아니겠습니까?"

특유의 변죽 좋은 낯짝으로 소매를 잡아끄는 언두수의 얼굴을 보며 부춘호는 어, 이 사람 이거 왜 이래, 하는 표정으로 주춤주춤 끌려왔다.

"자, 이것 좀 자시고 높으신 말씀 좀 부탁합니다. 어, 하 형은 뭘 그렇게 딴 데를 보고 있어? 이리 와 인삼엿 맛 좀 보라고."

부춘호의 손에 엿가락을 집어 쥐어준 언두수는 헛기침하며 무안해하는 부춘호는 상관 않고 하남을 불러 세웠다. 그리고 그 손으로 엿가락을 듬뿍 집어서는, 제 입에 집어넣고 세철과 정곽에게로 가 손을 내밀었다.

"선배, 장 형. 맛 좀 보시구랴. 아, 뱃길로 생긴 울렁증을 달래는 데는 엿만한 게 없다니까. 쩝쩝. 아, 달근달근한 게 먹을 만한데?"

아무것도 개의치 않는 듯, 세철과 정곽의 손에도 엿가락을 쥐어준 언두수는 하남에게로 다가갔다.

"하 형, 뭐 하는 거야?"

하지만 다가오는 언두수를 보며 하남은 비쭈름이 웃으며 주변을 어색하게 돌아보았다. 그 깔끔하지 못한 웃음은 주변의 시선들을 창피해하고 있는 것이 틀림없었다. 하지만 언두수는 기어이 불그죽죽한 표정의 그 입에 엿가락을 물려주었고, 그 모든 광경을 허망하고 내색치 못하는 분노로 바라보는 엿장수의 눈에는 불이 일었다.

"어때요, 형님? 괜찮은가요?"

처음 표정과 달리, 어느새 엿가락을 빨고 있는 부춘호에게로 언두수가 다가서며 물었다.

"음음, 글쎄… 쩝쩝… 아직은 뭐라……."

"그래요? 그럼 몇 개 더 자시고 말씀을 해주세요. 저 엿장수 양반의 눈 좀 보세요. 불그스름하게 충혈된 것이 형님의 말씀을 애타게 기다리지 않습니까? 어이, 그렇지요? 내 말이 맞지?"

차라리 말이나 말았으면 밉지나 않을 텐데… 낯짝에 철판을 두른 듯한 저놈은 진위를 판명해 준다는 핑계로 엿가락을 제 동료들에게로 돌리며 아작 내고 있었다. 거기다가 깐족깐족 미운 말까지 해대며, 그 와중에도 제 앞섶에 엿가락을 쑤셔 넣고 있는 것이다.

"에이휴!"

"어, 웬 한숨이셔? 속병이라도 있으신가?"

자신도 모르게 나와 버린 한숨 소리에 언두수가 물어오자 엿장수는 황급하게 얼버무렸다.

"아, 아니올시다. 그저 혹시나 가짜라시면 어쩌나 해서……."

"아, 그래서? 그런 거라면 염려 마시우. 내 볼 때는 맛과 향으로 봐서 가짜는 아닌 것 같은데? 형님, 어떠시우?"

언두수의 질문에 그때까지 엿가락을 쉼없이 빨고 있던 부춘호는 침 묻은 엿을 입에서 빼며 헛기침을 해댔다.

"허, 허험. 에… 가만히 맛을 음미해 가며 먹어보니, 이 엿으로 말할 거 같으면 독특한 인삼의 향내와 맛이 있는 것은 분명한데……."

"진짜인가요?"

갑자기 말을 끊고 들려온 영롱한 목소리에 부춘호는 엿가락 든 모습 그대로 시선을 돌렸다. 그렇기로는 언두수와 딴전 피우던 하남도 마찬가지였고, 처음처럼 일행들의 모습만 바라보던 정곽과 세철도 역시 같았다.

목소리처럼 예쁜 여자였다. 그 여자가 사뿐사뿐 다가왔다. 여자는 일행도 있었다. 헌앙하고 귀품이 흐르는 젊은 사내였다. 그 둘이 같이 다가왔다. 하지만 두 사람의 발걸음은 한 사내에게로 향한 채였다.

"왜 드시지 않죠?"

부춘호의 대답도 기다리지 않고 세철에게 말을 건넨 여자는 대답없이 바라만 보는 묵직한 시선 앞으로 손을 내밀었다.

하얗고 고운 그 손을 모두가 바라보았다. 아직도 엿가락을 입에 넣은 언두수와 곰보 얼굴이 찌그러지던 엿장수까지도.

"저도 좀 주세요."

황보숙정의 말과 행동에 놀란 이는 오히려 옆에 선 황보석정이었다.

동생은 자신에게조차 틈을 주지 않고 사내에게로 다가갔다. 그리고 자신이 말할 사이도 없이, 아니, 수인사를 나눌 틈도 없이 사내에게 말을 넣었다. 그것도 다름 아닌 철비철각호에게.

놀랍고 또 한편 의외로웠다. 동생의 행동은 어색한 곳이 없었다. 마치 전부터 알고 지내던 자에게 내미는 손과 같았고, 생기 돌게 웃고 있는 저 얼굴은 제 가족을 보는 눈길이었다.

하지만 한 가지, 발갛게 달아오른 얼굴과 바라보는 눈 속에서 새어져 나오는 저 영롱한 빛은⋯ 아무래도 감출 수 없는 진실을 말해 주었다.

연정(戀情). 동생이 사모하고 있는, 그리워하며 때때로의 생각만으로 행복한 바보처럼 웃음 짓게 만드는, 그 상대를 드디어 만난 것이다.
그러나 그 상대가… 바로 철비철각호였다니…

"안 주실 건가요?"

세철의 무응답에 더욱더 붉어진 얼굴이 된 황보숙정이 한 발을 더
다가서며 손을 들이밀었다.

그 모양새에 황보석정은 벙하니 입을 벌린 채로 제 동생만 바라보았
고, 엿 빨던 언두수는 저도 모르게 버석, 하고 엿을 깨물어 부쉈다.

턱 밑으로 떨어져 내리는 엿 조각도 잊은 언두수가 두 사람을 바라
보고 있을 때, 응대없이 바라만 보고 있는 세철을 움직이게 만든 이는
정곽이었다.

"먹지 않을 거면 주지 그러나. 젊은 처자가 내민 손을 외면하면 안
되는 것일세. 부끄러운 일이지."

언제나 담담한 정곽의 목소리가 말하는 내용은 모호하였다. 손을 내
민 황보숙정의 고운 손이 부끄럽다는 말인지, 아니면 응답없이 외면하
고 있는 젊은 세철이 용렬하다는 것인지.

하지만 그 말 때문인지는 모르지만, 이제껏 장승처럼 서 있기만 하
던 세철이 굵은 손을 내밀었다. 그 손에는 언두수가 쥐어준 엿가락 두
개가 들려 나왔다. 그러나 표정은 그대로였다.

"고마… 워요."

발갛던 얼굴을 더욱더 수줍게 물들이며 황보숙정이 내밀어진 세철
의 손을 향해 제 두 손을 마주 내밀었다. 그러나 달라던 엿가락은 잡지
도 않고 갑자기.

"어머나, 손에 이렇게 많은 상처가……! 아팠겠어요……."

세철의 엿 든 손을 덥석 붙잡은 황보숙정은 슬퍼진 얼굴로 그 커다

란 손을 쓰다듬었다.

"컥!"

바라보던 언두수가 엿가락이라도 목에 걸렸는지 제 목을 부여잡고 고개를 뒤틀었다. 하남은 들고 있던 엿가락을 떨어뜨렸다. 부춘호는 입을 떡하니 벌리고서 얼빠진 사람처럼 바라보았다. 그리고 제 동생의 곁에서 바라보던 황보석정은 휘청, 쓰러질 듯 뒤로 한 걸음을 물러 나왔다.

그러나 그 누구보다도, 황보숙정이 손을 잡던 그 순간에 놀람을 보인 것은 세철이었다. 꿈틀대며 일그러진 눈썹 끝이 아직도 떨고 있는 것은, 너무도 의외의 일을 겪는 세철의 심중을 대변해 보이는 듯했다.

"안 받을 거요?"

당황한 제 심중을 감추려는 듯 세철이 입을 열었다. 그리고 드디어 열려 나온 무쇠 인간의 목소리에 황보숙정의 고개가 반짝 들려졌다.

중인환시(衆人環視)리에 외간 남자의 손을 잡고도, 그 손에 새겨진 흉터들을 보며 서글픈 얼굴을 만들던 여자가, 다시금 방그레한 미소를 만들며 남자를 바라보았다. 빤히.

"안 받을 거면 놓으시오."

손을 놓으란다 저 남자가. 하지만 어떻게 만날지도 알 수 없었던 사내를, 언제나 다시 만날 수 있을지도 예측할 수 없었던 그 사람을 이렇게 우연처럼 만났는데, 그리고 손까지 잡았는데…

"숙정아!"

황보석정의 높은 목소리에 황보숙정은 꿈꾸다 깨는 사람처럼 화들짝 깨어 나왔다. 그 눈이 제 옆으로 다가선 오빠의 화난 얼굴을 보다가, 배시시 웃으며 세철의 손을 슬그머니 놓았다. 하지만 엇갈려 풀려나는 그 손에는 남자의 손에 들려 있던 엿가락이 여자의 손으로 넘어가 있었다.

황보숙정은 제 손의 엿가락을 잠시 내려다보다가, 천천히 한쪽 끝을 입에 넣고 오물거렸다. 그리고 모두가 그녀의 행동만을 주시하고 있던 잠시 후.

"아, 이 엿 정말 달고 맛있네요. 최고예요, 정말."

그녀는 환하게 웃었다. 행복한 웃음이었다. 그 웃음을 모두가 바라보았다. 슬그머니 다가간 정곽이 동전닢을 엿판 위에 놓아주는 것도 모르게 넋이 빠진 듯이 풀린 눈으로 바라보는 엿장수까지도.

추적(追跡) 4

고목을 뽀개내며 박힌 단월부를 슬쩍 발로 차올린 악중산은, 턱, 하고 손에 잡은 채로 되돌아섰다. 두 눈에선 시퍼런 빛이 뿜어져 나왔다. 그리고 목소리에는 살기가 넘쳐흘렀다.

"이게 지금 뭔 짓거린지 말해 봐라, 당가 애송아."

쓰러진 고목나무처럼 거대한 악중산의 몸을 보며 당무호는 입술을 물었다. 아닌 밤중에 홍두깨처럼 나타난 저 노괴물은 다짜고짜로 자신에게 도끼를 집어 던진 것이다. 그것도 자신의 몸통만한 것을.

거기다가 괴물은 또 다른 괴물들을 달고 나타났다. 더했으면 더했지 덜하지 않은 도신을 비롯한 궁신과 곤제와 권신의 옆으로 선 소림의 외팔이 법진까지.

저들이 어째서 계속 뭉쳐 다니는지는 알 수 없는 노릇이었다. 하지만 지금 이곳에, 하필이면 덫에 걸린 토끼를 수습하려는 찰나에 나타난 호랑이처럼 으르렁대는, 까닭없고 우연한 출몰에 당무호는 놀람을 제치고 심한 짜증이 일었다.

"뭐야? 젊은 애들이 왜 이리 자빠져 있누?"

뒤늦게 어슬렁거리는 것처럼 장내에 다가든 흰머리의 독고지명이 수염을 쓸어 내리며 중얼댔다. 그 눈이 부서진 마차의 잔해와 칼을 박고 앉아 죽어버린 백발귀의 시신에서, 고건성과 고민석에게로 옮겨졌다.

"뭐냐, 이놈들? 꼬라지가 심하게 다친 모양인걸? 이런, 쯔쯔쯧."

혀를 차던 독고지명의 눈이 부신의 눈빛을 받아내며 몸을 굳히고 있는 당무호에게로 돌아갔다.

"어랍쇼? 저놈 발치께도 한 놈이 자빠져 있는걸? 대관절 이게 무슨 일이야?"

제 소유의 전답을 둘러보는 늙은이처럼 뒷짐 지고 어슬렁대며 혀를 차는 독고지명의 곁으로 외팔이 법진이 다가왔다. 그 얼굴이 사뭇 심각하고 놀람이 가득했다. 법진은 뜻밖의 발견을 한 듯 조심스럽고 침중하게 표정이 굳어지며 쓰러진 한 사람의 몸 곁으로 무릎을 꿇었다.

"나무관세음보살… 어찌 이런 일이……."

외팔로, 쓰러진 고건성의 맥을 잡는 법진에게로 독고지명이 바싹 다가들었다.

"뭐냐? 아는 놈이냐?"

법진은 침중하게 고개를 끄덕이며 대답했다.

"알다 뿐이겠습니까? …십오 년 전 송화강변의 그 대장간에서 죽을 뻔했던 제 목숨과 법성 사형을 구완해 준 바로 그 은인이올시다."

　잠시 말을 멈추었던 법진은 혼절한 고건성의 안색을 세심히 살피며 다시 입을 열었다.

　"아미타불. 이것도 세존의 뜻이련가? 참으로 공교롭다 하지 않을 수가 없구나. 어찌 이런 거짓 같은 우연이… 그런데 어찌해서 이 사람이 여기에……."

　안타까움과 의문스러움이 교차하는 법진의 눈은 맞은편에 홀로 서 있는 당무호에게로 시선을 옮겨갔다.

　"뭐야? 이자가 얘기로 들려준 그때 그 은인이라고?"

　성큼성큼 다가온 부신은 노려보던 당무호 따위는 안중에도 없다는 듯이 법진과 쓰러진 고건성을 번갈아 내려다보았다. 목소리는 여전히 커다랬다.

　"대관절 지금 이게 무슨 귀신 씨나락 까먹는 소리여? 송화강가에 산다는 이자가 왜 여기 있는 거야? 그리고 저놈과는 뭔 일이야?"

　단순하지만, 모두의 의문을 담은 간단명료한 부신의 질문에, 이제껏 말없이 장내만 바라보던 도신 최홍결이 입을 열었다.

　"천수비천, 얘기해 보겠느냐?"

　함축적이고 도발하는 듯한 그 음성에는 잔인한 힘이 깔려 나왔다.

　당무호는 주춤 한 발을 뒤로 물렀다. 하지만 독 오른 표범처럼 눈을 밝히며 응수하였다.

　"본가(本家)의 사사로운 원한에 관계된 일이오. 여러 선배님들과는 상관없는 일이니 오해없으시길 바라오."

　"어랍쇼? 저 자식이 제 집안을 들먹이는데? 우릴 은근히 겁주려는 모양이야? 하이야, 이거 당최 같잖아서 정말."

　부신은 가당치도 않다는 듯이 코웃음을 쳤다. 하지만 당무호 정도라면, 아니, 상대가 다름 아닌 당문이라면 능히 그렇게 말할 자격이 있었다.

그것은 이 자리의 누구라도 인정하기는 싫지만, 그 누구라도 인정하지 않을 수 없는 현실이었다. 상대가 독과 암기를 뿌려대는 당가이기에.

"이보시게, 천수비천. 무엇 때문인지는 모르나 우리가 얼굴을 서로 붉힐 이유가 없질 않나? 내막이 있다면 밝히고 오해는 서로 풀어야지."

기다란 팔로 소매를 한번 털어낸 권신 혁창해가 마른 얼굴을 내보이며 권유했다. 하지만 처음부터 배알이 뒤틀려 있던 악중산은 도끼를 거머쥐고 다시 소리쳤다.

"오해는 무슨 얼어죽을! 딱 보니 바로 답이 나오는구만 그래! 저 자식이 분명 암껏도 아닌 일에 독 바른 쇠가시를 뿌려댔을 거야! 안 그러면 여기 법진 승려의 은인이란 놈이 왜 자빠져 있냐고? 야, 이 자식아! 맞지? 그렇지?"

도끼 든 손으로 삿대질하듯 가리키며 지껄이는 부신을 보며 당무호는 미간을 깊게 찌푸렸다. 하지만 자신이 변명할 사이도 없이 궁신 김영주의 입이 먼저 벌어졌다.

"그러니까 그 아무것도 아닌 일이 뭐겠소?"

궁신의 물음에 삿대질하다 어? 하며 고개를 돌린 부신은 고개를 갸웃거렸다.

"어어, 그게 그러니까… 에이 쌍! 몰라! 어쨌든 저 자식이 그런 게 틀림없잖아! 아, 안 그래?"

동조를 구하는 악중산은 무릎을 굽히고 앉아 있던 법진에게로 시선을 돌렸다. 그러나 법진은 안타까이 불호를 외워대며 고민석과 고건성만을 바라보았다. 그러길 잠깐, 무겁게 무릎을 세워 일어서서는 조용히 말했다. 시선은 당무호에게로 향한 채였다.

"상세가 아주 위중합니다. 그리고 이분 시주는……."

당무호에게로 향하던 법진의 시선이 잠시 고건성에게로 내려갔다.

"해약이 필요합니다."

말과 함께 법진의 시선은 다시금 당무호에게로 향했다.

곁에 섰던 악중산이 재차 소리쳤다.

"약 내놔! 이 독버러지 같은 자식아!"

찌푸려진 당무호의 미간은 한층 더 골을 만들었다. 그 얼굴을 응시하며 궁신이 다시 말을 꺼냈다.

"저기 모포에 덮여 있는 청년과 여기 쓰러진 두 사람은 일행으로 보이는데… 저자는 왜 여기 죽어 있을까? 이상하군, 이상해. 그리고 남아 있는 한 사람이라……."

"격투를 벌인 듯하군요."

말을 받은 자는 곤제 이태였다. 묵빛의 철곤봉을 가슴 앞에 안 듯이 세워 잡은 그는, 자신의 생각을 이어서 말했다.

"백발귀 저자는 여기 쓰러진 두 사람의 협공으로 격살된 듯하고, 그 와중에 두 사람 역시 큰 부상을 입었지만… 마지막에 악 선배가 제지할 그 당시의 정황은……."

다시 한 번 주변을 둘러본 곤제 이태는 당무호를 직시하며 말을 이었다.

"가문의 명예와 손익에 관계된 일이 아니면 손을 쓰지 않는 당가의 사람이, 어째서 이 외진 들녘에서 남의 싸움의 끝마무리에 손을 썼느냐하는… 그런 의문이 드는군요.”

이태의 이야기에 악중산은 눈알을 열심히 굴렸고, 궁신 김영주는 수긍하는 눈빛으로 고개를 주억거렸다.

“역시 그렇지?”

되받듯이 물은 궁신은 또다시 이야기했다.

“그렇다면 이 자리에 당문의 명예나 손익에 관계된 일이 있다는 것일까? 아니면 사람이?”

궁신은 당무호를 바라보았다. 찌푸려진 표정은 변함없이 그대로였다. 궁신은 그 눈길 그대로 다시 입을 벌렸다.

“소림과 용문협곡에서의 일이 있은 후, 저자는 남궁가주의 수연(壽宴)에 참례한다며 아들과 조카를 데리고서 남궁가로 향했지. 물론 다른 몇몇 가문들도 그랬지만 말이야. 하지만 그곳에서…….”

갑자기 김영주의 음성이 무거워지며 눈빛도 거세어졌다. 끊어졌던 말은 그렇게 엄중하게 흘러나왔다.

“그곳에서 멸문과 같은 남궁가의 참사를 보았을 거야… 우리조차도 헛되이 칼의 자취를 쫓느라 풍문으로만 들었을 뿐인 그 일을 말이야…….”

다시 끊어져 가는 궁신의 말을 역시 곤제가 받아주었다.

“그리고 그 물건을 직접 보았겠지요. 세상 속에 지옥을 연출하는 그 무기, 혈리표를 말입니다.”

“그래, 그리고 이곳엔…….”

다시 말을 되받은 궁신은 쓰러진 고건성 등을 일별하며 천천히 뒷말을 꺼냈다.

“혈리표의 존재와 십오 년 전부터 얽혀 있는 또 한 사람이 쓰러져 있군. 마치 덫에 잡혀 끌려가기 직전의 토끼 모양처럼 말이야. 그리고 물론, 본인의 의사는 아니었겠지.”

“앞뒤가 명확하구나.”

이번에 말을 받고 나선 자는 독고지명이었다. 여전히 뒷짐 진 모양인 그는 가벼움을 버린 무거운 안색으로 말을 이었다.

“이 길은 뱃길과 육로로 연이어진 창주로 가는 몇 안 되는 요로 중의 하나다. 지금은 따로이 관도가 뚫려 있지만, 옛 사람들은 알고 있는 길이지. 그리고 그 길을 따라서 남궁가로 달려가던 우리 앞에, 그곳으로부터 살아 나온 자들이 이렇게 물건처럼 널려 있구나. 죽고, 쓰러지고, 서 있는 모습으로 말이다.”

잠시 들녘으로 눈길을 주던 독고지명은 천천히 당무호를 바라다보며 뒷말을 꺼냈다.

“우리조차도 당자인 법진에게서 들어 알 뿐인 옛일을 어찌 알았는지는 모르겠으나, 행여 알았을 가능성이 있다손 치더라도, 대관절 무슨 연유로 생사람에게 독을 먹여 나포하려 하는지가 궁금하구나. 그저 도움을 주었던 촌사람에 불과한 것을 말이다.”

모두의 눈길은 이제 칼날 같은 기운을 담고 당무호 한 사람에게로 모여들었다. 그 눈길을 받아내는 당무호는 말이 없었다. 그저 처음과 다름없이 깊고, 선 굵은 주름을 미간에 만든 채로 모두를 응시할 뿐이었다. 하지만 그의 머리 속은 당면한 사태를 해결하기 위해 쉬지 않고 돌아가는 중이었다.

‘제기랄, 다 된 밥에 모래를 뿌린 격이로구나. 저 괴물들을 하나도 아니고 뭉쳐서 맞닥뜨리다니… 어찌해야 하나. 이대로는 승산이 없다. 설사 최후의 그 수를 쓴다고 해도 저들 전부를 상대할 수는 없을 것이

다. 하지만 저놈을… 혈리표를 끌어들일 단초가 될 것이 확실한 저놈
을 그냥 두고 물러설 수는 없는 노릇이다. 더구나 천하의 당문이…….'

"해약을 다오."

민활하게 돌아가던 당무호의 머리에 찬물을 끼얹는 목소리가 명료
하게 들려왔다. 손을 내밀고 다가선 자는 왜소한 키의 도신 최홍결이
었다.

단지 한 발을 내디뎠을 뿐이건만, 훅 하고 열풍처럼 온몸에 부딪쳐
오는 기세는 당무호의 손을 꿈틀, 경련하게 만들었다. 본능적인 몸의
반응이었다.

당무호는 주름진 미간 사이로 한줄기 땀이 흘러내리는 것을 느꼈다.
상대는 역시 천하가 인정하는 전설의 도신, 최홍결이었다. 그 기세를
못 이겨 하마터면 품 안의 그 수를 쓸 뻔하였다. 아슬아슬했던 순간이
었다.

"주지 않을 테냐?"

최홍결은 다시 말했다.

당무호는 엄청난 중압감 속에서도 곤혹을 느꼈다. 단지 해약만을 달
라는 최홍결의 말이 주는 의미는, 이미 전후를 보지 않고도 꿰어 맞춘
일의 전말을 무시하는 것이었다.

또한 그것은 더 이상의 추궁이나 분쟁조차도 필요치 않다는 뜻이며,
아울러 언제라도 요절을 낼 수는 있지만 껄그러운 존재이며 당문도인
자신에게 물러갈 것을 말하고 있는 것이다.

당무호는 바라보는 최홍결의 거종도가 유난히도 커 보였다. 그리고
약속이나 한 듯이 도신의 뒤쪽으로 서서 아무 말 없이 자신만을 주시
하고 있는 노괴물들의 모습 역시도, 유별스레 선명한 모습으로 다가

왔다.

문득, 땀이 흘러내린 이마로는 바람이 스쳐 갔다. 하지만 습습하게 물기 머금은 우기(雨期) 전의 바람은 찐득한 느낌으로 불쾌감만 더할 뿐이었다. 지금, 자신의 가슴속에서 들끓고 있는 치욕스런 열패감처럼.

"오늘의 일은… 이쯤에서 인사를 드리기로 하지요."

열리지 않을 것 같던 입을 연 당무호는, 파르르 잔떨림을 보이는 오른손을 앞섶으로 집어넣었다. 그리고 잠시 후, 작은 자기병 하나를 꺼내어 제가 섰던 땅바닥 위에 살며시 내려놓았다.

그렇게 한 발을 뒤로 물린 당무호는 두 손을 마주 모아 예를 보이며 말했다. 자신을 주시하고 있는 일곱이나 되는 늙은이들에게.

"청산의 푸르름이 변치 않는 한… 언제고 다시 만날 날이 있겠지요… 그때까지 강녕들 하십시오."

말을 마친 당무호는 일체의 미련도 남아 있지 않은 듯, 바람처럼 뒤로 돌았다. 그리곤 훤히 보이는 길이 아닌, 들녘의 옅은 잡목들을 헤치며 사라져 갔다. 알 수 없는 방향으로.

"저 개자식, 말 꼬라지가 요상한걸? 꼭 다시 만나면 가만 안 두겠다는 소리 같잖아?"

이제껏 참았던 악중산의 목소리가 역시 터져 나왔다. 그 말을 이제까지 옆에서 제지하고 있던 궁신이 받아넘겼다.

"용케도 욕하는 건 잘 알아듣는구랴? 참으로 신통방통하기도 하지."

"어, 그러냐? 내가 제대로 맞춘 거냐? 그럼 저놈이 욕한 게 맞긴 맞는 거네?"

헤벌쭉 웃다가 두 눈을 바로 부라리는 부신의 얼굴을 보며 궁신은 딱한 노릇이란 듯이 좌우로 가로젓던 고개를 외면해 버렸다. 그 꼴을 옆에서 보고 있던 독고지명이 한소리를 거들고 나섰다.

"저게 도대체 뭘 먹어서 저럴까? 분명 정상적인 걸 처먹어선 저런 꼬라지가 안 나올 텐데 말이야?"

눈을 게슴츠레 뜨고 부신을 바라보던 독고지명은, 부신의 고리눈이 돌아오자 다시 말했다. 아니, 질문했다.

"야, 너희 엄마가 너 가져설랑은 간장물이라도 퍼마셨다냐? 그래서 그렇게 머리 속이 어두컴컴한 거냐? 응?"

흉악하게 콧김을 내뿜던 악중산은, 대답없이 독고지명만 빤히 바라보았다. 그 얼굴이 점점 더 붉어져 시커매지더니, 그저 두 손에 잡힌 도끼를 휘둘러 댔다. 짐승처럼 소리 지르면서.

"에라이! 빌어먹을 늙은이야!"

도끼날 빛이 난무하며, 그걸 피하고 휘둘러 대는 두 그림자는 제 일행이 혀를 차며 떠나간 자리에서 쉬지 않고 그 짓을 반복하였다. 그것은 어찌 보면, 노망난 두 늙은이가 들판 한가운데서 들썩거리는 지랄발광 같았다.


"휴우! 모든 게 변하는 것을…… 이십 년 세월이 참으로 덧없구나."

번화하고 분주한 움직임으로 말끔하게 단장된 대로를 쳐다보며, 마부석에 앉아 말고삐를 잡은 궁신이 평소답지 않게 중얼거렸다.

옆 자리에 앉은 이태가 새삼스레 돌아보았고, 마차 안에서 고개를 비죽 내민 도신이 차갑게 말을 내질렀다.

"궁상스런 소릴랑 집어치우고 기억이나 잘 파내봐라. 젊은 아이가 또 열이 오른다."

힐끔 눈길을 준 궁신이 턱을 내밀며 입을 벌렸다.

"형님도 참, 기억이나마나 저어기 보이는 대로 끝의 오거리에서 제일 우측 길의 그 다음 길로 접어들어 반 식경(半食頃)만 걷다 보면 바로 창주 제일거리 은전가(銀錢街)올시다. 아무리 시간이 많이 흘렀기로 설마 하니 그곳을 잊어버렸겠소? 안 그렇소? 둘째 형⋯⋯."

뒤돌아 마차의 지붕 위를 보던 김영주는 벌리던 입을 닫았다. 지붕 위에는 남들의 시선도 아랑곳없이, 거대한 도끼 단월부를 집어 들고 그 날에 숫돌을 대어 갈고 앉아 있는 악중산이 있었다.

쓰으억 쓰으걱 하는 소리가 기괴롭게 들려왔다.

김영주는 말없이 다시 고개를 돌렸다. 말끝에 부신 악중산의 동의를 구하려던 행동이었지만, 다물어진 입매 위로 무겁게 빛을 내는 둘째 의형, 악중산의 얼굴을 보는 순간 입을 다물고야 만 것이다.

다시금 앞으로 돌아간 눈길에는 강한 자책이 서렸다. 아파하는 형제의 마음을 헤아리지 못한 후회는 뒤늦게 밀물처럼 밀려들었다.

노중에 만난 환자들로 인해, 이미 소문이 파다하게 퍼진 남궁가의 현장으로 가지도 않은 채 창주 성내로 마차를 들이밀었다. 목적지가 있었기 때문이다. 하지만 큰형 최홍결이 그곳으로 가자고 했을 때부터 둘째 형 악중산은 말을 잃었다.

왜 그리 가느냐는 자신의 질문에 아는 곳은 그곳뿐이지 않느냐고 반문했지만, 무슨 의도로 큰형이 그곳으로 가길 결정했는지는 알 수 없었다. 아픈 생채기만이 있을 뿐인 그곳에.

김영주는 깊은 한숨을 내쉬었다. 창주로 들어선 이후부터 입을 다물어 버린 부신의 심정이 어떠한 것인지, 무엇으로 비롯한 것인지 잘 알고 있으면서도, 세월에 희석된 자신의 기억과 변해 버린 도시의 모습

속에 흐려진 눈은 잠시간 망각을 해버린 것이다.

손에 쥐었던 숯돌을 다시 허리춤에 집어넣은 부신의 지금 심정은 헤아리려 해도 당자가 아닌 이상 헤아려지지 않는, 모질게 그립고 통한스러운 옛 기억의 편린 속에서 아픔에 겨워하고 있을 것이 틀림없었다.

"목적지가 은전가인가요? 그곳은 골동품과 귀중품의 거리가 아닙니까?"

마부석의 곁에 앉은 곤제 이태가 지향없이 계속 물음을 던졌다.

"지인(知人)이라도 있는 겁니까? 은전가라면 나도 들어는 보았지만, 거긴 북동 지역의 거상들이나 무역상들, 그리고 경도(京都)의 고위 관료들만이 왕래하는 곳이 아닙니까? 적합하게 따로 찾는 곳이 있으신 겁니까?"

삼신이 그런 곳에 갈 일이 뭐가 있냐, 더더군다나 아는 곳이 있을 턱이 없지 않느냐는 식으로 질문을 던져 놓은 이태는, 제 스스로 계면쩍은 얼굴을 했다. 그 얼굴에 대고 울적하게 뒤틀린 심사를 풀어내듯 궁신이 독설을 내뿜었다.

"왜? 가당찮아 보이느냐? 확실히 찾는 곳이 있다. 그것도 은전가에서 손꼽히는, 아니, 창주에서도 수위로 꼽는 아행(牙行 : 여관, 창고업, 운송업 등을 겸하며 상거래를 중매하는 중개업자)을 찾아가는 길이다. 네놈들처럼 위세만 떠는 검은 고양이들하고는 확실하게 다르지."

궁신은 공연히 뒷목을 만지는 이태의 귀에 대고 거듭 씨부렸다.

"입으로는 강남의 패권을 차지했다는 둥 듣기 좋은 소리로 유세를 부리고는, 부리던 아이들까지 모두 떨어내고 정작 필요한 때에는 손 벌릴 곳 하나 없는 떨거지들하고는 말이다."

궁신의 말소리가 들렸는지, 마차 안에서 독고지명의 피식피식 웃는 소리가 밖에까지 들려왔다. 그 뒤로 권신의 헛기침 소리가 들려나왔고, 대놓고 면박을 받은 곤제 이태는 무안한 웃음을 입가에 물었다.

그렇게 잠시간의 대화와 실없던 웃음소리의 여운이 사라질 무렵, 마차를 몰고 타고 또 지붕 위에 앉아 가던 모두는 거리의 풍경과 함께 제각기의 생각 속으로 침잠해 갔다. 그리고 모두가 생각에 족한 얼굴로 말없이 길만을 재촉할 때, 일행 중의 대화와는 상관없이 표정없는 굵은 시선으로 앞만을 바라보던 악중산의 거친 눈썹이 꿈틀, 일그러졌다.

마차가 나아가는 일행의 전방, 은전가로 접어드는 길목의 초입에 있는 한 점포 앞에서, 삼십 대 후반으로 보이는 한 사나이가 뭇매를 맞고 있었다. 그 모습이, 악중산은 물론 궁신과 곤제의 눈에도 들어왔다.

"저게……"

"거리의 불한당들 같군요."

눈살 찌푸린 궁신의 가리킴에 이태가 응대했다.

노가명품병기점(魯家名品兵器店)이란 간판이 내걸린 점포의 앞에는 주인으로 보이는 초로의 늙은이가 안타까이 고개를 외면하며 발을 굴러댔고, 바닥에 쓰러져 네 명의 무뢰배에게 몸을 짓밟히는 사내는 두 손을 품에 모아 새우처럼 오그리고 비명을 토했다. 그리고 그 모양을 감상이라도 하듯, 한 켠에 비껴 서서 팔짱을 낀 채 바라보는 구레나룻이 시커먼 건장한 사내가 보였다. 그 사내의 억센 손에는 연약한 두 손목을 붙잡힌 젊은 여인이 울부짖으며 소리쳐 애원했다.

"놓아주세요! 부군을! 부군을 때리지 마세요! 제발! 살려주십시오!"

여인의 고통에 찬 절규가 들리는지, 쓰러진 자의 입에서도 고통스런 신음이 새어 나왔다.

저항을 할 수 없는 사내는 조금이라도 고통을 감소시키려 안타깝게 몸을 구부려 바닥을 굴렀다. 그러나 그 몸 위로 떨어지는 건장한 발길질들은, 복부며 얼굴이며 등짝이며 가리지 않고 사정없이 짓밟아댔다. 그 모양을 재미난 표정으로 구경하듯 바라보는 구레나룻사내의 얼굴에는 비열한 웃음이 떠올라 있었다.

"야, 이 새끼야! 아직도 말귀를 못 알아듣겠냐? 엉?"

"야, 안 되겠다. 그냥 뺏어!"

둘러서 발길질을 해대는 무뢰배들 중의 한 사내가 몸을 굽혀 사내의 품에서 뭔가를 잡아 뺏으려 손을 뻗었다. 하지만 욱욱거리는 신음의 외중에도 사내의 손은 견고하게 품을 감쌌다.

뜻밖의 저항에 잡아 빼기를 실패한 무뢰배의 손길이 억센 발길질로 다시 찾아들었다.

퍼억.

육중한 발끝의 힘에 사내의 얼굴이 벌컥 돌아가고, 피거품을 내뱉는 얼굴 위로 또 다른 발길질이 충격을 전했다. 여인의 비명 소리는 거리의 하늘을 타고 올랐다.

"아아악!"

그 순간, 재차 돌아간 사내의 옆구리를 사정없이 후려갈기는 모진 일격 속에 사내의 손이 스르르 풀려 나갔다. 여인은 또 안타깝게 절규했다.

"제발……! 이러지들 말아주세요! 칼은 그냥 드리겠습니다! 그러니 제발!"

"이런, 썅! 조용히 해!"

퍽.

"악!"

구레나룻사내의 고함 소리와 여인의 비명 소리, 그리고 그 중간에 흘러나온 둔탁한 소리가 동시에 들렸다.

사내의 주먹이 여인의 복부로부터 빠져나왔다. 억센 남자의 주먹에 복부를 가격당한 여인은 손목이 붙잡힌 채로 몸을 늘어뜨리고 흐느적대었다. 사내는 소름 돋는 목소리를 여인의 귓가에 대고 속삭거렸다.

"칼은 이미 내 거다. 그리고 너도… 잠시 후면 내 것이 되는 거야. 알겠냐, 이 촌년아? 으흐흐흐흐."

꿈틀대는 여인을 보며 웃음을 웃던 구레나룻사내는 여인의 허리를 휘어 감았다. 여인은 사내의 품에서 허수아비처럼 힘없이 늘어졌다. 그 얼굴에서 탐욕의 눈길을 돌린 사내는 뭇매를 때리던 제 수하들에게 일갈했다.

"뭐 하냐? 빨리 수습해라!"

구레나룻사내의 호통에 인상을 구긴 무뢰배들은 사내의 품 안에서 늘어진 여인에게 잠깐 시선을 주다, 쓰러진 바닥의 남자에게로 재차 발길질을 날렸다.

퍽퍽.

"어이, 이 자식, 생각보다 독한 놈이네. 쌍."

연이어 쏟아진 발길질에 꿈틀대던 사내의 몸이 완전히 멈춰 버렸다. 이윽고, 풀려 버린 사내의 품 안에서 기다란 물건을 집어 드는 무뢰배의 얼굴에는 토끼의 목을 물어뜯는 늑대의 미소가 떠올라 있었다.

"새끼가 진작에 말을 들었으면 힘쓸 일도 없고 피 볼 일도 없고 서로

간에 좀 좋아? 커흑, 퉤!"

옆의 사내는 동료가 집어 드는, 예사롭지 않은 문양이 도갑에 새겨진 칼을 보며 욕설과 함께 침을 내뱉었다. 그리곤 갑자기 생각났다는 듯이 쓰러진 사내의 몸을 다시 한 번 재차 걷어찼다. 죽은 듯 미동없던 사내가 다시 꿈틀거렸다.

칼을 손에 집어 든 자는 꿈틀거리는 사내의 몸에서 시선을 떼고 뒤로 돌아섰다. 구레나룻 사나이가 바라보고 있었다. 입가엔 만족한 미소가 걸린 채였다.

칼을 받쳐 들고 사내에게로 한 걸음을 떼었다. 그런데 누군가 옆에 다가와 있었는지 커다란 그림자가 눈앞에 드리워졌다. 그리고 그 누군가의 손은 자신과 함께 칼을 나눠 잡고 있었다. 총망 중에 옆에 선 그림자의 얼굴을 올려다보았다.

강철 선을 박아놓은 것 같은 가시수염에 그것만큼 억세고 더부룩한 머리. 굵고 짙은 눈썹 아래 불을 뿜는 것 같은 짐승의 눈알과 그 눈자위를 가로질러 내려온 굵고 선명한 흉터. 칼을 맞잡은 솥뚜껑 같은 바위손과 또 다른 손에 들려 있는 자신의 키만한 흉악한 도끼.

자신의 짐작이 틀림없다면 자신을 내려다보고 있는 저것은 괴물이었다. 그리고 괴물의 저 붉은 눈은 화를 내고 있는 것이 틀림없어 보였다. 또한, 아주 위험해 보였다.

"누, 누구……."

무뢰배의 눈에는 거대한 괴물의 얼굴과 저 앞으로 서 있는 구레나룻 사내의 얼굴이 동시에 보였다. 구레나룻사내의 얼굴이 일그러지고 있는 것이 눈에 들어왔다. 동시에 화끈하고 번쩍 하는 무엇인가가 안면을 스쳐 갔다. 순간, 눈앞이 흐려지며 세상이 거꾸로 돌아갔다.

패액!

부신에게 안면을 후려 맞은 무뢰배 한 놈이 팽이처럼 돌며 자빠져 버렸다. 쓰러져 눈동자가 풀어지는 모양이 한동안 사람 구실을 못할 것이 분명해 보였다.

"어? 너, 너, 아, 아니, 다, 당신, 뭐, 뭐야?"

"어헉! 어, 어떻게 된 거야?"

무뢰배들은 악중산의 거대하게 성난 얼굴을 보며 주춤주춤 뒷걸음질을 했다.

갑자기 생겨난 것처럼 나타난 칠 척 장신의 거대한 괴물과 그 손에 들려 다시 빼앗긴 칼, 그리고 그 아래 거품을 물고 눈이 돌아가 버린 동료의 모습을 보며 사내들이 주춤거렸다.

뒷걸음질하던 눈들은 약속이나 한 듯 구레나룻 사나이와 악중산에게 번갈아 꽂혔다. 그러나 잠시 후, 주변을 오가다 모여든 행인들의 시선을 의식한 그들은 망설임없이 제각기 품어둔 비수와 단도 등을 꺼내들었다.

한순간 움츠렸던 뒷골목 파락호들의 위세를 보이려는 듯, 손에 든 칼의 기운을 빌린 세 사내들은 어깨를 굽히고 눈들을 부라렸다. 악다문 어금니 위로 보이는 흉악한 목자들은 영락없는 불한당들의 모습이었다. 그 가운데서, 침을 뱉던 사내를 선두로 부신에게 다가들었다.

부신의 모습을 위아래로 훑던 사내는 체구의 중압감과 달리 장년의 얼굴 모습을 보이고 있는 악중산을 향해 소리를 질렀다.

"너! 이 멧돼지 같은 늙다리 자식! 우리가 누구라고 겁도 없이 감히……!"

하지만 사내의 말은 끝까지 이어 나오지 못했다.

퍽!

"쿠헉!"

무표정하게 얼굴을 굳힌 악중산이 파리 쫓듯 휘두른 철퇴 주먹에, 복부를 가격당한 사내가 말도 다 끝맺지 못하고 고꾸라져 버렸다. 그 뒤를 따르던 두 명의 사내도 그림자만 남는 부신의 손짓에 두둥실 떠나가는 구름처럼 저만치 날아가 버렸다. 웬일인지 악중산은 욕설 한마디도 입 밖에 내지 않고 손만을 휘둘렀다.

"우헥!"

"커헉!"

요란한 비명 소리와 나뒹구는 소리가 뒤를 울리고 무뢰배들은 순식간에 칼의 주인과 같은 신세가 되어버렸다. 그러나 그때, 부신의 등 뒤에서 칼을 뽑는 소리가 요란하게 들렸다.

차앙!

천천히 돌아서는 악중산의 말을 잃은 눈에, 석 자가 못 미치는 시퍼런 직도(直刀)를 뽑아 든 구레나룻의 사나이가 땅을 차고 뛰어오르는 것이 보였다.

"이야아!"

기합과 함께 숫아오른 구레나룻사내의 발 아래 뒤쪽에는, 슬몃슬몃 거들먹거리며 걸어오는 늙은 일행들의 모습이 보였다. 어느새 마차에서 내렸는지, 모두가 한가로운 표정이었다. 그리고 그들의 시선 또한 칼을 들고 일도양단의 기세로 도약한 사내를 보고 있었지만 도신 최홍결의 눈에는 무표정함이, 궁신과 권신을 포함한 이태의 눈에는 어이없음이, 그리고 법진과 독고지명의 눈에는 애처로움이 담겨 있었다.

떨어지는 사내의 눈을 보던 악중산의 몸이 오른쪽으로 빙글 돌았다. 머리가 돌고 어깨가 돌고 허리가 따라 돌아가더니, 같은 방향으로 쫓아 돌아가는 오른손이 시커먼 단월부를 둥그렇게 부채의 궤적으로 펼쳐 내었다. 그 흐릿한 먹장의 회전축 속에서, 내려쳐지던 사내의 칼이 산산이 부서져 나갔다.

파앙!

자기 파편이 흩어져 나가듯 부서져 나가는 칼의 편린들 속에서 뒤늦은 사내의 음성을 악중산의 왼손이 틀어막았다.

"컥!"

어느새 비수처럼 찔러 나간 통나무 같은 팔뚝이 칼자루만 남은 두 손을 헤치고 구레나룻사내의 목을 틀어 잡았다. 그리곤 아래로 뒤집었다. 그 손짓에 착지하지 않은 몸이 훌렁 돌아가며 머리부터 처박혀 버렸다.

쾅!

바닥을 울리는 소리에 비례해서 숨 막히는 통증이 구레나룻사내의 온몸을 휩싸고 돌았다. 둔중한 고통이 가슴에 밀려오는 가운데 사내는 흐릿한 눈을 뜨고 앞을 보았다.

뿌옇게 번져 오른 바닥의 먼지 사이로 고슴도치 수염 늙은이의 얼굴이 보였다. 그리고 목을 내리누르던 괴물 늙은이의 왼손이 치켜 올라가 주먹을 쥐는 것도 눈에 들어왔다. 늙은이의 흑곰 같은 눈과 마주친 순간, 주먹이 내리찍히는 것을 보며 구레나룻사내는 눈을 질끈 감았다.

펑!

구레나룻사내의 귀 옆으로 천둥 치는 소리와 함께 머리를 들썩이는 힘이 울려 나갔다. 머리를 흔든 힘의 진동이 어지럼증을 동반했다.

잠시 후, 떠진 눈앞에는 등을 돌리고 돌아서 있는 괴물 늙은이의 모습이 보였다. 늙은이는 쓰러진 칼의 주인을 일으키고 있었다. 조심스럽게 상체를 일으켜 머리가 있었던 자리를 쳐다보았다. 머리 옆을 때린 주먹 자국이 눈에 선명했다. 둥그렇게 패인 것처럼 쑤셔 들어간 구멍 자국은 통증으로 꽉 찬 가슴에 서늘하게 밀려들었다. 그러나 아무런 방비 없이 돌아서 있는 괴물 늙은이의 등은 유난히 넓게 보였다.

그렇게 생각하던 순간, 머리를 털던 구레나룻사내는 미간을 독하게 일그러뜨렸다. 그리곤 곁에 떨어진 한 자 길이의 단도를 집어 들고 몸을 일으켰다. 연후에 악중산의 등을 향해 달려들었다. 그 찰나, 세찬 기운이 옆얼굴에 사정없이 틀어박혔다.

퍽!

비명도 못 지른 사내가 옆으로 쓰러졌다. 그러나 곧바로 후둘거리는 무릎을 세워 일으키며 핏물이 가득한 입을 열어 엄포를 놓았다.

"어떤 놈이 감히 암습을 하는 게냐? 이 야견왕(野犬王) 어른을 몰라보고……."

퍽!

독고지명의 발이 다시 사내의 안면을 걷어찼다.

"암습? 이 자식이……! 그래, 너 어디 암습 한번 받아봐라!"

독고지명의 손과 발이 사내의 몸에 쏟아 부어졌다. 이빨 보인 개를 후려 패는 주인처럼.

퍼벽. 퍼벅. 퍼버벅.

흰머리와 흰 수염은 그 속에서 춤을 췄다.

잠시 후, 사내는 비명을 지르며 땅을 굴러다녔다. 입에서는 쉬지 않고 애원이 쏟아져 나왔다.

"으아악! 살려줍쇼! 악! 잘못했습니다! 제발, 한 번만! 커헉! 사람 살려!"

독고지명은 쉬지 않고 두들기고 있었고 오히려 악중산은 그런 모습을 멍하니 바라보고 있었다. 그리고 나머지 일행은 동시에 혀를 차며 고개를 가로저었다. 마치 합창하는 가무단처럼. 그 모습을 법진이 따라 하는 건… 아무래도 요상스런 풍경이었다.


은전가의 중앙에 위치한 창주제일루의 삼층 귀빈실에 자리 잡은 일행은 말이 없었다. 그저 눈앞의 찻잔만을 내려다볼 뿐, 운치 좋은 은전가를 조망하는 창가에 눈을 주는 자도 없었고, 벽에 걸린 고풍스런 산수화에 시선을 주는 사람 역시 없었다.

흡사 묵계라도 있었던 듯이 한 사람의 찻잔이 비워지면 옆의 사람이 그를 채워주고 또 한 사람이 잔을 비워내면 역시 그렇게, 그저 탁자 위에 눈들을 박고 있을 뿐이었다. 그런 그들의 귀로 귀빈실의 밖에 있는 사람들이 주고받는 말소리가 점점 선명해졌다.

"그러니까, 칼을 매매하러 온 저 사람의 물건이 탐이 나서 수작을 부렸단 말이지?"

독고지명이 야견왕이라는 허무맹랑하고 우습기까지 한 별호로 자신을 밝힌 무뢰배의 우두머리 놈에게 물음을 던졌다.

"그것이… 우연히 노가명품병기점에 들렀다가… 죽을죄를 지었습니다! 어르신! 제발 한 번만 굽어 살펴주십시오! 제가 어찌 제정신이었다면 무림의 하늘 같은, 아니아니, 신 같은 분들께 결례를 저질렀겠습니까? 부디……! 제발 한 번만 용서해 주십시오!"

무릎을 꿇고 앉아 피멍 든 눈동자를 굴려가며 머리를 조아리는 놈은, 말을 하는 와중에도 독고지명의 옆에 무심히 앉아 있는 법진의 엄한 얼굴과 옆쪽의 열려진 문 안으로 보이는 부신과 도신 등의 얼굴을 연신 훔쳐보고 있었다.

염라전에 든 것처럼 변해 버린 놈의 표정은 자신이 건드린 사람들이 누구라는 걸 이제는 확실히 파악한 것이 틀림없어 보였다. 이들은 자신 같은 하류의 무뢰배가 감히 쳐다보는 것조차도 불경스러운, 전설 속의 바로 그 사람들이었던 것이다.

"야! 이 싸가지없는 노무 새끼야! 저 칼이 뭐 혈룡도라도 되냐? 아무리 보기 드문 보도라지만, 신외지물(身外之物)이 탐이 난다고 사람을 저 지경으로 만든단 말이냐? 하물며 제 물건도 아닌 것을! 그리고 또! 여자는 왜 붙잡고서 주먹질까지 하고 지랄이야? 눈에 뵈는 건 다 네 거냐? 엉? 말해 봐! 이 개쌍노무새끼야!"

눈을 부릅뜬 독고지명이 제 맞은편의 침상에 힘겹게 앉은 칼 주인 부부를 가리키며 소리를 버럭버럭 질렀다. 칼의 주인인 남자는 야견왕이라는 놈만큼 깨어진 얼굴로 힘없이 고개를 늘어뜨리고 앉아 있었다. 그 옆에 나란히 앉은 여인은 쉬지 않고 제 남편의 깨진 얼굴을 닦아 내리는 중이었다.

"그저 거듭거듭 죽을죄를 지었습니다요."

정말로 들개들의 왕인지는 모르지만, 야견왕이란 놈은 고개를 바닥에 찧으며 용서를 빌었다. 그 모습에 칼의 주인은 기다란 한숨을 조용히 내쉬었다. 그때, 법진이 칼 주인 남자에게 말을 걸었다.

“시주, 칼을 팔려고 가지고 나온 게 확실한 것입니까?”

갑작스런 법진의 질문에 흠칫하는 표정을 보이던 칼의 주인이 탁자 위에 놓여진 칼을 내려다보며 다시 한숨을 지었다. 그리고 쉬 열리지 않을 것 같던 입을 열고 대답을 했다.

“선조의 유품입니다… 군문(軍門)에서 수많은 전장을 누빈 칼이라 들었습니다. 선친께선 목숨처럼 소중히 여기시던 보도이지요… 하지만 더 이상 지킬 것도 없고 지킬 힘도 없는 저 같은 이에겐… 너무나 버거운 물건이지요. 종전의 일처럼 말입니다… 해서 호구지책으로라도 삼기 위해 손에 들고 집을 나섰습니다. 보시는 것처럼 아내와 같이…….”

속사정을 짐작할 듯한 비감 어린 사내의 말에, 독고지명과 법진의 시선이 모이고 바닥의 무릎 꿇은 파락호까지도 눈길을 주었다. 그러길 잠시, 염주를 헤아리던 법진은 나직한 불호와 함께 입을 열었다.

“아미타불. 지금도 팔 생각엔 변함이 없는 겁니까?”

고개 숙였던 칼 주인 사내가 머릴 들어 법진을 다시 바라보았다. 그러기는 옆에 앉아 제 남편의 얼굴을 닦던 여인도 마찬가지였다. 또한 독고지명도 의아한 얼굴로 법진을 바라보았다. 그리고 법진의 질문에 잠시 머뭇거리던 사내는, 법진과 눈을 맞추고 한 호흡을 들이키며, 마침내 결심한 얼굴과 목소리로 입을 열었다.

“팔겠습니다.”

작심한 사내의 얼굴에서 법진의 눈이 독고지명에게로 이동했다.

“칼, 필요하지 않으십니까?”

느닷없는 법진의 질문에 독고지명은 눈을 동그랗게 뜨고서 되물었다.

“나? 나 말이냐?”

어리둥절한 표정으로 바라보던 독고지명은 그러길 잠시, 이윽고 법진의 의도를 알아내고는 시선을 허공으로 돌리며 우물거렸다.

“칼이라면 혈룡도에 시달린 것만 해도 충분한데 말이야… 나 같은 늙은이가 칼 따위는 가져서 뭘 하겠누… 크흠크흠.”

스리슬쩍 발을 빼며 딴전 부리는 독고지명을 보고 법진은 조용히 미소를 지었다.

“의당 병기 따위는 필요치 않으시겠지만, 사형들이 들려주신 옛얘기 중의 한 토막이 떠오르는군요… 언제나 약자를 궁휼히 여기고 세상의 고난으로부터 박해를 받는 힘없는 민초들을 안타까이 여겨 남 몰래 도와주기를 제 일처럼 하셨다던 젊은 시절 독고 선배의 얘기 말입니다.”

뜬금없이 나온 법진의 말에 독고지명은 잿물 마신 강아지 같은 얼굴을 했다.

“그, 그게, 그러니까… 그 얘기하고… 지금 이 일하고는… 하지만 내가 젊어서는… 뭐, 호협 했… 지.”

띄엄띄엄 말하는 독고지명의 얼굴은 웃는 듯 찡그리는 듯 또, 부끄러워하는 듯 아주 이상야릇하였다.

그 야릇한 표정을 칼 주인 사내는 물론, 무릎 꿇고 이마를 찧던 야견왕이란 놈까지도 좌우로 시선을 돌려가며 바라보았다. 그들의 표정은 모두가 웬일인지 의표를 찔린 허탈한 표정이었다.

“하… 하하, 하하하…….”

계속해서 바라보기만 하는 법진의 시선에 독고지명은 허전하게 웃었다. 찡그려진 미간에 입만이 벌어진 김빠진 웃음소리가 흰 수염 늘어진 그 입에서 흘러나왔다. 얼굴에는 땀도 가늘게 흐르는 것 같았다.

하지만 여전히 표정을 바꾸지 않는 진지한 법진의 얼굴은, 칼 주인 사내에게 또다시 얘기를 주절거리는 중이었다.

"살아오신 연륜으로 보나 고매한 성품으로 보나, 의당 병기의 품격을 볼 줄 아는 고인이시니 값을 후하게 쳐주실 겁니다."

그 말을 끝으로 법진은 시선을 돌려 버렸다. 그리곤 천천히 일어서서는 창가에 연한 작은 탁자 위의 찻주전자에서 찻물을 따르며 혼잣소리처럼 중얼거렸다.

"자고로 모든 물건은 임자가 나섰을 때 팔아야 하느니… 그 또한 인연이 아니던가. 아미타불."

그렇게 닫힌 완고한 입은 다시 열릴 것 같지 않아 보였다.

"아… 예, 예……."

뒤늦게 나온 칼 주인 사내의 식은 대답은 눈을 마주 보는 독고지명의 귀로 공허히 울려 퍼졌다. 그 요상한 분위기와 법진의 언변에 눌린 독고지명은 허망하고 얼빠진 듯한 시선으로 법진의 등을 보며 입을 열었다.

"내, 내가 지금… 저 새끼 중 놈이 도대체……."

하지만 눈뜨고도 사기당한 힘없는 목소리는 더 이상 말을 내놓지 않았다. 그저 가만히 칼만을 바라보다,

창!

시린 소리를 내며 칼을 뽑아 들었다.

두 치의 칼폭이 유려하게 넓어지며 휘어지는 두 자 반의 도신이 청명한 한기를 뿜어내며 시리게 울음을 울었다. 그 소리와 손 안의 울림에 가벼운 전율을 느끼는지, 독고지명은 허공에 두 번의 칼질을 후려 넣었다.

핑. 피잉.

칼날의 울음소리가 청아하고 명쾌하게 사람들의 귀를 자극했다. 눈앞에 칼을 세워 날빛을 보던 독고지명이 도갑 속에 칼몸을 밀어 넣었다. 그리곤 의자를 밀고 일어서며 칼 주인에게 말했다.

"이봐라. 일어나라. 셈을 하러 가야지."

"어, 어디로 가자는 말씀이신지……."

칼 주인 사내와 그 아내가 엉거주춤 일어서며 독고지명의 눈치를 살폈다.

"값이 만만치 않을 것 같은데 나로서도 환전을 해야 하지 않겠나? 큰돈은 품에 지니고 다니지 않으니까 말이야. 케헴! 그리고 너, 너도 따라나서!"

갑작스런 지목에, 주저앉아 고개만 올려 쳐다보던 야견왕이란 놈이 질겁한 얼굴로 울상을 지었다.

"아이고! 나리! 어르신! 제발 살려주십시오!"

"시끄러워, 이 자식아! 누가 죽인대? 잔소리 말고 따라 나와!"

귀를 잡아끄는 독고지명의 뒤로 야견왕 놈이 아이고 데이고 소릴 내며 개처럼 끌려 나갔다. 그 뒤를 칼 주인 사내 내외가 멈칫거리며 계단 아래를 향해 사라져 갔다. 그 모양을 뒤늦게 돌아본 법진이 가벼운 한숨과 함께 미소를 지었다. 하지만 미소 짓던 법진의 시선은 내부로 문이 통하는 귀빈실 안쪽을 향하며 천천히 굳어졌다.

귀빈실엔 내도록 말이 없던 안쪽의 노인들이 이제야 말문을 열어놓기 시작했다. 그리고 그 시작은 역시나 객을 맞는 주인이 먼저였다.

"아무리 시간이 오래 흘러도 잊혀지지 않는 것이 있지요."

담담히 말을 꺼내는 주인의 얼굴은 붉은 대춧빛이었다. 단정히 늘어진 수염은 연녹의 비단화복 앞섶으로 차분히 내려져 있었고 한 갑자를 넘겨 살아온 세월의 증표가 이마를 굵게 가르고 층을 만들었다. 그리고 유심히 벌어지는 검붉은 입술 사이에선 차분한 음성이 계속 이어져 나왔다.

"나, 곽해선(郭楷善). 일찍이 상업에 뜻을 두고 천하를 주유하였소. 저 서역과 남만의 오지에서부터, 빙설로 뒤덮인 차가운 북해의 땅과 도덕과 용맹 가득한 군자의 땅 해동에 이르기까지… 가고자 하면 어디든지 갔으며 만나고자 하였으면 누구라도 만났지요."

잠시 제 앞의 찻잔 주둥이를 손가락으로 문질러 댄 곽해선은 다시 말을 이어 나갔다.

"그 오고 가는 세월 속에 세 분을 만나게 되었고 호방한 기상에 매료되어 교분을 가지게 되었습니다. 가슴에는 호협한 기상이 들끓었고 주고받는 술잔에 담긴 정리(情理)는 뜨고 지는 일월(日月)의 바뀜으로도 방해하지 못했지요. 지금 생각해 보면 참으로 반짝거리는 보석과 같던 시절들이었습니다……."

"해서… 우리 같은 자들과 교우(交友)를 나눈 것이 후회되는가?"

읊조림 같은 주인의 말끝에 최홍결이 질문을 던졌다. 시선은 처음처럼 탁자 위의 찻잔을 향한 채로였고 물어보는 목소리엔 힘이 실려 있지 않았다.

"후회라… 그랬던 적도 물론 있었지요. 특히나 시집간 지 반년밖에 안 된 여동생 년이, 집안 몸종 년의 배에 올라탄 제 서방 놈을 때려눕히고 집에 돌아와 어느 날은 갑자기 제 아비뻘 되는 사내를 연모한다고 말을 꺼낼 적에는… 정말이지 하늘이 무너지는 것만 같았습니다."

주인 사내 곽해선의 눈길은 처음으로 찻잔이 아닌 사람을 바라보았다. 그리고 거기엔 악중산이 머리를 묻고 앉아 있었다. 그러나 제 주먹만 바라보는 악중산은 말이 없었고 곁에 앉은 궁신 김영주가 변명처럼 말문을 열었다.

"이십 년이나 더 지난 이야기일세. 그 당시에는 모두가 아프고 괴로웠지… 물론 혈육을 잃은 자네의 심정이야 그 누가 헤아리겠는가마는, 이십 년을 한결같이 죄인의 심정으로 살아온 사람도 있다네. 밤이면 밤마다 악몽에 시달려 잠들지 못하고 아침이면 해 보기가 두려워 나서지 못하는, 지켜보는 사람조차 힘겨운 그런 세월이었네."

궁신의 이야기를 듣는 곽해선의 표정은 시종여일하였고 곁에 앉은 악중산의 머리는 점점 수그러들어만 갔다.

"이십 년이나 더 지난 이야기니까 이렇게 말씀드릴 수 있는 겁니다. 이렇게 세월에 깎여지고 무뎌지지 않았다면… 아마도 서로의 눈을 마주치는 일조차도 없었겠지요."

너무도 담담하여 오히려 섬뜩해지는 곽해선의 말에, 곤제 이태와 권신 혁창해는 헛기침을 하며 고개를 돌렸다. 그리고 그때 한없이 수그러들기만 하던 악중산의 고개가 불쑥 들려 올라왔다. 두 눈은, 시뻘겋게 충혈된 채였다.

"부영(芙玲)이가 곽제 네놈에게 딸과 같은 동생이었다는 걸 안다. 하지만 오늘, 난 너에게 용서를 구하러 온 것이 아니야!"

부신을 보는 곽해선의 눈초리가 파르르 경련하는 것처럼 언뜻 보였다. 부신은 계속 얘기했다.

"세상이 나에게 도덕을 저버린 놈이라 욕한다 해도 부영이와 나는 서로를 사모해 연정을 가졌다… 그것은 세상 어느 놈이 와서 뭐라 한다 해도 어쩔 수 없는 일이야! 아니, 결코 부끄러운 일이 아니야! 그리고 그로 인해 부영이가 결국 목숨을 잃었지만, 그것은 제 여자를 지키지 못한 나의 탓일 뿐이지, 네놈에게 미안해해야 할 일 따위가 아닌 것이다……!"

다시 탁자 위의 커다란 제 주먹을 내려다보는 부신의 굵은 어깨는 가늘게 기복하며 오르내렸다. 그 모습을 보며 곽해선이 입을 벌리려 움짓거렸고 도신은 왼손을 들어 가만히 제지하였다. 악중산의 이야기가 계속되었다.

"그때 난 천지에 대고 맹세했었다. 내 여자를 그렇게 만든 놈들을 모조리 도륙 내겠다고 말이야. 그래서 네놈이 맺어준 부영이 남편 행셀 하는 놈과 내 여자를 끌고 가 죽음에 이르게 한 그 집안의 연놈들을 모조리 조각내었지. 하지만 그때 원수 놈의 집안에서 방수로 초빙한 네 마리의 늙은 삵쾽이들은 아직도 잡지 못했다… 그토록 찾아 헤맸는데도 말이다… 그러나 그토록 뼈에 사무치게 찾아다녔던 그놈들의 죽음을 내 눈으로 보지 않는 한, 나는 그만둘 수도, 결코 죽을 수도 없다. 그놈들을 반드시 내 손으로……! 모조리 죽여 없애고 끝을 볼 것이야!"

자신의 말을 곱씹는 듯이, 입을 다물고 고개를 숙여 버린 부신을 보며 곽해선이 격동된 목소리로 입을 벌렸다.

"그만두시오! 그 일은 다시 들추고 싶지도, 생각하고 싶지도 않소이다!"

부들대는 손 힘에 곽해선의 찻잔에서 찻물이 넘쳐흘렀다. 격앙된 말은 거듭 이어졌다.

"더 이상 그 일로… 옛 생각에 사로잡혀 잠 못 드는 밤을 맞고 싶지도 않을뿐더러, 남은 날들을 방해받고 싶지도 않소이다. 그 일은 그때, 그 아이의 죽음과 악 형님의 광증 같은 도끼질을 끝으로… 끝이 난 것입니다."

문득, 제 손 안에 흘러내린 찻물의 뜨거움을 느꼈음인지, 찻잔 쥔 손을 내려다보던 곽해선은 허무함이 묻어나는 눈길로 다시 입을 열었다. 시선은 도신을 향해서였다.

"함께 온 환자들의 치료가 차도를 보이면… 배웅하지 않더라도 나무라지 마십시오."

무표정하던 도신의 눈썹이 꿈틀, 비틀렸다. 찾아온 것도 반갑지 않을뿐더러, 시간을 지체 말고 어서 떠나달라는 축객의 말이었다. 그 말뜻을 얼굴이 붉어진 궁신은 물론, 이 자리의 원탁에 앉은 모두가 명백히 알아들었다.

도신은 처음으로 감정이 깃든 목소리로 입을 열었다.

"모든 것이 변하는 세상이지만, 벗의 마음마저 변해 버릴 줄은 미처 몰랐구나. 미안한 마음이 앞서 지난 이십 년간 찾지도 않았지만… 그 세월 동안을 아직도 죽은 계집과 살고 있는 멍청한 놈의 뒷수발로 나는 한 가지를 깨달을 수 있었다."

말없이 무안함과 당황함, 그리고 부신에 대한 뜻밖의 처연함으로 자리를 지키던 권신과 곤제가 도신의 다음 말을 기다렸다.

"경험이 없기에 나조차 외면하고 살아왔지만, 오욕칠정으로 돌아가는 인간사에도 참사랑이라 하는 것이 있음이다. 세상의 그 누가 뭐라 하든, 둘째의 마음은 진실하다. 그리고 그 지고지순한 마음은… 같은 핏줄인 너라 해도 따를 수가 없음이다. 그저 힘겨운 그 시간을 세월로 치부하며 살아가는 너 같은 장사치에겐 말이다."

어느새 도신의 말은 처음처럼 감정이 묻어 나오지 않았다. 하지만 그 말을 듣는 곽해선의 두 눈은 파르르 잔떨림을 보이다가 무겁게 내리 감겼다. 그 눈을 보며 도신은 또 말했다.

"우리가 형제의 의를 맺은 건 세상이 다 안다. 형제의 기쁨은 곧 나의 기쁨이고 또한 슬픔 역시 나의 것이지. 우리는 어디든지 함께 간다. 앞에 적이 있다면 쳐부술 것이고, 벗이 있다면 반겨 안을 것이다. 그렇게 가는 그 길 끝 어딘가에 있을… 복수도 함께할 것이다. 그리고 종내에는 함께 죽을 것이다. 그것이 바로 형제지."

말을 마친 도신 최홍걸은 탁자 옆에 세워진 거종도를 잡았다. 곧바로 몸을 일으켜 세우며 올려다보는 궁신에게 짧게 말했다.

"가자."

잠시 두 눈을 감고 있는 곽해선에게로 시선을 주던 궁신 김영주는 무거운 시선을 거두며 몸을 일으켰다. 그 모양새를 보던 권신과 곤제가 함께 일어섰다. 그리곤 어느새 귀빈실의 입구를 나서고 있는 도신의 발걸음 뒤로, 고개를 수그리고 앉았던 악중산이 거구를 일으켰다.

천 근 같은 발걸음을 떼던 악중산은 등 뒤에 남은 곽해선에게로 중얼거리듯이 한 마디를 남겼다.

"미안하다."

그 말이 떨어진 순간, 경련하던 곽해선의 두 눈이 힘껏 뜨여졌다.

"잠깐!"

걸음을 옮기던 악중산의 발걸음이 멈춰졌다.

부릅뜬 눈으로 입술을 물던 곽해선이 악중산의 커다란 등을 보며 큰 숨을 들이마셨다. 그리곤 오래된 체증을 뚫어내듯이 한마디를 내뱉었다.

"놈들의 종적을 발견했소……."

전혀 뜻밖의 말을 하는 곽해선의 음성에 악중산의 큰 몸이 빙글 돌았다. 두 눈은 미친 사람의 그것처럼 번질거렸다.

"그게… 무슨 소리냐?"

천천히, 이해할 수 없는 일을 당한 것처럼 악중산이 되물었다. 그러나 곧바로,

"정말이냐?"

성큼 다가선 악중산은 곽해선의 눈앞으로 얼굴을 들이밀며 낮게 부르짖었다. 붉은 눈알은 짐승의 광기로 불타올랐다.

"곤륜사검(崑崙四劍)! 아니, 패륜검(悖倫劍) 그놈들을 발견했다고?"

어느새 입구를 나섰던 도신 최홍결의 빛나는 눈도 안쪽을 향해 있었다. 그 눈길 속에서 곽해선은 차분하게 다시 입을 열었다.

"관계있는 상로 중의 한 갈래가 잠상(潛商)들과 도적들의 장물을 취급하오. 그곳을 통해서… 그들의 이야기를 들었소."

"어디냐, 거기가?"

탁자를 잡은 악중산의 두 손은 이미 반 너머 박힌 채였다. 불거진 혈관들은 터질 것만 같아 보였다.

천천히 한숨 같은 긴 숨을 다시금 내쉰 곽해선은, 왠지 홀가분해 보이는 가벼운 눈길로 부신을 비롯한 모두를 바라보며 말을 꺼냈다.

"십만대산의 녹림연합이라 하더이다."

고해를 마친 듯 홀가분해 보이는 곽해선의 얼굴과는 달리, 악중산의 얼굴은 터지기 직전의 화산처럼 분노로 끓어올랐다. 그렇게 곽해선을 바라보던 악중산의 불 머금은 두 눈이 탁자로 내려갔다. 그러나 잠시

후 다시 들려지며, 천둥 같은 소리로 미친 웃음을 웃어 젖히기 시작했
다.

"크하하, 크하하하, 크하하하하하하!"

창문마저 뒤흔드는 그 웃음소리는, 어쩐지 처절함을 담아내는 슬픈
곡소리처럼 사방으로 퍼져 나갔다.

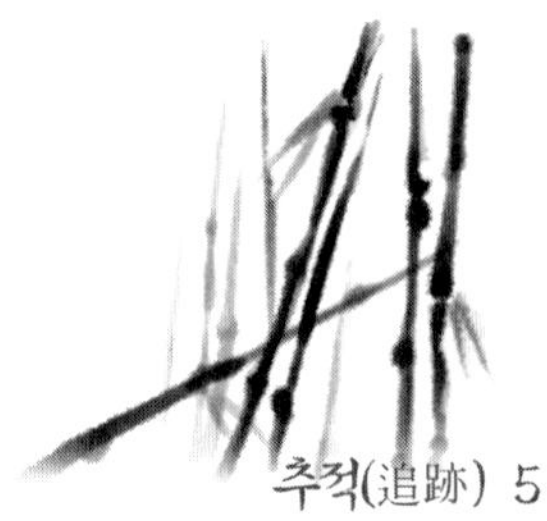

추적(追跡) 5

팽가의 솟을대문이 아스라이 바라보이는 객잔의 창가에서 세철은 눈을 떼지 않고 있었다.

남궁가에는 이미 들렀다. 그 지옥 같은 참상을 보지 않아도 충분히 알고 있지만, 놈의 종적이 남겼을 하나의 단서라도 찾기 위해 보고, 또 샅샅이 뒤졌다.

찾은 건 아무것도 없었다. 이미 뱃길을 통해 오는 동안 퍼진 풍문으로 들어 알고, 다시 보게 된 황보가의 남매를 통해 그 현장의 참혹함을 전해 들었지만, 역시 남아 있는 건 죽은 자들의 흔적과 산 자들의 반미 친 모습이었다.

남궁가의 두 아들은 폐인 같아 보였다. 그저 때늦게 오가는 문상객들과 애도를 표하는 사람들의 인사에 건성으로 고개만 숙여 보일 뿐, 그날의 참상에서 깨어나지 못한 젊은 정신들은 공포의 미몽(迷夢)에서 아직도 헤매는 모습이었다.

복수 같은 건 염두에도 두고 있지 않은 얼굴이었다. 물론 그것을 꿈꾼다고 해도 이루어질는지조차 가망없는 노릇이지만, 흉가처럼 변해버린 집터에서 여인들의 곡소리만이 끊이지 않는 남궁가의 모습은 이미 몰락 그 자체였다.

누구도 예견하지 못했을 것이다. 어떤 이도 그 미증유(未曾有)의 힘을 추측조차 할 수 없었을 것이다. 그저 여름날의 소나기처럼 갑자기 들이닥친 이 거대하고 끔찍한 불행은, 당하고 나서도 꿈처럼밖에 여길 수 없는 세상 바깥의 힘이었다.

왜 당하는지, 어째서 당해야 했는지조차도 죽은 자들은 물론 살아남은 자들도 알 수 없을 것이다. 그저 흘러온 옛얘기 속에 얽혔던 선대(先代)의 일로 인함이라 들었겠지만 그것이 도대체 자신들과 무슨 상관이 있는 것인지, 설령 그런 일이 있었다 해도 왜 당대(當代)의 자신들이 이런 처참을 당해야 하는 것인지 누구도 이해하기 어렵고 수긍할 수 없는 일일 것이다.

하지만 일은 이미 벌어졌다. 그 원인이 옛날에 누군가가 버린 복숭아 씨앗이 싹을 틔워 거대한 고목이 되는 것처럼, 아무도 예견치 못한 흘러간 옛일로부터 그 불행의 시발(始發)이 되었던 것이다. 그 일이 근 백 년에 가까운 시간을 건너뛰어 그들 앞에 펼쳐진 것이다.

세철은 엄중하다 못해 살벌하기까지 한 팽가의 주변을 멀리로 바라보며 생각했다. 이미 하고 또 하고, 또 생각했던 이유이지만, 저들은 그렇다 치고 어째서 아버지와 자신은 이 일에 휩쓸리게 되었는지 도무지 알 수 없었다.

세상엔 과연 어떤 섭리가 작용하는 것인지, 그러한 것이 과연 있어 사람들의 삶에 작용을 미치는 것인지, 그렇다면 아버지와 자신은 어떤 원인이 있어 이런 지경이 된 것인지, 못내 궁금하고 의문스러웠다.

또한, 팽가를 바라보는 자신처럼 종일토록 자신만을 바라보고 앞에 앉은 저 여인은, 어째서 또다시 만나게 된 것인지 궁금하기는 마찬가지였다. 그리고 왜 자꾸만 쳐다보고 있는 것인지도.

"어, 누구 얼굴 뚫어지것네. 처녀가 창피한 것도 모르고설랑, 얼굴도 두껍지. 참, 나."

평소답지 않게 찻잔을 홀짝거리던 언두수가 황보숙정을 보며 한마디 내질렀다. 이미 수인사를 나눈 그들은 황보석정을 비롯해 모두가 한자리에 앉아 있었다. 다만, 정곽과 부춘호만이 눈에 보이지 않았다.

"흥, 남의 일에 신경 끄시죠?"

역시, 젊은 처자의 날카로운 독설이 되돌아왔다.

"난 걱정이 되어서 그렇소이다. 벌써 그렇게 쳐다보는지가 두 시진이 훨씬 넘어가는데, 그러다 보는 사람은 눈 빠지고 보이는 사람은 얼굴 상할까 봐 그러지요. 딴 뜻은 전혀 없소이다그려."

"체, 딴 뜻이 있어도 상관없구요, 눈이 빠져도 내 눈이 빠지니까 걱정 붙들어 매세요."

"허, 참. 아, 빠지는 눈이야 자기 눈이지만, 상하는 귀한 얼굴은 어찌 하실려고?"

거듭된 언두수의 딴죽에 발끈한 황보숙정은 예쁜 눈을 하얗게 흘겼다. 웬일인지 처음 수인사를 나누던 순간부터 엇나가기 시작한 두 사람은 계속해서 엇갈리는 중이었다.

"누구더러 자기라는 거예요? 그리고 얼굴이 상하면 당연히 내가…돌봐주면 되잖아요!"

무엇을 생각했는지 가늘어지던 말을 힘주어 뱉어낸 황보숙정은 숨을 색색거렸다. 붉어진 얼굴은 발끈한 표정과 동시에 부끄러움도 담은 듯 보였다. 그 모습을 곁에 앉아 지켜보던 황보석정은, 제 손으로 이마를 짚었다. 세철의 옆에 앉은 하남은 그런 모두의 표정을 살피며 똥 참는 아이처럼 희한한 모습을 만들고 있었다.

"제길, 각자 가던 길로 가자니까 부득부득 따라붙어서는, 내 요렇게 요상한 꼬라지가 날 줄 알았지. 처음부터 눈길이 엿가락처럼 늘어지더라니."

언두수는 또 깐족거렸다. 역시 가만히 있을 황보숙정은 당연히 아니었다.

"뭐예요? 말 다 했어요? 그쪽이야말로 엿가락 가지고 엿장수에게 사기 치던 분 아니던가요? 뭐? 진짠지 가짠지 감정을 해준다구요? 그 품 속에 들은 엿가락이 부끄럽지도 않은가요?"

이번엔 언두수의 얼굴이 벌겋게 달아올랐다.

"아니, 그거야……."

"흥, 언가의 미래를 책임질 기재라고? 누군지 그 따위 헛소리를 늘어놓은 자는 분명 눈이 사팔일 거야. 틀림없어!"

"아… 어……."

붉어진 얼굴의 언두수는 벙어리처럼 말을 못하고 멈칫대며 손짓만으로 황보숙정을 가리켰다. 터뜨려 주고 싶은 말이 가득한데 말이 터져 나오지 않는 그 답답한 얼굴을, 하남과 황보석정이 바라보며 같이 침을 삼켰다. 꾸울꺽, 하고 셋이 침 삼키는 소리가 동시에 들렸다.

힘겹게 침을 삼킨 언두수는 갑자기 고개를 숙이며 긴 한숨을 내쉬었다.

"에휴, 제기랄거. 집 떠나면 관리와 거지와 여자와는 시비하지 말라고 어머니께서 당부하셨는데, 내 그걸 망각한 대가를 오늘 치르는구나. 역시 우리 어머닌 선견지명이 있으셔. 젠장, 말 나온 김에 엿이나 먹어야겠다."

언제 그랬냐는 듯이 제 품속에 손을 넣어 끄집어낸 엿가락을 입에 문 언두수는 쪽쪽거리며 빨아 먹었다. 그 모습에 이번엔 하남과 황보석정이 한숨을 내쉬었다.

"두 분이 늦어지는데, 우리 먼저 식사를 해야 하지 않겠소?"

하남이 팽가만을 바라보고 있는 세철에게 넌지시 물었다.

세철의 고개가 돌아왔다. 그 얼굴을 반짝거리는 눈망울로 황보숙정이 바라보았다. 얼굴엔 어느새 종전의 사나움을 벗은 행복한 미소가 맺힌 채였다.

세철은 특유의 감정없는 목소리로 대답했다.

"식사합시다."

눈을 마주치지 않는 세철의 외면에도 불구하고 황보숙정은 여전히 방글거렸다. 표정이 밝게 변한 사람은 또 있었다.

"아, 식사 좋지, 좋아. 우리 거하게 한번 먹읍시다. 배 타고 오면서 내내 울렁증에 시달렸더니 몸이 축난 거 같소. 오늘 보충 좀 해야겠는걸?"

언두수는 제 배를 손으로 쓸어가며 너스레를 떨었다. 방금 전에 주고받던 언쟁은 어느새 다 잊은 얼굴이었다. 하지만 그 꼴을 아니꼽게 보는 한 아가씨는 또다시 빈정거렸다.

"흥! 식충이처럼 좋아하는 꼴이라니. 입은 꼭 메기입처럼 커다래 갖고… 쳇쳇!"

"뭐요? 아니, 지금 누구더러 메기입이라는 거요? 반듯하고 아담한 내 입이 어디가 메기와 닮았다는 거요? 정말 말이면 다 하는 줄 아쇼?"

"어머나, 별꼴이야. 저 입이 아담하다니, 지나가는 사람 열을 붙잡고 물어봐도 한결같은 대답이 나올 것은 뻔한 일인데. 정말 자아 도취에도 급수가 있다더니, 자신을 너무 모르시는군."

"아니, 이 아가씨가 보자 보자 하니까 정말 보이네! 급수라니? 뭐가 뻔하다는 거요? 사람들이 대관절 뭐라 한다는 거요? 말해 보쇼!"

목에 핏대를 세우는 언두수를 얄밉게 흘기며 황보숙정은 또박또박 말했다.

"그야 뻔하지! 메기입!"

언두수의 얼굴은 부글부글 끓는 솥단지 같았다. 그렇게 끊이지 않는 두 사람의 수작질을 보던 황보석정은 동생이 한 말 중에서 별꼴을 정말로 보는 중이었다. 그것은 다름 아닌 지금 동생의 모습이었다.

언제나 조신하게 하고자 하는 말은 반에 반도 아끼며, 정갈한 수국처럼 다소곳하기만 하던 그녀가 지금은 시비 거는 시장판의 수다쟁이로 변해 있었다. 정말 이상한 변화이기는 하지만, 눈앞에 연정을 품은 사내가 있는 마당에 오히려 말 많고 흥분 잘하는 계집으로 변해 버린 동생의 모습은 정말이지… 별꼴이었다.

새근대며 언두수를 노려보는 동생에게서 황보석정은 세철을 향해 눈길을 돌렸다.

여전히 변함없는 얼굴. 주위의 소란함에도 흔들리지 않는 철혈의 무정한 눈빛. 무엇을 생각하는지 탁자만을 내려다보는 구릿빛 얼굴 아래로 놓여진 투박하고 거친 손. 그러나 수많은 목숨을 거두어간, 아니, 앞으로도 앗아갈 염왕의 손.

황보석정은 동생 숙정의 연정이 걱정스러웠다. 하고많은 남자들을 뇌두고서 상대가 하필이면 철비철각호라니… 동생 또한 무가의 여식이고, 강호의 삶이란 것이 결코 평범과 안락을 바랄 수는 없는 것이겠지만, 그래도 저 사내는… 정말로 위험한 남자인 것이다.

"에잇, 정말! 여자만 아니라면 정말!"

"정말 뭐요? 말해 봐요? 뭘 어쩌겠다는 거예욧!"

또다시 귀를 파고드는 시끄러운 목소리에 황보석정은 상념에서 깨어났다. 그리고 아무것도 아닌 일로 투덕대는 두 사람의 꼴이 점점 짜증스러웠다. 그렇기는 고개를 돌리는 하남도 마찬가지인 것 같았다.

"정말 웃기셔! 명색이 남자가 되어갖고 여자를 어찌한다는 둥 협박이나 일삼다니, 가내의 모친께서 그리 가르치시던가요? 그런가요? 흥흥!"

"아니, 이봐요! 내가 언제 뭐 어쩐다고 그랬다고! …그리고 거기 왜 우리 모친을 끼워 넣어요? 우리 집안이 그렇게 만만해 보입니까? 예?"

버럭버럭 성질을 내는 언두수를 보며, 질세라 황보숙정은 다시 붉은 꽃잎 같은 입술을 달싹였다. 하지만 그 입술이 하얀 치아를 채 보이기도 전에 담백한 중저음의 목소리가 두 사람의 분쟁 사이로 끼어들었다.

"웬 집안타령인가?"

정곽이었다. 옆에는 부스스 웃고 있는 부춘호도 함께였다.

어머, 하며 손으로 입을 막는 황보숙정과 어, 하며 돌아다 보는 언두수를 일별하며 정곽은 세철과 하남의 옆으로 끼어 앉았다.

부춘호는 희멀건한 웃음을 흘리며 언두수와 황보석정의 옆 자리로 앉았다. 하지만 한마디 해주는 건 잊지 않았다.

"두 사람이 주고받는 목소리가 어쩌나 다정한지 객잔의 창문 밖에까지 들리던걸? 아주 듣기 좋은 얘기들을 나누더구만."

빙글빙글 웃는 부춘호의 눈을 피해 황보숙정은 도화빛으로 얼굴을 물들이며 제 손톱을 물었다. 언두수가 뒷머리를 긁으며 열없어했음은 물론이었다.

부춘호는 두 사람의 모습에서 재미를 붙였는지 또 한마디를 했다.

"두 사람이 그렇게 아옹다옹할 것이 아니라 서로에게 잘 보여야 할 터인데. 바라는 것들이 있다면 말이야."

"그게 무슨……."

언두수가 계면쩍은 얼굴로 물음을 줄였고 황보숙정은 숙여진 고개를 살며시 들고 궁금한 얼굴로 쳐다보았다.

부춘호는 가만히 찻물을 한 모금 들이키고 입을 열었다.

"말인즉슨, 황보 소저가 알아두어야 할 것이 한 가지 있는데, 우리 중에 장 형제에게 부탁을 넣어 승낙을 얻을 수 있는 사람은 오직 언 제 뿐이라는 것이오. 뭐, 대충 어거지 비슷하긴 하지만 말이오. 그리고 언 제가 알아야 할 것은, 초록은 동색이고 유유상종이라 했으니, 황보 소 저의 주위에는 저만한 미색과 재지를 갖춘 소저들이 분명히 있을 거란 말이지. 물론 자네가 여자에게 관심이 없다면 헛일이 되겠지만 말이야."

동시에 아, 하는 소리가 탁자의 양쪽에서 들렸다. 이제야 밝은 빛을 본 듯한 두 사람의 얼굴은 뭔가를 생각하는 표정이 되어서는 차츰, 괜히 즐거운 표정으로 변화해 갔다. 하지만 두 사람의 행복한 상상도 곧 이어 들린 목소리에 금이 가고 말았다.

"어떻습니까?"

세철이었다.

정곽은 힐끗, 옆으로 돌아보고는 다시 탁자로 시선을 돌렸다. 그리고 천천히 입을 열었다.

"보이는 그대로야. 팽가는 철옹성으로 변했고, 놈은 어디에 숨었는지 종적을 알 수 없다."

"팽가는 초비상 상태일세. 전 문도들이 중무장한 채로 문밖을 나서지 않고 있네. 이건 마치 전쟁 전의 군영(軍營)과 같더군."

부춘호가 덧붙여 말했다. 하지만 더 이상의 말 없이 앉아만 있는 정곽의 표정을 살피며 그도 입을 다물었다.

세철은 다시 물었다.

"놈이 이곳에 있는 것 같습니까?"

정곽의 고개가 다시금 옆 자리의 세철에게로 돌아갔다. 그러나 대답 없는 그 시선은 창문에 풍경처럼 걸쳐 보이는 팽가의 전경을 스쳐본 후, 처음처럼 다시 제 앞의 탁자로 돌아왔다. 대답은 그제야 나왔다.

"내 생각엔… 놈이 이곳에 있다면, 아니, 있었다면 이미 시기적으로 팽가를 공격할 기회를 망실했다. 물론, 놈의 혈리표는 충분히 그런 조건들을 값없이 여길 만큼 악마적인 위력을 가진 병기이지만, 복수를 하고자 하는 놈의 목적과 지나쳐 온 두 곳의 현장을 목도한 후의 평가를 종합해 보면, 놈이 이렇게 시간이 지나도록 팽가를 놔두고 쳐다만 볼 이유가 전혀 없다는 거다. 설령 그것에 만약이라는 단서를 둔다 해도 열에 하나 백에 하나만큼도 말이다."

"그 말씀은 놈이 팽가를 공격할 뜻이 없다는 것인가요, 아니면 이미 이곳에 놈의 자취가 없다는 것인가요?"

하남의 질문이었다. 정곽의 옆으로 나란히 앉은 그는 세철의 궁금함을 대신한 듯, 적합한 질문을 제때에 던져 주었다.

정곽은 뒷목이 뻐근한지 고개를 쳐들고 제 손으로 뒷목을 문지르며 천천히 대답을 했다.

"공격할 의사가 없냐는 말은 그놈이 아닌 이상 나 역시도 추측에 불과할 뿐이지만, 지금 당장은 그럴 수도 있겠지. 왜냐하면……."

노인처럼 문지르며 뒤로 젖혀 올리던 정곽의 고개는 옆으로 돌아 창문을 바라보았다. 그리고 액자 속의 그림처럼 박혀 보이는 팽가의 모습을 보면서 끊었던 말을 이어 냈다.

"저렇게 놔둔다고 해서 팽가가 어디로 사라지지는 않을 테니까 말이야."

정곽의 말에 모두의 시선이 창문 밖으로 아스라이 보이는 팽가의 전경을 바라보았다. 그중엔 황보석정과 숙정, 두 남매의 시선도 함께였다. 하지만 궁금함을 이기지 못한 언두수는 재차 다그쳐 물었다.

"그 말씀은 놈이 나중에 먹을 곶감을 남겨놓듯이 팽가를 놔두었다는 얘기인가요? 그리고 팽가가 어디로 가지는 않는다는 말은… 팽씨세가가 무림에서 차지하는 지위나 오랜 전통의 연륜, 그리고 두려움을 보이지 않으려는 체면과 위신 등등의 뭐, 대충 그런 것들로 인해 죽을지언정 피하지는 않을 거란 말인가요?"

언두수의 질문에 정곽 대신 부춘호가 웃으며 대답을 주었다.

"하하. 이 친구가 오랜만에 그럴듯한 소리를 하는구만. 그래, 자네 말이 대충 엇비슷하네. 그리고 답은, 자네 말속에 이미 다 있는 듯하군."

"아, 역시 그렇습니까? 제 짐작이 대충 들어맞은 건가요? 하, 이거 참."

언두수는 제 머리를 긁으며 대견한 듯 실죽실죽 웃었다. 하지만 그런 그의 감흥을 황보석정이 파고들었다.

"외람되지만, 제 짧은 소견으로는 이해가 되질 않는군요."

머리 긁던 언두수가 바라보고 말없던 하남과 부춘호도 황보석정에게 시선을 돌렸다. 오직 정곽과 세철만이 자기만의 생각에 잠겨 있는 모습이었지만, 그렇게 시선을 모은 황보석정은 또렷한 목소리로 자신의 의문을 말했다.

"복수를 꿈꾸는 자가 눈앞에 원수를 두고서 일부러 다른 곳의 원수를 찾아 떠난다 함은 이치에 닿지 않는 듯합니다. 다른 생각이나 계획이 있다면 몰라도 그런 행동은 합리에 닿질 않습니다. 더군다나 그자는 말도 안 되는 신화 속의 병기 같은 혈리표를 손에 든 자가 아닙니까?"

황보석정은 말을 마치고 정곽의 숙여진 표정을 바라보았다. 그 시선을 느끼는지 그렇지 않은지, 말없이 제 손 안의 손금만을 들여다보던 그가 무심하게 입을 열었다. 마치 지나는 바람에게 던지는 말처럼.

"바라보고 즐기는지도 모르지. 그리고 그 계획이… 황보가를 먼저 박살 내려는 것인지도 알 수 없지."

바람처럼 귀를 스쳐 간 정곽의 갑작스런, 그러나 너무도 스산한 이야기에 두 남매는 움찔 귀를 떨었다. 그 놀람은 오히려 황보석정보다도 황보숙정의 반응이 더욱 빠르고 뜨거웠다.

"예? 뭐라구요? 그게, 그게 도대체 무슨 말씀이지요? 예?"

토끼처럼 뜨여진 그녀의 두 눈은 마주 앉은 세철에게서 그 옆의 정곽에게로 바짝 들이밀어졌다. 무엇인가 불안함이 가득 생겨나는 그녀의 두 눈은 다급함이 잔뜩 묻어 나왔다. 그리고 그러하기는 오빠 황보석정도 마찬가지였다.

"그 말씀이… 대관절 무슨 뜻이오이까?"

정곽은 여전히 제 손만을 들여다보며 시원한 응대를 하지 않았다. 그리고 그제야 주변의 일행들은 정곽에게도 복수의 대상이 있음을 상기했다. 아직 확인된 증거를 찾지는 못했지만, 그것은 바로 눈앞에 마주 앉은 젊고 영민한 두 남매의 집안이며, 저 밖에 삼엄함을 풍기며 들어앉은 팽씨의 집안이었다. 또한 무극도문까지도.

"말씀해 주세요. 네? 저희 집안을 먼저… 어찌한다는 그 말씀이 무슨 소리이지요? 그자와 저희 집안이 무슨 관계가 있길래 그런 말씀을 하시는 거지요?"

황보숙정은 거듭 물어왔다. 정곽은 여전히 말이 없었고, 동생의 질문을 귀로 듣고 말없는 정곽의 표정을 살피던 황보석정의 얼굴은 점점 하얗게 굳어져 갔다.

"당신도 알지요?"

황보숙정은 갑자기 세철에게로 시선을 돌려 꽂으며 물었다. 그리곤 화난 것 같은 눈길로 다시 말했다.

"말해 주세요."

자신의 눈길을 붙잡고 정면으로 부딪쳐 오는 여인의 시선을 보며 세철은 난감함보다도 야릇함이 들었다. 예쁜 여자였다. 곱게곱게 자란 태가 역력한, 향기가 나는 여자였다.

여자는 마치 전부터 알고 있던 사람을 대하듯 자신에게 스스럼이 없었다. 그런 여자의 눈에는 다급함과 걱정, 초초와 불안 등 모든 것이 한번에 쏟아져 나왔다. 그것은 그녀의 오빠라는 자도 마찬가지였다.

자신들과는 한가족이나 진배없는 팽가의 이야기를 할 때만 하더라도 간간이 웃음을 잃지 않던 그들이었다. 한 치 건너 두 치라던가? 어쨌든 제 동기 간이 결혼으로 연결되어 있는 집안이지만, 그것이 자신의 당면 문제는 아니었던 것이다. 그런 그들이, 지금은 칼을 목에 댄 사람들처럼 숨을 죄여하고 있는 것이다.

저것이었다. 바로 저 모습이 누구도 탓할 수 없는 사람의 본성이리라. 제 발등에 떨어진 작은 불씨 하나가 얼마나 뜨거운지를, 사람들은 남의 육신이 갈라지고 떨어져 나가는 고통에 빗대지 않는 것이다. 아니, 이미 비교 자체가 아닌 일인 것이다. 하지만 그것을 누가 뭐라 할 수 있으랴. 모두가 그런 이유로 해서 세상을 살아가는 것을.

세철은 흔들리는 황보숙정의 눈동자를 들여다보며 문득, 미령과 미령 어미 송연주의 얼굴이 떠올랐다. 세상의 폭력으로부터 고통받던 작고 약한 영혼들의 모습이. 그리고 지금 눈앞의 황보숙정 역시도 그렇게 보이고 있었다. 점점 고통스러워하는 작고 여린 사슴처럼.

"정말로 몰라서 묻는 말이오?"

세철의 굵은 목소리가 갑자기 튀어나왔다. 깜짝, 눈꺼풀을 뜬 황보숙정은 숨을 들이켜다, 천천히 뱉어내며 차분하게 대답을 했다.

"난… 아무것도 몰라요."

황보숙정을 보던 세철의 눈이 황보석정에게로 돌아갔다.

세철의 눈길을 받은 황보석정은 천천히 고개를 가로저었다. 하지만 하얗게 탈색된 그 얼굴은, 이미 모든 걸 알고 있는 표정이었다.

세철은 황보숙정에게로 다시 시선을 돌렸다. 고집스런 입술은 천천히 벌어졌다.

"그놈이 노리는 건……."

"내가 말하지."

세철은 옆을 보았다. 정곽이었다. 세철의 말을 막은 정곽은 숙였던 시선을 들어 올리며 두 남매를 향했다. 음성은 조용히 흘러나왔다.

"몰랐을 수도 있겠지. 이미 너무 오래전에 모두가 잊고자 했던 일이었으니까 말이야. 하지만 이제라도 알아두면 일신을 보전하는 데는 도움이 될 거야."

정곽의 말은 어딘지 모르게 차가운 기운이 풍겼다. 하지만 그 원인을 짐작하는 일행들은 침묵으로 일관하였고 잠시 돌아보던 세철은 무심한 눈길을 다시 창밖으로 돌려 버렸다.

끊어졌던 정곽의 이야기는 다시 시작되었다.

"지금쯤이면 짐작은 하겠지만, 팽가까지도 공격의 대상에 오른 마당에 황보가라고 해서 예외일 리가 없겠지. 그 옛날의 태실봉 참사에는 그대들의 조부 역시도 참여를 했으니까 말이야. 그리고 그놈이 그런 집안들을 찾아다니는 건, 이제 누구도 모르지 않는 사실이기도 하지. 물론 남궁가나 금검장처럼 만들기 위해서겠지. 직접 보지 않았나, 그자를?"

감정의 고저가 느껴지지 않는 정곽의 음성은 차분하게 두 남매의 귀를 파고들었다. 그리고 정곽의 마지막 물음은 두 남매의 기억 속에 잔인한 영상을 되새김질시켰다. 처참하고 끔찍하며 지옥과 같았던 그 순간을…

어느새, 고통에 찬 눈으로 바뀌어 버린 황보숙정의 두 눈은 처연하게 세철의 옆얼굴로 꽂혀들었다. 파르르 떨리는 긴 속눈썹에는 이슬이 맺혔고, 하얀 두 손은 올라가 붉은 제 입술을 가려 버렸다. 그런 모습에 세철의 시선이 돌아와 박혔다. 그리고 그 순간 황보숙정은 흐느껴

울었다.

"흑, 그건… 너무 무서웠어요… 그런 건… 두 번 다시 보고 싶지 않아요… 흑흑, 그런데… 우리 집이……."

큰 소리를 내지 않으려는 듯, 조용히 끊어진 숨을 뱉듯이 말을 잇는 황보숙정의 눈에서는 쉬지 않고 눈물이 흘러내렸다. 하지만 그 눈은 계속해서 세철만을 보는 채였다. 마치 그만이 보이는 것의 전부인 것처럼.

"몰랐군요… 아니, 정곽 선배의 말씀처럼 당연히 유추될 일을, 일부러 외면하고 모른 체했다는 말이 정답이겠군요. 당연한 일인데 말입니다……."

황보석정이 자괴스러운 심정으로 말을 꺼냈다. 하지만 그의 눈은 동생 숙정처럼 슬픔과 염려보다는, 왠지 모를 짙은 허무감으로 가득해 보였다.

두 사람을 바라보던 정곽이 특유의 고저없는 목소리로 말을 꺼냈다.

"이제 놀 만큼 놀았으면 집으로 돌아가라. 가서 부친에게 헛된 생각은 접고 집안에 닥쳐올 불행에 대비하라고 일러라. 그리고… 도망칠 수 있으면 도망쳐라."

정곽의 이야기에 허탈한 눈으로 허공을 응시하던 황보석정의 눈이 반짝 빛을 내며 정곽을 응시하였다. 그러나 잠시 얽혀들던 두 사람의 눈은, 알 수 없는 의미를 교환한 채 다시 흩어졌다.

세철은 자신을 바라보며 눈물을 떨구고 있는 황보숙정에게서 시선을 돌리지 않았다. 그러나 입은 정곽에게로 말을 던졌다.

"이제 갈 길을 정합시다."

세철의 말에 일행들은 모두가 고개를 들어 세웠다. 그리고 정곽을 바라보았다. 정곽은 차분히 얘기했다.

"놈은 예상외로 빨리 움직인다. 그동안 놈의 행로를 다각도로 추정 예측해 본 결과, 놈은 주로 뱃길을 이용한다. 큰 물이든 작은 물이든 중원 물길의 대분분이 수로로 연결이 되어 있고 보면, 놈의 빠른 움직임은 대답이 가능하지. 그리고 놈의 인상착의 외에는 이렇다 할 단서가 없고 보니, 탐문 결과 비슷한 용모의 사내를 남궁가 사건 전후로 봤다는 사람이 다섯이 나왔다. 그리고 공교롭게 모두 뱃사람들이었지."

"놈은 어디로 간 거요?"

세철은 앞뒤를 생략한 채 제 알고 싶은 것만 물었다. 그 눈은 여전히 황보숙정의 우는 눈을 바라보는 채였다. 하지만 무얼 생각하는지는 모를 눈빛이었다.

"놈은 이곳에 들렀었다. 그리고 다시 떠났지. 뱃길로. 또한 놈이 간 곳은, 중원의 안쪽이라고 추정된다."

"안쪽이라구요? 하면 놈이 노리는 것이 대관절 무엇이지요?"

하남이 정곽에게 물었다. 하지만 정곽조차도 고개를 가로저었다.

"그건… 쫓아가 봐야지."

결국은 정곽조차도 추측만이 있을 뿐이라는 얘기였다. 천하의 오기 병사 천리추 정곽이 쫓는 자의 종적을 잡지 못하고 그저 그 길만을 따라가고 있는 것이다. 그것은 놈을 쫓을 만한 단서가 전무한 때문이기도 했다. 아니, 오히려 수없이 널려진 죽음의 단서들로 인해 발길이 얽혀 버렸는지도 모를 일이었다.

어쨌든 이제는 떠날 때였다. 그리고 그걸 말하는 세철의 눈은 다시금 거세어져만 갔다.

“갑시다.”

말과 함께 벌떡 일어선 세철은 바랑을 고쳐 매며 몸을 돌렸다. 그 모습에 슬픈 눈으로 울먹이던 황보숙정이 화들짝 놀라 같이 일어섰다.

“가, 같이 가요.”

반사적으로 튀어나온 그 말소리에 일어서던 모두가 황보숙정을 바라보았다. 돌리던 몸을 바로 세운 세철은 굵고 고요한 시선으로 황보숙정을 쳐다보았다.

제 얼굴의 눈물 자욱을 닦아낸 황보숙정은 결심을 굳힌 아이 같은 얼굴로 변해서 다시 말했다.

“같이 가요. 짐이 되진 않겠어요.”

“숙정아!”

황보석정이 옆에서 소리쳤다.

이 자리에 있는 모두가 짐작하는 일이지만, 떠나려는 세철을 대놓고 따라나서겠다는 황보숙정의 태도에는 아연할 수밖에 없었다. 아무리 남자가 좋기로서니, 또한 품은 연모의 정이 아무리 크고 깊다고 해도, 다른 곳도 아닌 황보가의 여식이 저런 행동을 보일 줄은 누구도 예상하지 못한 일인 것이다. 물론 그 오빠인 황보석정까지도.

“오빠와 함께 돌아가시오.”

세철의 목소리는 여전히 굵고 담담했다. 하지만 대답하는 여인의 고운 음성에는 단단한 결의가 맺혀 나왔다.

“아니요. 돌아가지 않겠어요. 이대로 돌아가서 마음속의 얼굴만 떠올리고 살 수는 없어요. 난, 당신이 가는 길을 좇아가겠어요.”

“허어!”

누군가의 입에서 바람 빠지는 소리가 들려 나왔다. 본인조차도 의식하지 못하는 그 소리는, 아마도 언두수의 것이 틀림없었다. 그리고 그 뒤를 이은 황보숙정의 이야기는 계속되었다.

"아마도 나를 보는 느낌은 당황스럽고, 또한 염치없는 계집이라고 생각하실 거예요. 이제 겨우 두 번을 봤을 뿐인 계집이 저리 몰상식한 태도를 보이는 것에 대해서, 당신이 아닌 이 자리의 누구라도 수긍하실 분은 없을 겁니다. 또한, 오라버니의 경우는 더하시겠지요."

황보숙정은 제 오라비를 바라봤다. 그 눈빛과 목소리는 어느새 담담함을 넘어 당당함을 보이고 있었다.

"세상에 태어나 이런 마음은 처음이었습니다. 너무도 생소한 이 감정에 스스로도 당황되고 낯설어 경계하기도 했습니다. 하지만 당신을 다시 보게 되었을 때, 그리고 또다시 만나게 되었을 때는 확신을 가지게 되었습니다. 내 이후의 삶은… 당신을 떠나서 살 수 없다는 것을요."

말을 마친 황보숙정의 눈에서는 찬연한 빛이 뿜어져 나오는 것 같았다. 그리고 그 눈을 바라보고 있는 세철의 두 눈은 검불 들어간 눈꺼풀처럼 꿈적거렸다. 그 사이로 여러 사람의 한숨 쉬는 소리가 휘이익, 바람처럼 흘러 나갔다. 황보석정이 넋 잃은 얼굴이 된 건 두말할 필요도 없었다.

황보숙정의 빛나는 두 눈을 바라보던 세철은 문득 시선을 돌렸다. 그 시선이 바라보는 곳에는 처음부터 바라보던 팽가의 모습이 있었다. 그곳을 보며 세철은 조용히 얘기했다.

"난 복수를 위해 사는 자요. 당신이 왜 나에게 이런 말을 하는지는 모르겠지만, 나에겐 더 이상 당신 남매의 이야기를 듣고 있는 것조차도 시간 낭비일 뿐이오."

세철의 옆모습을 보는 황보숙정의 눈이 순간 흔들렸다. 하지만 바로 입술을 무는 그녀의 고운 치아는 물러설 생각이 없어 보였다.

"지난겨울 팽귀호 어른과의 일 때문에 그러시나요? 그 때문이라면 저와 오라버니가 얼마든지 화해를 주선할 수가 있어요. 무림에서 그런 일은 흔한 것이 아니던가요?"

팽가를 바라보던 세철의 눈이 다시 돌아왔다. 그 눈이 도전적으로 다가오는 황보숙정의 검은 눈을 바라보며 다시 입을 열었다.

"나를 노리는 사람들은 많소. 그중엔 당신 말처럼 저기 보이는 팽가 역시도 포함되어 있소. 그리고 당신 집안도 마찬가지요."

말을 마친 세철은 몸을 돌렸다. 그리곤 정곽과 하남의 옆을 스치며 객잔의 중앙을 지나 보이는 입구로 걸음을 떼었다. 그 발걸음을 좇아 정곽이 몸을 돌렸다. 그리고 하남과 언두수, 부춘호가 머뭇대며 걸음을 옮겨놓았다. 하지만 그들의 발걸음은 쉽게 옮겨지지 않았다.

"무슨 소리예요! 우리 집이, 우리 집이 그럴 리가 없잖아요!"

황보숙정은 발악처럼 소리쳤다. 그 소리에 객잔 안의 몇 안 되는 손님들의 시선도 한데 모여들었다. 그리고 망연히 바라보기만 할 뿐인 황보석정은, 제 동생을 제지하는 것도 포기한 사람처럼 실없이 서 있기만 했다.

"나를……! 나를 떼어놓으려고 그러는 줄 누가 모를 줄 알아요! 하지만 안 될 거예요! 당신이 침을 뱉고 발길질을 해도, 나는 절대 포기하지 않아요!"

선언하듯 말을 마친 황보숙정은 제 검을 들고 언두수 등을 가로질러 세철의 앞을 가로막았다. 그리고 검은 수정 같은 두 눈동자를 들어 범 사내의 굵은 눈에 맞추며 조용히 입을 벌렸다.

"난 당신의 눈 속에서 당신이 감추고 있는 슬픔을 봤어요… 그것마저도 아니라고 말하지 말아요."

세철을 올려다보던 황보숙정은 몸을 빙글 돌렸다. 그리고 제가 먼저 앞장을 서서 입구를 향해 사뿐사뿐 걸어나갔다. 그 모습을 뒤편에서 바라보던 일행들은 뜻 모를 탄식들을 쏟아내었다. 다만 정곡 한 사람만이 변화가 없었고, 제일 앞서서 황보숙정의 뒷모습을 바라보는 세철의 눈에는 잔물결 같은 파랑이 일어 나왔다. 하지만 그 또한 아무도 볼 수 없었다.

세철은 다시 걸음을 떼어놓았다. 그러나 그를 비롯한 그들 모두의 발걸음은, 입구를 나서는 황보숙정과 부딪쳐 들어서는 한 사내의 모습에서 다시 멈춰지고 말았다.

"뭐냐?"

"어이쿠!"

부딪쳐 오는 사내를 옆으로 던져 내며 외치는 황보숙정의 목소리와 객잔 바닥을 구르는 사내의 비명 소리가 동시에 터져 나왔다. 하지만 바닥을 구르던 사내는 아픔도 모르는지 황급하게 다시 일어나, 두 눈을 치켜뜬 황보숙정은 쳐다도 보지 않은 채 누군가를 애타게 찾았다.

"주인어른! 주인어른!"

회계대 안쪽을 둘러보며 주인을 화급하게 부르는 사내는 객잔의 일군이었다. 모두의 시선은 사내에게로 몰려들었다. 사내는 계속해서 주방을 향해서 소리 질렀다.

"주인어른! 주인어른!"

애타게 부르는 그 소리가 그제야 들렸음인지, 주방의 문이 열리고 오십 줄의 비대한 사나이가 모습을 드러내며 말했다.

"무슨 일인데 이렇게 호들갑이냐? 손님들도 계시거늘."

주인 사내를 보자 일군은 급박하게 팔소매를 붙잡으며 말을 쏟아냈다. 그 얼굴이 자못 화급하고 심각해 보였다.

"아이고, 주인어른, 큰일 났습니다요! 방금 배편으로 소식이 들어왔는데요. 도련님이 무술 배우러 가신 서주(徐州)의 신창보(神槍堡)가 쑥대밭이 되었답니다요!"

"뭣이라? 그게 무슨 말이냐? 그곳이 왜 갑자기 쑥대밭이 된단 말이냐?"

"그게 다름 아니라, 지난번 남궁세가를 씨몰살한 그 악마 놈의 짓이랍니다요. 혈리표인가 뭔가 하는."

"아이고, 가만있자, 그럼 내 아들, 내 아들은 어찌 되었누? 아이고, 대관절 이 일을 어찌한다냐?"

마른하늘에 날벼락을 맞은 듯, 이리저리 사방으로 펄쩍대는 주인 사내의 모습은 경황없고 안타까워 보였다. 그렇게 울먹이는 주인 사내의 목소리가 객잔 안에 울려 퍼졌다. 그리고 그 상황과 이야기를 옆에서 들은 황보숙정은, 아직도 객잔의 중앙에 서 있는 세철의 얼굴을 돌아보았다.

황보숙정은 숨을 들이켰다. 그리고 보았다. 자신이 연모하는 사내의 두 눈에서 쏟아져 나오는 지옥불 같은 분노의 불길을. 그 불길을 눈에 달고서 사내는 뛰쳐나갔다. 마치 불 뿜는 범이 한달음에 도약하는 것처럼. 그 뒤를 다른 사내들의 신형이 좇아 나갔다.

문득 남아 있는 한 사람, 황보석정을 돌아다본 황보숙정은 입술을 깨물었다. 그리곤 다시 고개를 돌리고 자신의 사내가 뛰어나간 길로 달려나갔다. 세상 끝이라도 좇아갈 것처럼.

　잠시 후 객잔에는 울부짖는 주인의 목소리만 가득할 뿐, 동생의 뒷모습을 바라보던 오빠의 모습조차도 남아 있지 않았다.

# 11장 사천(四川)으로 가는 길

## 사천(四川)으로 가는 길 1

비를 쏟아낸 여름날의 하늘은 파란 구름을 쪽배처럼 군데군데 띄워 보이며 강물처럼 흘러갔다. 그 아래 대지의 틈으로 흘러가는 누런 강물을 하염없이 바라보는 사람은, 수척한 얼굴에 병색이 엿보이는 안색이 두드러진 장년인이었다. 수북한 수염은 거칠었고 굵게 각 진 선을 보이는 턱은 세상의 시름을 모두 안은 듯 고뇌스러워 보였다.

배를 치는 강물에 고정된 고건성의 시선은 떨어질 줄을 몰랐다. 배는 불어난 강의 물결을 타며 커다랗게 너울거렸고 그 위의 사람들은 여름날 불어난 개천 위를 떠가는 나뭇잎 위의 개미들처럼 옹색하기 그지없었다.

고건성은 아직도 일어나지 못하고 선실에 누워 있는 의제 고민석을 떠올리자 깊은 한숨이 새어 나왔다. 조카인 연호의 상세는 이제 몸의 섭생에만 신경을 쓰면 될 정도로 차도를 보이고 있지만, 고민석의 흩어진 척추뼈는 평생 불구가 될지도 알 수 없는 불안한 상황이었다.

정말로 거짓 같은 우연의 천행이라고 아니할 수 없었다. 그저 죽음으로밖에는 헤어날 길이 없어 보이던 그 상황에서, 그 예전에 베풀었던 작은 도움의 손길이 자신의 목숨을 구원하는 구명의 손길이 되어 나타날 줄은 짐작조차 하지 못했었다. 그런데 그것이 현실로 이루어진 것이다.

때마침 나타난 법진 대사가 아니었더라면, 그와 함께 온 무림의 신들이 없었더라면 자신은 물론 조카와 의제의 목숨 역시도 지금쯤은 어찌 되었을지 알 수 없는 노릇이었다. 아니, 설령 죽지는 않았다 해도 당무호의 손에 끌려가 죽음보다 못한 지경에 놓였을 것이 뻔하였다.

후회가 막심했다. 일이 이 지경에 이르고 보니 집을 떠나온 자신의 섣부른 처사가 얼마나 경솔했는지 피부로 실감되었다. 그리고 이젠 돌아가고 싶었다. 모든 미련을 다 없애고, 어떠한 핑계조차도 다 버리고, 그저 홀가분한 마음으로 집에 돌아가 술 한잔에 곤한 잠을 자고 싶을 뿐이었다.

하지만 의제의 몸을 살려야 했다. 이전처럼 무공을 펼칠 수는 없을지라도, 그저 한 사람의 몫으로 운신하고 살아갈 수 있을 만큼은 회복을 시켜야 하는 것이다. 그리고 그것을 소림의 의가 분원인 제민원에서 해줄 것이었다.

불행 중의 다행은 이런 걸 두고 하는 말이던가? 법진을 만나 목숨을 구함받은 것은 정말로 다행이지만, 그 가운데서 고민석의 다친 몸을 보아줄 만한 제민원이 소림과 연이 닿아 있다는 것은 정말로 천행이었다. 그리고 그곳에서 고민석의 몸이 일어서는 날이 오면, 그때는 정말로 집에 돌아갈 것이다.

고건성은 강물보다도 깊은 한숨을 길게 내어 뱉었다. 그렇게 내도록 상념의 끝을 떨쳐 버리지 못하던 그의 곁으로 빈 팔소매의 장삼 자락을 펄럭이며 마른 얼굴의 노승이 다가왔다. 법진이었다.

"아미타불. 물보다 흙이 더 많아 보이는 강(江)이올습니다."

곁에 온 법진의 마른 얼굴을 돌아보며 고건성은 가만히 미소 지어 보았다. 얼굴을 마주쳐 온 법진의 검은 눈동자도 우묵하게 웃어 보이며 음풍(吟諷)하듯이 말을 이어 나갔다.

"저 아득한 청장고원(靑藏高原)에서 시작한 물이 내몽고의 하구진(河口鎭)까지 흘러드는 지류가 마흔세 곳이나 되고, 그곳에서부터 이 앞에 닿을 하남의 정주(鄭州) 인근까지 합쳐 드는 큰 물줄기만 삼십여 개에 이르니, 이 물 갈래들이 실어다 토해놓는 황토로 인한 피해는 물론이려니와 그와 함께 동반되는 홍수 피해가 해마다 극심하다 하니, 이 강에 목숨줄을 대어놓고 사는 민초들에겐 진실로 애증(愛憎)의 대상이라 아니할 수 없겠습니다."

수염 없는 마른 얼굴에 하관이 빠른 턱 선을 옆으로 보이는 법진의 얼굴은 이미 십오 년 전에 보았던 그 얼굴이 또 아니었다. 세월은 연륜 이상의 것을 얼굴에 겹쳐 씌워놓는지, 분노한 모습만이 기억 속의 전부이던 법진의 모습은 범접 못할 엄숙한 선기(仙氣)가 흘러나왔다.

고건성은 온유로운 가운데 무애자재함이 엿보이는 그 얼굴에 문득 자신의 모습을 대비시켜 보았다.

꿈을 꾸던 젊은 시절… 가슴엔 감당 못할 호방함과 패기로 들끓어올랐고, 협기와 패권을 담은 중원을 향한 꿈은 구만리 장천을 날아올랐다. 손에 쥔 한 자루 칼엔 청춘의 땀과 꿈을 녹여 실었고, 움켜쥔 두 주먹엔 사랑도 부귀도 아닌 무부(武夫)의 일생을 일궈왔었다. 그러나…
그러나 지금은……

"고 시주, 무얼 그리 생각하시오? 소승의 얼굴에 뭐라도 묻었소이
까?"

골몰한 시선을 주는 고건성에게 법진이 물어왔다.

물끄러미 바라보던 고건성의 시선이 돌며 갑판 난간에 등을 기대고
돌아섰다. 그리고 상갑판의 여기저기서 담소하는 뱃사람들의 면면을
보며 무심히 입을 열었다.

"법진 대사께서는 어인 인연으로 속세를 등지셨습니까?"

"왜 중이 되었냐는 말씀이오?"

고건성은 고개를 끄덕거렸다. 자애로운 미소를 입가에 문 법진은 고
건성처럼 등을 기대고 돌아 천천히 읊조리듯 이야기했다.

"글쎄올습니다. 세상을 알기도 전의 어린 핏덩이로 절간에 맡겨졌으
니 그저 그게 다인 줄 알고 살았습니다만, 한때는 세상 밖으로 나가기
위해 몸부림을 쳤던 적도 있지요. 어디나 다를 것은 없다는 것을 모르
고서 말입니다."

"후회는 없으십니까?"

왠지 모를 여러 감정이 느껴지는 고건성의 물음에, 가웃이 눈길을
주던 법진은 하나뿐인 왼손으로 염주를 감아 세며 나직하게 입을 열었
다.

"후회라… 세존의 법에 따라 사는 불제자가 법을 깨우치지 못하는
조급함이야 당연하지마는, 그 법으로 인해 일어나는 번뇌를 떨쳐 내지
못함은 사바의 중생들과 다를 바가 있겠소이까? 후회 또한 그것의 한
가지지요."

담담한 음성이지만, 그 속에서 십오 년 전 제자들의 죽음과 한쪽 팔을 잘리우고 심신(心身)의 고통에 분노하던 법진의 모습이 아스라하게 흔적을 보이는 듯했다. 그 모습을 떠올리며 고건성은 무심히 되뇌었다.

"원한과 복수라… 과연 그런 것들은 시간이 지나면 잊을 수 있는 걸까요, 아니면 더욱더 불길처럼 커지는 것일까요……?"

혼잣소리처럼 중얼대듯 말하는 고건성에게 법진의 시선이 돌아왔다. 무심결에 돌아간 고건성의 시선도 법진을 바라보았다. 그렇게 두 사람의 시선이 다시 얽힐 때, 고건성은 또 하나의 질문을 띄웠다.

"대사… 내 가족의 목숨을 누군가가 해치고자 한다면… 그때는, 그때는 어찌 행동해야 하오이까? 그리고 이미 가족이 해침을 당했다면, 그 원흉이 세상을 활보하고 있다면… 정녕 그때는 어찌해야 하는 것이오이까?"

결코 간단치 않은 질문에 희게 뻗은 눈썹만을 꿈틀거린 법진은 조용히 불호를 외웠다.

"나무아미타불……."

어쩐지 돌아가는 손끝에서 흔들려 보이는 염주알은 법진의 복잡한 지금의 심경을 대변해 보여주는 듯, 심란하고 어지럽게 자꾸만 손끝에서 미끄러졌다. 그러나 법진은 마주 바라보는 고건성의 시선을 피하지 않고 응시하였다. 그리고 질문의 대답이 아닌 다른 이야기를 꺼냈다.

"알고 계십니까? 대장장이의 아들?"

"무슨? …대장장이의 아들이라시면……?"

"아직 모르시겠군요. 십오 년 전 그곳, 대장간에서 변을 당한 대장장이의 아들 말씀이오이다."

"죽은 줄 알고 있었는데 우물 속에서 살아난 그 아이를 말씀하시는 거라면… 이미 소식이 끊어진 지가 그 세월만큼이나 되었습니다만……."

법진을 바라보는 고건성의 눈빛은 궁금한 속에서도 이상한 예감으로 차츰 초초해 보였다. 그 눈길을 받으며 법진은 다시 이야기했다.

"그 아이를, 아니, 이제는 청년이 된 그 젊은 시주를 소승이 만났습니다."

"예? 정말이십니까? 언제? 아니, 어디서 그 아이를 보셨습니까? 행색은 어떻습니까? 건강하던가요? 허어! 이런 일이!"

너무도 뜻밖의 이야기에 고건성은 제 혼자 이것저것 질문하고 대답을 기다릴 사이도 없이 제 혼자 감탄을 피워냈다. 그렇게 궁금함과 반가움에서 걱정, 그리고 다시 인연의 긴함에 대한 경탄으로 변해가는 고건성의 얼굴을 보며 법진은 고요히 미소를 보였다.

"건강하더군요. 행색은… 넉넉해 보이지는 않았지만, 그 청년을 두고서… 세상의 그 어느 누구라고 해도 함부로 할 수는 없을 겁니다."

뒤이어 나온 법진의 대답에 고건성은 알 듯 모를 듯한 얼굴로 다시 물었다.

"건강하다니 다행입니다만, 아무도 어찌할 수 없는 것은 무슨 말씀이십니까?"

법진은 종전처럼 고요히 웃었다. 그리고 대답했다.

"그 청년을 일러 사람들은 철비철각호라고 한답니다."

고건성은 텁수룩한 털로 뒤덮인 각 진 턱을 꿈틀, 경련하듯 떨었다. 뭔가 튀어나오려고 벌어지던 입은 그대로 멈춰져 아무 말도 나오지 않았다. 두 눈은 커다랗게 떠여진 채로 눈꺼풀만이 부르르 떨렸다.

"아마도 복수를 하기 위해 세상에 나온 듯싶더이다. 아미타불……."

경직된 고건성의 얼굴에 그 말을 던져 놓고 법진은 다시 굳어진 표정으로 돌아갔다. 그리고 고건성은 막힌 숨을 토해내듯이 끊어진 몇 마디를 내어 뱉었다.

"그, 그럴 수… 그 아이가……. 그 아이가… 철비… 철각호……?"

고건성은 머리 속에 풍문으로만 전해 들었던 사내의 영상을 그려내며 몸을 떨었다. 철비철각호라니… 그게 그 아이라니… 죽었을 걸로 알았던, 풍문만이 전해지고 소식을 알 길 없던 그 아이가 살아서 그런 인물이 되어 있었다니…….

고건성은 명치 끝이 후끈해지면서 울렁대는 느낌에 침을 삼켰다. 애틋함과 죄스러움과 낯설은 그리움과 그리고 알 수 없는 생소한 감정들이 가슴속에 차 올랐다.

생각해 보면 자신과 그 아이와는 아무런 관계도 아니었다. 하지만 십오 년 전 그 일이 있은 후, 오 년 동안을 곁에 붙잡아두고 지켜보며 많은 생각을 했었다. 가당치도 않은 자신의 헛된 욕심으로 불행한 한 아이의 인생을 또다시 볼모 잡아 더 큰 죄를 짓는 것은 아닌지 하고.

형님이 죽고 마음속의 욕념이 사그라져 갈 무렵, 아이는 떠나겠다고 말했었다. 말리고 싶었지만, 작은 몸에서 뿜어져 나오는 이상한 결의와 열기에 결국 떠나는 발길을 붙잡지 못했었다.

아마도 나 자신의 마음속에 있는 죄스러움을 덜기 위한 행동이었으리라. 그저 그냥 그렇게 떠나보낼 수는 없었기에, 아이에게 늘상 품에 지니고 다니던 금강석 주머니를 건네주었었다. 왜 당시에 그런 행동을 했는지는 지금도 알 수 없었다. 그리고 나서 또 후회를 했었다. 그것으로 인해 아이에게 또 다른 불행이 오지는 않을까 하고서…….

"허어! …참으로 세상의 일이란 알 수가 없구나……."

고건성은 격세지감을 느끼는 노인처럼 감탄을 내뱉었다. 그 표정과 생각의 변화를 옆에서 지켜본 법진은 조용히 속삭이듯 말했다.

"세존의 뜻이란, 인세의 궁량으로 헤아려지는 법이 없지요. 아미타불."

고건성은 힐금 법진에게로 시선을 돌렸다가 다시 말했다.

"그렇군요… 그런 일을 헤아릴 수는 결코 없겠지요."

"헤아릴 수는 없지만, 그 오묘한 이치를 당하고 나면 뉘라서 수긍하지 않겠습니까? 고 시주와 본승의 일만 하여도 인연의 씨줄과 날줄이 교직되어 이처럼 오늘날 한자리에 서 있는 것이 아니겠습니까? 그것이 바로 부처님의 법인 게지요."

마치 작은 설법을 하듯 말을 늘어놓은 법진은 온유로운 미소를 물고 고건성을 응시하였다. 그 미소를 향해 어색한 웃음을 지어 보인 고건성은 다시 강물을 향해 되돌아섰다.

'인연이라… 그 아이와 나의 인연은 대체 어떤 것일까? 그리고 우리의 목숨을 구해준 삼신과 권신, 곤제, 이들과는 또 어떤 인연이 닿았던 것일까?

생각이 그들에게 미치자, 창주에서 바로 작별을 고하고 헤어진 태산 삼신의 강렬한 모습과 화물 여객선을 통째로 전세 내어주고는 묵호련으로 돌아간 권신과 곤제, 그리고 할 일이 많은데 제 앞가림에 바쁜 놈들이라고 욕설을 해대며 묵호련에 가서 빌붙겠다던 흰머리 흰 수염의 이름 모를 노인, 그들의 행보가 궁금하였다.

같이 있던 잠시 동안 보고 들은 그들의 언행과 자신의 짐작이 틀리지 않는다면, 그들은 우물 속의 돌멩이처럼 종적이 사라져 버린 혈룡도와 다시 나타나 혈사를 일으키는 혈리표의 일을 쫓아서 길을 나섰던 것이 분명하였다. 하지만 그런 그들이 지금은 다시 흩어진 것이다.

고건성은 강물을 응시하던 시선을 돌려 법진에게 다시 물었다.

"길이 갈린 다른 어르신들은 어찌하실 작정들일까요?"

법진은 여전히 고요한 눈길로, 그러나 여러 가지 생각이 담긴 눈빛으로 대답을 했다.

"글쎄올습니다. 억지로 되는 일이야 있겠습니까. 헤어지기 전에 논의가 있었으니… 그저 모든 것은 세존의 뜻대로 되는 것이겠지요. 아미타불."

분명하지 않은 질문에 대한 분명하지 않은 대답이었다.

고건성은 의미가 엇갈리기도 하고 중첩되기도 하는 법진의 대답을 되새기며 한 가지를 마음속에 다짐했다. 이젠 더 이상 궁금할 것도, 그리고 제멋대로 돌아가는 세상의 일도 모른 체하고 떠나야 한다고. 그리운 산천과 가족들이 기다리고 있는 고향으로.

홀가분하게 생각을 정리한 고건성의 마음처럼 배는 순풍에 밀려 쑥쑥 나아갔다. 하지만 예측할 수 없는 세상의 일처럼 배의 앞길을 막아서는 또 다른 일은, 역시 세상의 바다에 솟아 있는 암초처럼 불쑥 찾아왔다.

"배를 돌려!"

"배를 돌려라!"

선수(船首)에서 견시(見視)를 보던 수부(水夫) 한 명이 고래고래 소리를 쳐댔다.

"배를 돌려! 충돌한단 말이다!"

어느 쪽을 향한 것인지 알 수 없는 급박하고 다급한 목소리는 사태의 위급함을 알렸다. 선부들의 시선이 선수로 몰려들었다. 그리고 그들은 볼 수 있었다.

화등(花燈) 놀이나 하면 꼭 알맞을 소형 목선 하나가 방향을 잃고 출렁대며 뱅글뱅글 맴을 돌았다. 그 목선이 고건성 일행이 탄 누옥선(樓屋船)을 가로막고 삽시간에 다가왔다.

충돌은 손쓸 틈 없이 곧바로 벌어지고 말았다.

쾅! 콰르르륵!

선수의 용골(龍骨)에 부딪친 목선이 조각나며 물결과 함께 거칠게 튀어 올랐다. 그리고 그 사이로 사람의 형체들도 같이 휘날려 오르며 물결 위로 튕겨져 올랐다.

배의 잔해는 누옥선의 선저 측면을 긁으며 물결 속에 거품처럼 사라져 버렸고, 던져진 것 같은 사람들의 몸은 위험한 곡선을 그리며 강물 속에 잠겨져 버렸다.

"사람을 구해라! 어서!"

창주에서 합류한 사대금강 중 선수에서 보던 정수의 외침 속에 몇몇의 수부들이 강물을 향해 뛰어들었다. 그 뒤를 이어 배의 측면에서 광대뼈 불거진 정명이 다시 뛰어들었고, 배 밑으로 갈려져 들어갔던 목선의 잔해들이 선미의 측면에서 조각을 보일 무렵, 쉼없이 들고 나던 정명과 수부들의 손에 물귀신이 될 뻔했던 사람들의 모습이 드러나 보였다. 밧줄이 던져지고 늘어진 사람들의 몸뚱이가 끌어 올려졌다.

배 위에 올려진 사고자들은 세 명이었다. 두 명의 젊은 여인과 한 명의 늙은이.

물먹은 솜처럼 늘어진 그들을 보며 둘러섰던 수부들 중의 누군가가 중얼거렸다.

"여자잖아? 예쁘네!"

갑작스런 강상(江上)의 사고로 경황없던 갑판이 분주해지기 시작했다.

꽃 같은 젊은 여인들의 얼굴을 둘러보는 수부들의 얼굴은 가볍게 흥분하고 있었고 그 모습을 한데 바라보는 뒷전의 법진과 고건성은 안도하는 얼굴로 고개를 끄덕거렸다. 오직 커다란 체구의 정오만이 선실로 옮기라고 호통을 쳐댔으며, 젖은 승복을 짜내는 정명은 그 모양을 보며 툴툴거리고 있었다.


"아미타불. 큰일 날 뻔하였습니다."

입을 연 법진은 여인의 눈을 마주 보며 미소 짓다가 찻잔을 얌전하게 잡은 여인의 두 손으로 시선을 내렸다.

소맷자락에 반이나 가려진 하얗고 가지런한 두 손은 소중하게 찻잔을 움켜쥔 모양이었다. 거기에 삼단 같은 머리는 물기에 젖어 가지런히 내려앉았고 그 사이로 보이는 하얀 목덜미는 젊은 사내들의 가슴을 두근거리게 만들기에 충분해 보였다.

소문영(蘇文瑛)이라고 자신의 이름을 밝힌 여인은 옆에 앉은 문희(文姬)라는 이름의 동생과 더불어 찬란하게 향기를 뿜는 난꽃처럼 그렇게 빛을 내고 있었다.

"무슨 일로 부녀자와 노인만의 행색으로 뱃길을 나섰는지는 모르겠으나 목적지가 개봉 인근이라 하니, 때마침 우리의 배도 그 길을 통해 가는 중이니 그곳까지 우리가 편히 모시리다."

동행으로 돌보아주겠다는 법진의 이야기에, 뒤에 선 커다란 곰 같은 정오는 왠지 자꾸만 피실거리며 웃었다. 그 모습을 옆에서 노려보는 정수는 특유의 날카로운 눈매로 못마땅해했고, 여전히 아이 같은 표정의 정도는 선한 미소만을 흘렸다.

법진의 옆, 탁자의 우측 편으로 앉은 고건성의 뒤쪽 침상에는 기력을 차리지 못하고 누워 있는 중늙은이의 간호를 조카인 고연호가 하고 있었다. 소반에 받쳐 든 그릇 안의 따근한 국물을 노인의 입가로 흘려 넣어주는 중이었다.

고건성은 해약을 복용한 후 자리를 털고 일어나 이제는 남의 처지를 돌보아주게까지 회복된 고연호를 보며 대견해했다. 그렇게 흐뭇한 눈길이 다시 돌아가자, 법진의 뒤에 커다랗게 선 정오의 우스꽝스런 웃음이 눈에 들어왔다.

"스님, 어여쁜 보살님들을 돌봐주시게 된 것이 무척이나 마음에 흡족하신 모양이오이다."

"예… 옛? 아니, 그, 그것이 아니고……."

고건성의 짓궂은 농에 잠에서 확 깬 듯한 얼굴의 정오는 당황스레 말을 더듬었다. 그사이에 이번엔 정수가 툭 내질렀다.

"그러고 있으니까 꼭 바보 같잖아."

"뭐, 뭐가……."

당황한 정오는 옆에 선 정도와 말을 던진 정수를 번갈아 보며 커다란 얼굴을 불그름하게 물들었다. 그런 제자들의 대화를 말없이 앉아 듣고 있던 법진은 고요하게 싱긋한 미소를 지으며 찻잔을 들어 마셨다.

고건성은 그렇게 방임하는 듯한 법진과 말없이 볼만 붉히는 두 자매의 꽃 같은 얼굴을 번갈아 쳐다보며 다시 입을 열었다.

"무에 어떻소이까? 아름다운 꽃을 보고 어여쁜 마음을 갖고, 향기로운 차를 마시며 그 향내를 음미함은 사람인 이상 승속의 구분이 있겠소이까? 그리 부끄러워할 일이 아니오이다. 하하하!"

무안함을 달래주려는 고건성의 이야기에 정오는 속내를 들킨 것 같아 더욱 계면쩍어했다. 그런 정오에게 이제껏 아이 같은 웃음만을 보이고 있던 정도가 슬그머니 한마디를 했다.

"곰 한 마리 때문에 점잖은 불제자들까지도 함께 욕을 먹는구나. 아미타불."

그리고 이어서 정수도 한마디를 던졌다.

"그러게 표정 관리 좀 하라니깐두루, 쯔쯔쯧."

"뭐라고? 야! 내가 무슨……!"

정도와 정수의 핀잔을 들은 정오가 반박하려 입을 여는 순간 열려진 선실문의 바깥에서 킥킥대며 숨을 참는 소리가 다발적으로 터져 나왔다.

"누구야! 웃는 사람이!"

선실의 문 쪽으로 돌아선 정오는 크게 소리쳤다. 밖에는 안의 동정을 살피려는 수부들과 젖은 옷을 말리던 정명이 훔쳐보는 중이었다. 그들과 눈이 마주친 정오는 씩씩대며 선실문을 나섰다.

무안을 감추려 괜한 호통을 치고 나가 버린 정오의 등을 보며 고건성이 피식거릴 때, 조용히 지켜 들으며 찻물을 들이켜던 법진이 한마디를 내놓았다.

"젊다는 것은, 승복을 씌워놓은 곰조차도 부끄럼을 타게 만드는구려. 허허허허."

법진이 내놓은 이야기에 고건성은 너털웃음을 터뜨렸고 정도와 정수는 목에 핏대를 세우며 터지는 웃음을 막아야 했다. 그리고 같이 앉아 있던 내내 어렵고 서먹한 모습을 보이던 소문영, 문희 두 자매는 길고 고운 흰 손을 들어 얼굴을 가리고 소리 죽여 웃었다.

이윽고, 더 이상의 웃음은 상대에게 결례가 된다는 걸 말하는 것처럼 차분하게 웃음을 거둔 소문영이란 처자가 입을 열었다.

"먼저, 구명지은(求命之恩)을 베푸신 여러 은인들께 다시 한 번 감사의 말씀을 올립니다. 은인들이 아니었다면, 진정 저희 자매와 가친의 생사는 장담할 수 없는 지경에 처했을 것이 명확합니다. 거기에, 이렇듯 뜻밖의 폐를 끼치게 되어 거듭 송구스러울 뿐이옵니다. 하옵고, 이왕에 폐를 끼치게 된 몸, 이 배의 행차는 어찌 되시는지… 대사님의 말씀처럼 저희 자매와 가친(家親)의 몸을 행선지까지 의탁해도 부끄러운 줄 모른다 여기지는 않으실는지, 소녀 심히 염려가 되옵니다."

차분히 말하는 품이나, 예의와 자신의 의도를 명확히 밝히는 언사는 잘 교육받고 훈도받은 기품있는 집안의 여식임을 은연중에 드러냈다. 그 언니가 그렇듯, 뒤를 이어 말을 꺼내는 동생 역시도 다름이 없었다.

"아버님의 어지럼증이 수로중(水路中)에 도지지만 않았더라도 이런 일은 없었을 터인데… 갑자기 노(櫓)를 떨구고 쓰러지셔서 경황없이 이리되고 말았습니다. 하지만 여러 어르신들의 덕분으로 생명을 구함 받았으니, 저희 자매 이 은혜를 죽어도 잊지 않겠나이다."

품위가 묻어나는 겸양에, 촉촉이 젖은 듯이 들려오는 자매의 목소리에, 이제껏 문밖으로 나간 정오를 나무라던 정도와 정수까지 취한 목소리로 앞뒤 분간 없이 다투어 입들을 열었다.

"은혜라니요, 별말씀을!"

"걱정하지 않으셔도……."

동시에 입을 연 정수와 정도가 서로를 쳐다보았다. 그러나 동시에 자신들의 실태를 파악한 두 젊은 승려는 고개를 돌리며 헛기침을 해 댔다.

“허, 허흠.”

“어허험.”

그 모습을, 뒤에서 노인을 돌보던 고연호는 물론, 고건성과 두 자매까지 함께 보며 밝게 웃었다.

젊은 제자들의 실태를 웬일인지 모른 척 나무라지 않은 법진은 탁자 위의 웃음이 잦아들 무렵 조용히 얘기했다.

“아까도 말했듯이, 이 배는 황하를 거슬러 숭산 옆의 낙양을 목적지로 삼고 있소이다. 그 지나는 길목인 개봉 어림까지 여러분을 모셔 드리는 것은 아무런 문제 될 것도, 부담을 가지실 것도 없소이다.”

다소곳하게 듣고 있던 소문영이 긴 속눈썹을 내리깔며 인사를 했다.

“행여 저희로 인해 여정에 번거로움을 초래할까 저어되오나 그리만 해주신다면 진실로 감사하겠습니다.”

“정말로 감사드리옵니다.”

역시 뒤이어 소문희가 활짝 웃으며 튕겨 오르는 난꽃 줄기처럼 싱그럽게 답례를 했다.

“하하하! 과례는 비례라 하오이다. 거기다 젊은 스님들께 자꾸만 그렇게 고운 얼굴로 감사를 연발하면, 스님들의 성불에 지장이 있소이다 그려. 하하하하.”

고건성이 웃음을 터뜨리며 말했다. 겸양을 하는 두 자매와 그걸 보고 있는 두 젊은 중들의 어색함을 덜어주려는 농이었지만, 그 말에 젊은 남녀들은 오히려 더욱 낯부끄러워했다. 하지만 선실 안엔 화기가 넘쳐 났다. 그리고 그 화기로움이 채 무르익기도 전에, 노인의 침상으로부터 소반을 들고 다가온 고연호가 던진 한마디는 모든 걸 바꿔놓았다.

"가친께서 상당히 귀해 보이는 팔찌를 착용하고 계시군요. 마치 뱀 두 마리가 서로를 꼬고 있는 것 같은 형상이 무척이나 특이하고 정교하군요."

그 순간이었다.

자애로운 미소를 머금고 있던 법진의 얼굴이 급속도로 굳어들었다. 역시 수줍은 미소를 머금고 있던 소문영과 소문희의 당황한 눈길은 서로를 마주 보며 경색되었다. 뒤를 이어 고건성의 각 진 얼굴은 두 자매의 얼굴을 보며 창백하게 굳어져 버렸다. 정도와 정수의 얼굴이 차갑게 경직된 것도 그 순간이었다.

그렇게 서늘한 기류를 타고 모두의 얼굴이 급격하게 굳어지던 순간, 사람들의 머리 속에 번갯불처럼 떠오르는 공통의 한 가지가 있었다.

쌍사환(雙蛇環).

그것은 당가(唐家)의 상징. 당문 직계 가족의 고유한 표식이었다.

쾅!

법진과 고건성이 동시에 탁자를 걷어차며 바람처럼 뒤로 물러 나왔다.

숫구치는 탁자의 뒤쪽에서 악독한 눈빛을 보이던 자매의 몸도 뒤로 바람처럼 물러 나가고 흰 손이 가슴속에 들어갔다 나오며 허공에 뿌려졌다. 순간, 뿌연 안개 같은 것이 좁은 선실 안에 자욱이 퍼지며 사람들의 숨 속으로 스며들었다.

시야를 가리는 불투명한 장막에 얼굴을 찡그린 법진과 그 뒤에 섰던 정도와 정수가 숨을 끊으며 좁은 선실을 뛰쳐나갔다. 그사이에서 왼손으로 코와 입을 틀어막은 고건성이 박도를 뽑아 들었다.

치앙!

그리고 등 뒤쪽에 있을 고연호를 향해 돌아선 순간, 검푸르게 날아와 오른 어깨를 내려친 가공할 손 그림자의 강력한 힘에 칼을 떨구고 뒹굴어야만 했다.

"억!"

챙그렁!

바닥에 쓰러진 고건성의 눈앞에 선 자는 탈진하여 간호를 받던 바로 그 늙은이였다. 그 손에 자식 같은 조카 고연호가 목줄기를 붙잡혀 있는 것이 고건성의 쓰린 눈 안으로 들어왔다.

차갑게 번득대는 늙은이의 눈을 바라보던 고건성은 암울함을 느끼고 고개를 떨구었다. 그러나 그 눈에 다시 보이는 것은 빨갛게 부풀어 오르며 호흡을 힘겨워하는 고연호의 고통스런 얼굴이었다.

고건성은 침을 흘리며 이를 갈았다. 그러나 분노와 절망에 휩싸여 거친 숨을 터뜨리는 고건성은 자신의 얼굴도 고연호와 같다는 것을 아직 깨닫지 못하고 있었다.


감청의 빛깔에서 점점 더 어둠으로, 그렇게 장막을 내려치는 것만 같은 강저녁의 향기를 느끼며 갑판에 나와 서 있던 정명과 정오가 고개를 돌린 것은 때 아닌 선실의 소음 때문이었다.

낮에 있었던 충돌 사고 이후, 내도록 배의 후미를 앞서거니 뒤서거니 따라붙는 듯한 두 대의 쾌속선으로 인해 자꾸만 신경이 거슬려 께름칙한 심정을 떨치지 못하고 있던 정명이 그 이야기를 갑판으로 나온 정오에게 하던 중이었다. 그런데 그 께름칙함에 도장을 찍어 보이듯이, 일이 터지고야 만 것이었다.

벼락처럼 이목이 집중된 선실의 문 앞에는 증거를 보이듯이 세 사람의 신형이 튀어나왔다. 사숙인 법진과 사형제인 정도와 정수였다.

섬뜩한 느낌으로 두 사람이 발걸음을 뗀 순간, 뒷걸음질하던 정수가 휘청하며 주저앉아 버렸다.

제 몸을 가누지 못하고 연신 뒤로 내닫던 정도의 몸을 곁에 섰던 수부가 당황한 얼굴로 받아낸 그때, 붉어진 그의 얼굴에서 정명과 정오는 사태를 읽을 수가 있었다.

사태를 파악한 두 사람의 신형은 빨랐다. 법진이 튀어나오고 두 명의 사형제가 튀어나오던 그 순간에 몸을 움직인 두 사람은, 어느새 법진의 앞을 막고 서서 방호(防護)의 자세를 잡았다. 하지만 뒤쪽에서 비틀대는 법진의 기운을 느낀 순간, 철렁 내려앉는 가슴으로 선실문을 바라볼 수밖에 없었다. 그리고 그 순간에 선실문을 나서는 사람들이 얼굴을 드러냈다.

맨 처음 모습을 보인 것은 내동댕이쳐진 고건성의 몸뚱이였다.

쿵! 하며 선실 앞 갑판 바닥을 치고 떨어진 그의 얼굴은 역시나 붉고 거칠은 숨을 토하는 안타까운 모습이었다.

그 뒤를 이어 늙은이 하나가 뒷짐을 지고 여유로운 모습으로 걸어나왔고, 또 그 뒤에는 늘어진 고연호의 몸을 안아 든 소문영과 또 다른 여인 소문희가 서늘한 눈매를 빛내며 걸어나왔다.

바닥에 쓰러진 고건성과 그 조카 고연호를 보는 법진의 눈에서는 불이 튀어나올 것처럼 분노가 뿜어져 나왔다.

"이, 무슨……! 정체를 밝혀라! 너희들은……! 당문이더냐?"

앞을 막은 정명과 정오의 뒤에서 법진은 붉어지는 얼굴에 분노를 더하며 소리쳤다. 그 서릿발 같은 기운에 마주 보던 소문영과 문희라 자칭하던 두 여인이 움찔 몸을 사렸다. 하지만 그 앞에 선 늙은이는 그렇지 않았다.

무표정하게 차가운 눈빛만을 보이던 늙은이가 법진을 보며 입을 열었다. 말소리는 차분하고 또렷했다. 그러나 내용은 엉뚱한 것이었다.

"문희야, 신호를 올려라."

곧바로 뒤편에 선 여인의 손이 제 가슴속을 들어갔다 나오더니 허공을 향해 작은 폭죽을 쏘아 올렸다.

피이잉!

팡!

어두워져 가는 하늘에 밝은 섬광이 피어올랐다. 그리고 그때, 법진의 하나뿐인 왼손이 앞을 향해 주먹을 내질렀다.

"이놈들!"

슈학!

공기를 뭉그리며 터져 나가는 소리가 법진의 손끝에서 정명과 정오의 양 어깨 사이를 지나 소문희의 가슴으로 쇄도했다. 그러나 그 앞에 선 늙은이의 손바닥이 부채처럼 펴지며 바깥으로 휘둘린 순간, 법진의 백보신권은 방향을 꺾으며 선실 벽을 때리고 말았다.

파쓱.

쾅!

그러나 동시에, 전질보로 찰나간에 거리를 좁혀 다가간 정명과 정오가 늙은이의 가슴과 배를 향해 금강권을 날렸다.

파앗! 슈융!

각기 다른 무게의 소리를 공기 중에 퍼뜨리며 두 개의 주먹이 늙은

이의 몸으로 박혀들었다. 늙은이의 몸은 그대로 바스러져 나갈 것만
같았다. 하지만 그 순간, 바깥으로 내치듯 휘둘렀던 늙은이의 손이 다
시 빙글 안으로 돌아 들어오며, 뒷짐 지었던 다른 한 손과 함께 연속으
로 교차했다. 그 속에서 검푸른 손 그림자가 귀신처럼 튀어나왔다.

파파파팡!

동시에 터진 네 번의 폭발음 끝에, 늙은이의 몸 앞에서 정명과 정오
의 몸이 다시 뒤로 튕겨 나왔다. 마치 뒤에서 잡아당긴 것처럼 부웅 하
고 법진의 앞으로 떨어져 나온 그들은, 바닥을 구름과 동시에 자리를
박차며 신형을 곧추세웠다. 하지만 곧바로 휘청대며 무릎을 꿇어야만
했다.

"크억!"

"웩!"

늙은이의 장력에 각기 가슴을 격중당한 정명과 정오가 동시에 피를
게워내었다. 뒤에 선 법진은 붉었던 얼굴이 창백해지고 입가에 흐르는
피를 이빨로 악물어내며 팔다리를 후들거렸다. 그리고 씹어뱉듯이 입
을 열었다.

"홍엽독장(紅葉毒掌)……! 더러운 당문 놈들!"

법진은 다시 왼손을 들어 올렸다. 그러나 분노한 마음과 달리 그의
몸은 말을 듣지 않았다. 그렇게 떨리는 법진의 한쪽만인 손을 보며 대
치한 늙은이는 하얀 이를 잠깐 드러내 보였다.

홍엽독장. 당문의 대표적인 성명절기 중의 하나다. 위력은 그저 여
타의 장력과 다를 바가 없으나, 받은 자의 몸에는 붉은 낙엽 같은 손
자국이 낙인처럼 남는 것이다. 그리고 그것이 붉게 부풀어 오르며 내
부로 쏟아진 기운과 함께 독기를 사지백해에 퍼뜨리게 되는 것이다.

그 고통 속에서 상처받은 자는 몸부림치며, 결국은 죽음을 맞이하는 것이다.

법진은 호흡이 점점 힘들어지는 것을 느끼며 입술을 깨물었다. 잠깐을 노출되었을 뿐인데도, 지독한 당문의 독은 벌써 온몸을 갉아먹는 중이었다. 호흡을 막았으니 피부로 스며든 것이 틀림없었다.

지독하고 더러운 놈들이었다. 그리고 자신들의 대처는 안이했다. 감히 삼제오신의 다섯이 뭉쳐 있는 일행을 저들이 어찌하리라고는 생각조차도 해보지 않았다. 설령 그것이 어떤 생각을 품고, 어떤 행동을 보일지 모르는 천하의 당문이라 해도 말이다. 하지만 결과는 지금 이러했다.

저들은 당무호가 뒷모습을 보이고 사라지던 그 순간부터, 내내 자신들 일행의 뒤를 밟았음이 틀림없었다. 그것도 따로 뒤따르던 젊은 사대금강의 이목까지 감쪽같이 속이고서. 그리고 패가 갈려 서로 다른 길을 가는 것을 확인한 지금, 결정적인 시기를 노리고서 얼굴을 들이민 것이다.

억울하고 분한 노릇이다. 하지만 지금의 상황은… 짐승 잡는 올무에 목을 들이민, 그런 사지의 형국인 것이다. 뒤쪽의 정도와 정수도, 눈앞의 정명과 정오도, 모두가 독을 맞고 뒤집어쓴 고통스런 모습이었다. 제 몸을 가누는 것조차 힘이 드는.

법진은 한쪽에 몰려 겁에 질린 채 떨고 있는 뱃사람들의 얼굴을 돌아보았다. 모두가 경험해 보지 못한 폭력에 놀라고 공포스러워하는 기색이었다. 짐작이 틀리지 않는다면, 저들 중에 살아남을 자는 한 명도 없을 것이다. 하지만 지금 이 순간 진실로 그리된다면… 그리고 그것이 늘상 자신이 입에 담던 세존의 뜻이라면… 과연 자신은 무엇을 바라고 불가의 제자가 된 것인지 의문스러웠다. 더불어 후회까지도…

다시 고개를 돌린 법진은 당문의 늙은이를 보며 어금니를 물었다. 그리고 후둘거리는 발을 떼어 한 발을 내놓으며, 하나뿐인 왼손 소맷자락을 앞으로 내밀었다. 그 속에서 나오는 왼손은 하얗게 빛을 보이는 것 같았다. 하지만 그렇게 마지막 힘을 뽑는 법진의 시도는 이루어지지 않았다.

"크아아악!"

귀를 찢는 비명 소리에 법진은 볼 수 있었다. 어느새 배 옆으로 바짝 다가선 두 대의 쾌속선으로부터 숫구쳐 오르는 어둠 속의 인영들을. 그리고 그들의 손으로부터 던져진 빗살 같은 암기에 격중당한 뱃사람들이 바닥을 뒹굴며 몸부림치는 것도.

"으하하하하하!"

커다란 웃음소리를 허공에 흩뜨리며, 제일 먼저 갑판에 내려선 사람을 법진은 알아보았다.

당무호였다. 선수와 선미의 갑판을 가르는 선실의 통로 쪽에 내려선 그가 제일 먼저 아는 체를 한 사람은, 역시나 바닥에 쓰러진 고건성이었다.

한걸음에 다가간 그의 손이, 늙은이와 두 여인의 앞에 쓰러져 붉고 거친 숨을 토하는 고건성의 뒷덜미를 잡아채며 음산하게 중얼거렸다.

"이노옴! 드디어 다시 만나게 되었구나!"

이빨을 드러내며 웃는 그의 모습은 흡사 짐승 같았다.

"당, 무호……! 개자식……!"

핏발 선 눈으로 침을 게워가며 고건성이 힘겹게 말했다.

“그래, 다시 만나니 반가운 모양이로구나. 내 늙은 괴물들의 손에 너를 넘겨준 그동안 내내, 네놈의 수염 얼굴이 보고 싶어 안달이 되어 있었단다. 꼭 바람난 계집처럼 말이다. 알겠느냐?”

히죽이 웃어 보이는 당무호의 얼굴은 병난 광견처럼 광태를 보이는 것 같았다. 그리고 그때, 분노로 눈을 밝히던 사대금강 중 앞쪽에 무릎 꿇은 정오가 커다란 몸을 들썩이며 피 묻은 입술을 벌렸다.

“그, 그대들…… 당가의 사람들은, 정녕…… 우리 소림과 칼을 맞대려 하는가?”

분노한 눈에 힘겹게 입을 벌리는 그를 바라보며 당무호가 몸을 일으켰다. 그리고 제 패거리가 벌려 서 있는 뒤를 돌아보았다.

그곳엔 그사이 선실 부근의 통로를 장악하고 벌려 선 채 늘어진 고민석의 몸을 붙잡고 있는 독 오른 당정과 그 옆으로 선 당현우가 당문의 여러 문도들과 함께 눈을 치켜뜨고 있었다. 특히나 당정의 손 없는 팔은, 독 오른 눈빛 아래 흰 면포에 감긴 채 부들부들 떠는 것 같았다.

제 일행들을 한차례 일별한 당무호는 오연히 뒷짐을 지고 서 있는 늙은이에게 말을 건넸다.

“숙부님! 저놈들이 소림의 이름으로 우리 당가에 협박을 하는군요. 어찌하면 좋겠습니까?”

숙부님? …내심, 알 수 없는 늙은이의 정체에 불안해하던 법진의 머리 속에 섬광처럼 스쳐 가는 인물이 하나 있었다.

당가주의 동생인 당무호가 숙부이라 부를 수 있는 인물은 오직 한 사람, 전대 가주의 동생이었던 독왕(毒王) 당부경(唐夫敬)뿐이었다.

그렇다면 이건… 정말로 희망없는 일이 아닐 수 없었다. 독왕 당부경이라니…

"놔두려무나. 어차피 그리되어도 상관이야 없을 테지만, 그렇게까지 두고 볼 너나 우리 가문이 아니질 않느냐."

오시하는 듯한 당부경의 목소리는 차갑고 건조하였다. 그리고 그 이야기가 당연하다는 듯, 다시 돌아선 당무호의 눈에는 짙은 살기가 일렁이며 넘쳐 나왔다.

"네놈들에겐 이제 기회가 없을 것이다. 왜냐하면…….'

당무호의 말 중간에 기합이 터져 나왔다.

"차하!"

당부경의 존재를 확인한 순간, 죽음의 결심을 한 법진의 발이 당무호의 말을 끊으며 튀어 나갔다. 동시에 하나뿐인 왼손은 옆구리에 당겨지듯 들어갔다가, 대문을 밀어버리는 것처럼 질풍같이 뽑혀져 나왔다. 그리고 찬란하게 수많은 손 그림자의 빛이 당무호의 전신으로 폭사해 들어갔다.

"헛!"

헛바람을 들이키는 당무호의 소리가 들릴 때, 당부경의 신형이 그 앞을 가로막으며 손을 휘저었다. 그러나 그사이 법진의 몸은 당무호를 비키며 뒤편의 소문영, 아니, 당문영의 얼굴로 휘황한 손 그림자를 뿌려내듯 그어 던졌다.

쉬아아아앙.

손바람 소리가 허공에 난무했다. 틈을 노린 짧은 순간의 기격(奇擊)으로, 제압된 고연호만이라도 되찾으려는 법진의 한수였다. 하지만 당가의 사람들은 그의 생각을 벗어나고 있었다.

기격에 당황하리라 생각했던 당문영은 뻗어오는 법진의 천수여래수에 고연호의 몸을 들이밀었다. 그 옆에 서 있던 당문희는 제 언니의 몸을 발로 차내며, 둘이 동시에 자리를 비켜 위험에서 벗어나 버렸다. 창졸간에 대처하는 악독한 한 수였고 잘 수련된 임기응변의 묘수였다.

미간을 일그러뜨린 법진은 천수여래수의 급박한 기세를 거두어야만 했다. 그리고 고연호의 몸을 받아 들려 손을 뒤집었다. 그러나 그 짧은 순간을 노렸던 공격의 기회가 사라진 그때, 귀신처럼 갈지자로 다가온 그림자가 뻗어낸 검푸른 손 그림자에 옆구리를 가격당한 법진은 연처럼 날아가 버렸다.

펑!

"커헉!"

널빤지 후려치는 소리를 내며 떨어진 법진은 갑판을 굴러 난간까지 처박혀 버렸다.

숨 막히는 통증을 수반하는 왼 옆구리를 움켜쥐고 고개를 쳐든 법진의 눈앞에는, 내밀었던 손바닥을 거둬들인 당부경이 그 손을 털며 뒷짐을 지고 있었다. 그리고 그 옆에서 다시 한 발을 나서는 당무호가 사악하게 웃음 지으며 입을 열어 말했다.

"천수여래수……! 네놈의 숨겨진 수의 하나가 바로 이것이었구나. 비록 손 그림자는 천 개에 비할 것이 아니지만, 외팔의 병신이 펼쳐 내는 금빛의 장영(掌影)이라……!"

당무호의 눈은 경탄으로 물들어 비웃음으로 마무리되어 나왔다. 그러나 그때, 예상치 못한 음성이 터져 나왔다.

"제발! 그만들 하십시오! 당신들이 원하는 건 우리에게 없단 말입니다!"

이제껏 고개를 숙이고 있던 고연호가 핏발 선 눈으로 발악처럼 소리를 질렀다.

뜻밖의 반응에 다시 제압하고 있던 당현우가 흠칫 고개를 틀었고, 재차 소리치려는 고연호의 복부를 주먹으로 후려쳐 버렸다.

"우리가 대체 뭘……! 우욱!"

쓰러지는 고연호를 보며 당무호가 다시 입을 열었다.

"그래, 너희에겐 우리가 원하는 것이 없다. 그러나… 네놈들이 있음으로 그것이 찾아오게 할 수는 있지!"

"개소리! 우리 소림이 보고만 있을 것 같으냐! 쿨럭! 컥!"

당무호의 말을 잡고 소리 지른 사람은 쓰러졌던 정수였다. 그러나 그의 얼굴은 이미 중독의 한계를 넘은 듯 기침과 함께 배를 잡고 꼬부라지고 있었다.

"호오! 역시 천년 소림의 제자들이라서 강단이 있는 모양이로구나. 갈열주독(喝熱蛛毒)에 중독된 지금, 견딜 수 없는 갈증과 열기로 심장이 터지기 직전일 텐데 말이야."

독의 중상을 거론한 당무호가 쓰러져 떨고 있는 정수과 핏발 선 붉은 눈으로 부들대고 있는 정도, 그리고 분노한 두 눈으로 부서진 가슴을 싸안고 있는 정명과 마찬가지의 모양으로 입가에 피를 흘리고 고개 숙인 정오를 차례로 둘러보았다.

그 눈을 마주 보며 정수가 무서운 눈으로 쥐어짜듯이 이야기했다.

"우리, 소림을… 대소림을 건드리고도… 무사하기를 바라지는 않겠지……!"

당무호는 웃었다. 그리고 작게 대답했다.

"물론이지."

그 소리와 함께, 그의 옆으로 오른손아 안 보이는 당정과 독 오른 뱀 눈깔의 당현우가 나란히 붙어 섰다. 그리고 당무호를 필두로 품속에서 길죽한 물건을 차례로 꺼내 들었다.

작은 단소보다 조금 굵은 굵기로 검은빛 몸통을 한 그것은 날씬한 한 자 길이의 쇠통이었다. 그러나 그것을 바라보다 물건의 이름이 무엇인지 알아낸 사람들의 눈에는 공포와 경악이 진물처럼 생겨 나왔다.

"며, 멸혼총통(滅魂銃筒)!"

입술을 깨물어 고통을 참던 정도가 소리 질렀다. 그리고 그 소리에 왠지 모를 죽음의 공포를 느낀 뱃사람들은 주춤주춤 뒤로 물러나기 시작했다.

그들에게로 검은 쇠막대기를 겨냥한 당무호는 조용히 이야기했다.

"언제나 그렇지만, 죽은 자들은 말이 없는 법이지……."

음습하게 말을 늘이던 그의 손에서 화려한 불꽃이 터져 나갔다.

투앙!

연이어 당정과 당현우의 손에서도 폭죽이 피어올랐다.

투앙! 투앙!

흰색의 빛무리가 터져 나갔다.

"피해라!"

난간가에 처박힌 법진이 소리쳤다. 그 소리에 마지막 힘을 짜내어 몸을 움직인 정명의 몸이 제일 먼저 변을 당했다.

그의 몸은 걸음을 뗌과 동시에 벼락맞은 사람처럼 뒤틀리며 바닥에 떨어져 내렸다. 그리고 제 전신을 쥐어뜯으며 미친 것처럼 경련하다가, 천천히, 그리고 부드럽게 녹아내리기 시작했다. 경련은 계속되고 있었고 몸은 쉬지 않고 녹아내렸다. 마치 불가에 떨어진 뭉쳐 있는 눈덩이 처럼 사르르르… 누렇게 냄새 나는 혈수로.

고통 속에 눈을 치켜뜬 법진은 똑똑히 볼 수 있었다.

당문의 칠대금용암기 중에서도 불특정 다수를 향한 가장 악랄한 암기, 멸혼총통의 위력을.

세 개의 검은 총통이 쏘아낸 구천여 개에 달하는 우모비침(牛毛飛針) 이 자욱한 안개처럼 넓게 확산하며, 그러나 소낙비처럼 세차게 사람들의 몸을 파고들어 갔다. 그리고 지옥이 펼쳐졌다.

이십여에 달하는 화물 여객선의 수부들은 한차례 피하는 시늉도 내보지 못하고 비명 속에 흩어져 버렸다. 그리고 이미 반쯤을 녹아내린 정명의 몸처럼 그렇게 몸부림치며 녹아내렸다. 커다란 몸뚱이의 정오와 성난 눈으로 부르짖던 정수, 그리고 선한 표정을 잃어버린 정도까지도 모두 다.

갑판 난간 아래 처박혀 보고 있던 법진은 욕지기를 느꼈다. 자신도 당부경의 독장에 옆구리의 녹아내린 옷 안쪽으로 시뻘겋게 살이 부풀어 죽어가고 있지만, 목전의 참상은 그의 상처를 잊게 할 만큼 충격적이고 가공할 것이었다.

법진은 자꾸만 치미는 욕지기를 참으며 고개를 숙이고 시선을 외면해 버렸다. 쿨럭대는 목구멍을 뚫고서는 자꾸만 신물이 넘어 올라왔다.

"보기 싫은 모양이로구나. 외팔이 병신 법진!"

당무호가 그를 부르고 있었다. 진저리쳐지는 소름이 등짝을 타고 흘렀다.

법진은 떨리는 무릎을 세우고 혼신의 힘을 다해 몸을 일으켜 세웠다.

사위는 이미 푸르름이 가신 온전한 어둠 속이었고 강바람에 실린 냄새들은 이상한 악취를 풍기며 코끝을 스쳐 날아다녔다. 그 냄새들이 소리쳐 울부짖는 것 같았다. 마치 죽기 전에 못다 한 비명을 지르려는 것처럼.

법진은 고통스런 시선을 외면했다. 외면한 시선 한쪽엔, 살았던 자들의 몇몇 흔적만이 있을 뿐 움직이는 것은 더 이상 아무것도 없었다.

당무호는 어둠 속에서 소름 끼치게 미소 지으며 법진을 향해 다시 말했다.

"이제 늙은 병신, 네놈만 처리하면 모든 일이 끝나는구나."

법진을 보고 선 당무호의 손에는 그가 쏘았던 멸혼총통 대신, 수부들이 고기잡이에 쓰는 기다란 창 모양의 작살이 잡혀 있었다.

법진은 허망한 눈길로 그것을 바라보았다. 그리고 그 뒤에 주저앉아 있는 고연호와 가쁜 숨을 몰아쉬고 있는 고민석, 그 옆의 바닥에 누운 채 붉은 눈물을 흘리며 자신을 쳐다보는 고건성을 바라보았다.

당무호의 손이 천천히 들려 올라갔다. 그러나 실혼(失魂)한 사람 같은 표정의 법진은 움직일 줄을 몰랐다. 그의 목에 걸린 낱낱의 염주알들도 빛을 잃고 있었다.

법진은 모든 게 부질없게만 느껴졌다. 하늘도 강도, 코끝의 바람도, 그리고 죽어간 제자들을 포함한 모든 사람들과 눈앞에서 작살을 들어 올리고 있는 당무호의 얼굴까지도…….

그런 당무호의 얼굴 너머로 고통과 울분에 눈물을 흘리고 있는 고민석과 고연호의 비참한 얼굴이 화인(火印)처럼 들어왔다. 그리고 당무호의 옆쪽 바닥에서 부들대는 손을 들어 보이는 고건성의 안타까운 얼굴까지도. 애처로운 그의 입은 소리없이 한 가지만을 말하고 있었다.

'제발! 이대로는 너무 억울해!'

법진은 신물이 넘어오던 가슴 밑바닥에서부터 뜨거운 덩어리가 치밀어 오름을 느낄 수가 있었다.

그 뜨거운 기운을 빌어 흐느적대던 왼손을 혼신의 힘으로 말아 쥐었다. 그리고 혀끝을 이빨로 씹으며 손을 들어 올렸다. 하지만 그 순간, 당무호의 손이 빛살처럼 내뿌려졌다.

피이이잉!

사력을 다해 몸 앞으로 왼손을 들어 올렸다. 그러나 그 손의 중앙을 뚫고 뜨거운 것이 쑤셔 들어왔다.

푹!

손을 뚫은 작살은 멈추지 않고 밀려들어 왔다. 두 갈래로 갈라진 그 끝은, 법진의 가슴을 헤집고서 제 몸을 박아버렸다.

퍼어억!

출렁대는 법진의 등 뒤로 피가 솟구쳐 나왔다. 하지만 그 피를 뚫고 나온 건 두 갈래 이빨을 가진 작살이었다. 그러나 그렇게 꿰뚫리던 순간에 법진의 몸은 던져진 작살의 힘을 못 이기는 것처럼 난간을 넘어 기울어졌다. 그리고 그렇게 배 밖으로 추락하는 마지막을, 당무호를 비롯한 당가의 자식들이 던진 암기들이 날아와 장식했다. 마치 법진의 몸을 바늘꽂이 삼듯이.

피피피피피피피핑!

퍼버벅버버버버벅!

수많은 암기들이 날아와 몸속에 틀어박히는 소리가 섬뜩하게 들려왔다. 그러나 법진은 고통을 느낄 수가 없었다.

다만, 지옥을 찾아 한없이 떨어져 내리는 느낌과 차갑게 온몸을 때리는 기운이 가물하던 정신을 앗아갔다.
감기지 않은 눈앞으론, 어둠보다 짙은 검은 세계가 두텁게 내려앉을 뿐이었다.

# 사천(四川)으로 가는 길 2

비가 내렸다. 우기(雨期)를 맞아 하루 걸러 쏟아지는 비는 하늘에 구멍이 있지 않나 생각할 만큼 거칠고 사납게 쏟아졌다. 그렇게 내린 비가 더해져 강물은 사납게 굽이치며 용틀임했다.

갑판 위엔 유난히 등이 넓어 보이는 한 사내를 제외하곤 사람들이 아무도 없었다. 이런 장마의 계절에 길을 떠나는 여행객들도 없을 테지만, 그나마 여객선을 이용하는 상인들조차도 비를 피해 선실에 틀어박혔다. 하지만 그 비를 맞으며 갑판 위에 선 사내는 무슨 사연이 있는지 배의 흔들림에 몸을 맡긴 채 장승처럼 서 있었다.

비에 젖은 검은 무복. 아무렇게나 묶어 흐트러진 머리. 그 아래의 등으로 보이는 회색의 바랑. 세철이었다. 이 빗속에 흔들리는 배의 난간을 잡고 강물을 바라보고 있는 세철의 뒷모습은, 왠지 모를 뜨거운 기세가 나와 비를 튕겨내는 것만 같아 보였다. 하지만 세철은 혼자가 아니었다. 그렇게 서 있는 세철의 뒷모습을 바라보고 서 있는 여인은, 뒤쪽의 난간을 붙잡고 있는 황보숙정이었다.

"그만 들어오라고 해야 하는 거 아냐? 비가 이렇게 줄기차게 내리는데."

열려진 선실의 문턱에 몸을 기댄 언두수가 말했다.

"그런다고 들어올 사람인가? 아마도 저렇게 내리는 비에 심화(心火)를 삭이는 중이겠지."

하남의 대답에 시선을 한번 준 언두수는 이번엔 황보숙정을 보며 다시 말했다.

"하지만 장 형이야 그렇다 치고… 저러다가 병나겠는걸?"

"글쎄… 그렇긴 한데, 저 또한 막을 방법이 없질 않겠나?"

두 사람의 대화를 선실의 입구 쪽에 자리를 잡은 나머지 일행이 듣고 있었다.

선실은 사각의 기다란 창고처럼 생겼지만, 그 안 바닥의 곳곳에 자리 잡은 선객(船客)들이 풍겨내는 열기가 궂은 날씨와 더해 퀴퀴한 냄새를 풍겨내는 중이었다. 그리고 그 속에 정곽과 부춘호, 황보석정이 섞여 있었다.

"제기랄, 정말 끔찍한 노릇일세. 가는 곳마다 지옥을 만들고 그림자처럼 사라져 버리니, 이건 당최 맥이 빠지는구먼."

언두수가 또 중얼거렸다. 시선은 여전히 비를 맞고 서 있는 세철과 황보숙정에게 향한 채로였다.

"그나마 사건 지역의 지형과 그 시간대에 관계된 정황을 파악해서, 스쳐 가며 놈을 본 숨어 있는 목격자들을 찾아내어 뒤를 쫓게 되는 건 모두가 정곽 선배의 능력 덕분이네. 그조차도 할 수 없었다면, 정말로

맥 빠지는 일이 되었을 테지."

　하남의 대꾸에 십분 수긍한다는 듯 고개를 주억거린 언두수는 긴 한숨을 내뱉었다. 그 한숨 소리가 빗소리를 뚫고 일행 모두의 귀에 파고들었다. 그리고 그것은 모두의 심정을 대변하는 듯 자꾸만 귓가에 맴돌이를 쳤다.

　뱃길로 퍼진 놈의 소식을 듣고 허위단심 달려간 서주의 신창보는 더도 덜도 아닌 남궁가의 재현이었다. 그것은 세 번째로 펼쳐진 인세의 지옥이었던 것이다.

　죽은 자들의 잔해와 그 몸뚱이들이 흘려댄 검붉은 핏자국. 그 피비린내 속에서 오열하는 산 자들의 통곡 소리. 흩어지고 무너진 건물들과 그 아래 깔리고 잘려 나간 또 다른 자들의 참혹한 주검. 그리고 그 죽음들을 보기 위해 몰려든 수많은 사람들.

　정녕 하늘은 이래도 되는 것인지, 권선징악의 미덕은 땅에 처박힌 것인지, 사람들의 세상에 이런 지옥을 만들어도 되는 것인지, 강호는 진동하고 통곡하였다. 소문은 삽시간에 퍼지고 퍼져 온 천지에 가득 메아리쳤고, 이미 세 번째에 이른 악마의 혈사에 대해 공포 속에서 치를 떨어댔다.

　한동안 세상을 떠들썩하게 만들었던 사건. 그러나 귀영투의 존재와 함께 미궁 속으로 사라져 버린 사건. 혈룡도의 존재는 이미 사람들의 기억 속에서 밀려 나갔다. 그 경악과 충격의 자리를 혈리표가 차지하게 된 것이다.

　여전히 빗속의 세철을 바라보는 채인 언두수는 다시 말을 떼었다.

　"놈의 행로가 개봉으로 이어지고 있다면, 설마 하니 놈이 소림을 노리고 있는 걸까?"

말끝에 돌아다 보는 언두수의 눈을 보며 하남은 반듯한 제 턱 밑을 만지며 대답했다.

"글쎄, 그거야 알 수 없지만, 놈이 노리는 곳 중의 한곳이 소림인 것은 틀림이 없는 사실이지. 하지만 이곳 하남 땅으로부터 이어지는 모든 물길과 뭍길에는 놈의 사냥감들이 수없이 널려 있으니, 쉽사리 단정하기는 어렵군."

"역시 그렇겠지? 다른 곳도 아닌 소림을 말이야? 아무리 괴이악랄한 혈리표라 해도 소림은… 역시 무리한 일이겠지?"

"그건……."

"보고도 그 딴 소리를 하는 거냐?"

하남의 대답을 제치고 말을 던진 사람은 정곽이었다.

선실의 문이 보이는 자리에 부춘호 등과 앉아서 칼의 습기를 닦아내고 있는 정곽은 고개도 들지 않은 채 말을 계속했다.

"이제까지 뒤쫓으며 본 바에 의하면, 놈에겐 계획이 없다. 또한 조건도 없다. 그저 제 발길 닿는 대로 중원을 떠돌며 살변을 저지르는 거다. 그런 놈에게 사리란 없으며, 그저 그때그때의 제 기분에 내키는 대로 처신할 뿐인 거다. 마치 유람하듯 천하를 돌면서 말이다. 놈은 이미, 인성(人性)을 상실한 살인마일 뿐이다."

정곽의 말에 옆에 앉은 부춘호는 물론 선실 밖의 세철과 제 여동생을 바라다보던 황보석정까지도 시선을 주었다. 물론 그 말에 언두수가 질문을 던지는 건 정해진 순서였다.

"그럼, 놈이 소림을 노리고 있다는 말입니까?"

여전히 무릎 위의 유엽도에 면포질을 할 뿐인 정곽은 처음처럼 시선도 돌리지 않고 대답했다.

"말했지만, 그놈의 기분이 어떠한지는 나도 모른다. 하지만 말처럼
소림이기에 꺼려진다거나 하는 행태는 그놈에겐 어울리지도, 또한 기
대하기도 어려운 일이란 거다."

정곽을 건너다보며 주억거리는 언두수는 다시 궁금함을 중얼거렸
다. 그러나 그 시선이 향하는 곳은 정곽이 아닌 황보석정이었다.

"그렇다면… 놈이 노리는 곳이 소림일 수도 있고 다른 곳일 수도 있
다는 이야긴데……."

의미가 깔린 이야기였다. 때마침 황보석정의 시선도 언두수를 향해
돌아왔다. 그리고 둘의 눈이 마주친 순간, 황보석정은 언두수의 이야
기가 무얼 말하는지 깨닫고 낯빛을 해쓱하게 굳혔다.

당황한 언두수는 황급하게 고개를 돌리며 지껄였다.

"에이, 대체 그 살인마의 속을 누가 알겠누?"

그리곤 선실 밖의 하늘을 보며 불평을 퍼부었다.

"이거야 원, 젠장맞을 비는 왜 이렇게 쏟아지는 거야? 선녀들이 단
체로 소피라도 보시나? 에잉."

어색함을 면하려는 의미없는 지껄임이었지만, 비는 여전히 장대처
럼 쏟아졌다. 그리고 그 빗속에 선 두 남녀의 모습도 여전했다. 그것은
마치 한 폭의 그림으로 그려 넣은 배경처럼 변함이 없었다. 하지만 그
렇게 배경처럼 서 있는 두 사람의 정경을 깨고 뱃사람 몇이 갑판을 바
쁘게 뛰어다니는 것은, 정적이 끝났음을 알리는 신호였다.

"뭐야? 왜들 저래?"

분주하게 배의 측면 난간으로 모여드는 뱃사람들의 모습을 바라보며
언두수는 몸을 일으켰다. 그곳은 황보숙정이 서 있는 바로 옆이었다.
그리고 그 작은 소요에 석상 같던 세철의 몸도 돌아서 시선을 주었다.

“뭔데 저러지? 인어라도 나타났나?”

언두수가 몸을 세워 선실 밖으로 몸을 내밀자 하남 역시 궁금한 얼굴로 뒤를 따라 나왔다. 삽시간에 몸을 때리는 빗줄기들은 온몸을 적시며 속까지 파고들었다. 그러나 뱃사람들이 모인 난간으로 걷는 도중 돌아보며 말하는 황보숙정의 이야기는, 두 사람의 신경을 바짝 곤두서게 만들었다.

“시체예요. 승려 같아요.”

말하는 황보숙정의 눈길을 지나 난간에 상체를 들이민 두 사람의 눈에 그것이 보였다.

정말로 시체였다. 그리고 물살에 흔들리며 그 몸을 감싸고 있는 것은 회색 승복이 분명했다. 그런데 하늘을 보며 떠 있는 시체의 몸통 한복판에 기다란 것이 튀어나와 있었다. 아니, 그 몸을 뚫고서 박혀 있는 것이었다. 그리고 박혀 있는 것은 그것뿐만이 아니었다. 또한 그렇게 죽은 자의 얼굴은, 물에 붇고 쉴없이 물결에 부딪쳐 흔들리고 있지만, 어쩐지 매우 낯이 익어 보였다.

그 얼굴을 유심히 보던 하남과 언두수가 동시에 소리쳤다.

“어?”

“아니, 저분은……!”

그 순간에 뱃머리의 난간에서 누군가가 물로 뛰어들었다.

물을 부수는 것처럼 치고 들어간 검은 그림자는, 선수에 서 있던 세철이었다.


법진의 모습은 참혹했다. 왼 손바닥과 가슴을 뚫고 들어간 작살은 등을 뚫고 나왔으며 온몸의 전신에 박힌 크고 작은 비표와 투골정, 그리고 작은 암기들은 고슴도치처럼 바늘을 박아놓은 것 같았다. 하지만 그중에서도 제일 악독한 것은, 온몸이 독(毒)투성이라는 것이었다.

그러나 어찌 된 노릇인지 백 번을 죽었어도 당연스런 모습임에도 불구하고, 법진의 가슴에는 실낱같은 맥이 뛰고 있었다. 그리고 그걸 확인한 일행들은 정신없이 뱃사람들의 선실 하나를 빌려서 화덕에 불을 피우고 법진의 상세를 보는 중이었다.

"이걸 쓰게."

정곽이 세철에게 날씬하고 날카로워 보이는 비도 하나를 내밀었다. 고개를 돌려 무덤덤하게 비도를 내려다보던 세철은, 이내 말없이 받아들었다. 그 비도를 화덕의 불씨 속에 푸욱 집어넣어 달구었다가, 면포로 한쪽 끝을 감아 집어 들고 제 팔뚝의 이곳저곳을 지져 댔다.

치이익.

살이 타는 냄새와 함께 작은 연기가 피어올랐다. 바라보는 일행들은 모두 눈을 찌푸렸다. 그중에서도 황보숙정의 얼굴은 아예 울상이었다. 하지만 세철이 달구어진 비도로 지져 대는 곳은 중독이 된 부위들이었다.

법진의 몸을 건져 내는 도중에 접촉하며 암기 등에 베어진 곳이 중독이 된 것이다. 독기는 물에 씻겨져 거의 다가 남아 있지 않았지만, 그럼에도 불구하고 피부를 통해 중독된 것이다. 그곳을 째고 피를 짜낸 후, 이렇게 불칼로 마무리를 짓는 중인 것이다.

치이이익.

또다시 살을 태우는 연기가 모두의 눈앞으로 피어올랐다. 바라보는 황보숙정의 눈 안에는 눈물이 글썽거렸다. 그 안타까움의 눈물이 끝내 도르륵 흘러내릴 때, 세철은 정곽을 향해 입을 열었다.

“살 수 있겠소?”

정곽은 법진의 몸에서 시선을 떼고 세철을 빤히 바라보았다. 그 눈빛이 말하는 건 말하지 않아도 알 수 있을 것 같았다.

“자네 눈엔 지금 이게 뭘로 보이나?”

되묻는 정곽의 질문에 묵묵히 바라다만 볼 뿐, 세철은 대답하지 않았다. 정곽은 기다리지 않고 제가 얘기했다.

“맥이 붙어 있다고 다 산 사람은 아니네. 내 눈에 보이는 이건, 썩어가는 시체일세. 시체가 살아난다는 얘긴, 이제껏 살면서 들어본 적도 본 적도 없지.”

정곽의 이야기는 명료했다. 지금 법진의 상태는 죽음, 그 이상도 그 이하도 아니라는 이야기였다. 더구나 만신창이 걸레가 된 몸의 상처 이전에, 여름의 장마에 쓸려 물에 붇고 썩어가는 육신은 이미 이승 사람의 것이 아니었다.

세철은 짙은 눈썹 끝을 치켜세우며 미간에 골을 만들었다. 손에 들렸던 비도는 다시 정곽에게 내밀었고, 지졌던 제 팔의 상처에 금창약을 찍어 바르며 다시 얘기했다.

“소림 방장의 사제를 이런 꼴로 만들었다면… 누구의 소행이겠소?”

질문하는 세철의 눈을 정곽은 직시하였다. 하지만 대답없이 바라보기만 할 뿐인 그 모습을, 하남과 언두수, 그리고 부춘호와 황보석정이 뜨거운 침을 삼키며 바라다보았다.

그사이 세철의 앞으로 다가온 황보숙정은 금창약을 제 손에 찍어 세철의 상처에 바르기 시작했다. 눈에는 여전히 눈물이 글썽했고 약을 바르는 손끝은 미약하게 떨림을 보였다. 하지만 그 손길이 억센 세철의 손아귀에 잡혀 버렸다.

세철은 황보숙정의 손을 잡고 두 눈을 응시하였다. 여전히 감정없는 눈길이었다. 그렇게 무심한 눈을 마주 바라보며 황보숙정이 조용하게 입을 벌렸다.

"내가… 발라줄게요."

눈물 고인 황보숙정의 눈을 들여다보던 세철은 천천히 제 손에 잡힌 황보숙정의 손을 밀어냈다. 그리고 하얀 그 손목을 놓아버리고 시선을 돌렸다. 처음 보던 정곽에게로.

"우리가 어찌해야 하겠소?"

다시 나온 세철의 이야기에 정곽은 흠칫, 시선을 흔들었다. 그 시선이 잠시간 머물렀던 곳은, 세철의 옆모습을 바라보다 고개를 숙이는 황보숙정의 얼굴이었다. 그리고 그러하기는 나머지 일행의 모두가 똑같았다. 특히, 아직도 눈길을 주고 있는 그 오빠의 시선은 왠지 서글퍼 보이기까지 했다.

세철의 굵은 눈빛을 정시하는 정곽은 자신의 의견을 이야기했다.

"먼저 소림의 승려를, 그것도 장문 방장의 사제를 누가 저리 만들었느냐에 대한 내 생각을 말하라면……."

말끝을 흐리는 정곽은 세철을 비롯한 모두의 시선을 주욱 둘러보았다. 그리고 짧게 말했다.

"당문일세."

듣는 모두는 잠시간 아무런 반응이 없었다. 하지만 곧 뜨거운 반응이 튀어나왔다.

"예에? 당문이라구요?"

놀람을 터뜨린 건 언두수였다. 하지만 언두수처럼 말을 안 했을 뿐, 정곽의 입을 바라보던 일행 모두의 얼굴은 한결같았다. 그것은 놀람과 충격, 바로 그것이었다.

"아, 아니, 이건 좀 비약이 아닙니까? 당문이 왜? 무엇 때문에 법진 대사를 이 지경으로 만든단 말입니까?"

언두수는 말도 안 된다는 표정이었다. 그렇기는 이어서 입을 여는 하남 역시도 마찬가지였다.

"그렇습니다. 언 형의 말대로 그건 지나친 억측 같습니다. 당문이 이런 식으로 소림과 척을 진다는 건, 어딘가 아귀가 맞지 않습니다. 아무리 당문이라 해도 천하의 소림을 상대로 말입니다."

정색한 하남과 언두수의 얼굴을 보던 정곽은 다시 입을 열었다. 하지만 아주 명료했다.

"이 지독한 독과 암기를 보고서도 말인가?"

하남과 언두수는 서로의 얼굴을 돌아다 보며 답답하다는 듯, 다시 정곽에게 입을 벌리려 입술을 달싹거렸다. 하지만 그때, 그런 두 사람의 심정을 대신하듯이 재차 말문을 넣은 건 부춘호였다.

"그게, 너무도 명확한 증거가 아닙니까? 그래서 오히려 더욱 신빙성이 없어 보이는 증거 말입니다. 만일에 당문의 소행이라면, 소림의 영역이라 할 수 있는 곳에서, 더군다나 저렇듯 자신들의 소행임을 만천하에 공표하듯이 독과 암기들을 남겼을 리가 만무하지 않습니까? 그들이 바보가 아닌 이상 말입니다."

부춘호의 이야기에 언두수와 하남이 강한 긍정을 보이며 고개를 끄덕거렸다. 하지만 정곽의 이야기는 사뭇 달랐다.

"그렇지. 독을 쓰는 곳은 천하에 당문만이 있는 것은 아니다. 암기 역시 마찬가지이고. 그리고 지금처럼 강호의 밥을 먹는 우리들이 이중의 몸을 발견했지만, 눈으로 보고서도 흉수가 당문이라고 말하는 사람은 이 중에 없다. 과연 왜 그럴까?"

정곽의 말에 황보석정까지를 포함한 나머지 일행들은 서로의 얼굴을 돌아다 보며 고개를 갸웃거렸다. 정곽의 말은 전혀 생각지 못했던 질문인 것이다. 하지만 한편 생각하면 당연한 대답이 있을 뿐인 질문이기도 했다.

"그야, 당문과 소림에는 원한이 없고… 멀리 떨어진 서로 간에 이익이 상충할 만한 일도 없으니 혐의점을 찾을 수가 없겠지요."

하남의 의견이었다. 그리고 언두수가 역시 뒤를 이었다.

"아니, 다른 건 다 제쳐 두고 당문이 소림에 칼을, 아니, 독을 들이밀어서 득 될 것이 뭐가 있겠습니까? 제 생각엔 아무것도 없습니다. 이건 필시, 제삼의 누군가가 이간계를 쓴 것이 분명합니다. 누명을 뒤집어 씌우는 거지요."

흥분한 언두수의 얼굴을 보던 정곽은 차분하게 일행들 모두를 둘러보며 다시 입을 열어 말했다.

"이간계라… 그래서? 지금 이 중에 이간계에 넘어가 당문의 짓이라고 본 사람이 있었나? 단 한 사람이라도 말이야. 그러면, 우리가 아닌 다른 사람들이라고 해도 그렇게 볼 사람이 있을까? 특히 소림의 인물들이 말이야."

언두수는 흥분하던 입을 다물고 두 눈을 멀뚱거렸다.

정곽은 하남의 눈을 보며 계속 얘기했다.

"원한이 없고 이익이 배치될 만한 것이 없다? …만약에 그러한 것이 있다면 어찌할 텐가? 우리가 모르는 원한이나 이해득실이 있다면 말이야?"

하남 역시도 두 눈을 빛낼 뿐 대답을 꺼내지 못했다. 정곽은 또다시 얘기했다.

"우리가 생각하고 짐작하는 것은 다른 누구라도 한다. 또한 우리가 알고 있는 사실들은 지극히 단편적이고 표면적인 것들뿐이지. 그 이면에 있는 것들은 당사자들이 아닌 이상은 알 수가 없는 것들이다. 하지만 강호라는 거센 물살은, 삼문협의 거친 와류처럼 여러 갈래가 뒤섞여 부딪치며 소리를 내는 곳이다. 그 소리들은 그저 소리일 뿐, 분 바른 기녀의 얼굴처럼 꺼풀을 뒤집어쓰지는 않는다. 언제나 진실을 보려면, 바로 그 이면의 소리를 들어야 하는 거다."

정곽의 설명 같은 이야기에 일행들은 모두가 수긍의 눈빛으로 변해 갔다. 하지만 이해가 갈 듯 말 듯한 표정인 언두수는 재차 다시 물었다.

"그렇다고 쳐도, 정곽 선배처럼 본질을 꿰뚫어 당문을 지목하는 이가 있다면 그건 바로 전쟁인데, 당문의 입장에선 그러한 점도 생각을 하지 않겠습니까? 그들이 진짜 흉수라면 말입니다."

정곽은 언두수를 보며 처음으로 고개를 끄덕여 보였다. 그리고 대답했다.

"그래, 그게 바로 강호라는 곳이지. 묘한 논리가 퍼지는 곳 말이야… 만일 그러하다면, 당문은 누명을 이야기하며 부인하던가, 아니면… 싸우겠지."

"아니, 그게 무슨? …그건 그냥 당연한 얘기 아닙니까? 오리발을 내밀던가 싸우던가, 당연히 둘 중의 하나겠지요."

뭔가 다른 얘길 기대했던 언두수가 불쑥 내질렀다.

정곽은 다시 차분하게 이야기했다.

"맞다. 하지만 그 당연한 결과가 나오기 전까지의 상황은, 여러 집단의 이해와 알력이 합산되어, 아무도 예측 못할 상황으로 굴러가겠지.
많은 시간을 잡아먹으면서 말이야. 그러한 곳이 강호니까. 그리고 결
국에 가서는… 모든 분쟁이 그러하듯 힘으로 결과가 가려질 테지.”

말을 맺으며 정곽은 다시 세철을 보았다. 그 얼굴은 더 이상 일행들
의 의문에 상관치 않는 얼굴이었다. 그리고 세철의 두 번째 질문에 대
해 얘기했다.

“우리가 어떻게 할 것인가는 자네에게 달렸네. 소림에 들러 이 노승
의 사체를 돌려주던가, 아니면 이대로 방치하고 가던 길을 계속 가던
가.”

정곽의 이야기에 일행들은 다시 놀란 얼굴들이 되었다. 그 얼굴들이
이번엔 세철에게로 돌아갔다. 그리고 또, 언두수가 말했다.

“무, 무슨 소립니까? 당연히 소림에 대사의 법체(法體)를 모시고 가
서 알려야지요. 그것이 도리가 아닙니까?”

세철을 보며 정곽을 향해 말하는 언두수의 어조나 눈빛은 흥분해 있
었다. 하지만 쇠처럼 표정이 없는 세철은 정곽의 눈만을 바라볼 뿐 말
이 없었다.

그렇게 잠깐의 정적이 흘러갔다. 그 속에서 화덕의 불은 조금씩 사
그라들었다. 세철을 바라보는 언두수도 더 이상의 말은 꺼내지 않았
다. 정곽 또한 침묵을 지켰으며 한쪽 벽에 붙은 목침상 위의 법진만이
차갑게 식어가는 중이었다. 하지만 그 순간, 정적을 깬 사람은 다름 아
닌 법진이었다.

꿈틀.

작살이 뚫어버린 법진의 손가락이 경련처럼 움직거렸다. 그리고 그
움직임을 황보숙정이 보고 소리쳤다.

“저, 저봐요! 소, 손가락이……!”

하지만 그 순간 그걸 본 것은 황보숙정만이 아니었다. 세철 역시도 그 움직임을 포착한 것이다.

“뭐, 뭐야? 어? 소, 손가락이 움직이네!”

언두수도 소리쳤다. 그러나 제일 먼저 행동을 보인 것은 세철과 정곽이었다.

세철은 법진이 누워 있는 침상으로 다가가 코밑에 손가락을 대어보고는 심장에 귀를 갖다 댔다. 그리고 다시 머리를 들어 올린 후, 면포를 법진의 가슴에 덮고 두 손을 더해 내리눌렀다. 한 번, 두 번, 세 번.

같은 순간 정곽은 법진의 눈꺼풀을 뒤집어보고, 제 품속에서 작은 약병을 하나 꺼냈다. 그 속에서 작고 검은 환약을 듬뿍 꺼내어 침상 머리맡의 물 그릇에 넣고 서둘러 개었다. 이윽고 약이 풀려 검은 물이 되었을 때, 법진의 입을 벌리고 그 물을 흘러 넣었다.

약물이 넘어가는지 입 밖으로 흘러내리는지, 어쨌든 그렇게 다 부어넣을 동안 세철은 구멍난 가슴을 면포로 막고서 가슴을 계속 내리눌렀다. 그 모양을 바라보는 모두의 표정은 초조함에서 기대감으로, 그리고 점점 간절함으로 바뀌어갔다.

그러길 얼마 후, 드디어 변화가 생겼다.

“구르르르륵.”

벌려진 법진의 입과 가슴에서 소리가 들려 나왔다. 마치 해소병 환자의 오래된 가래 끓는 소리 같은 그 기음은, 곧 이어 입과 뚫려진 가슴으로 검게 죽은 피를 게워놓기 시작하는 신호음이었다.

“그르르르… 그어어어… 그억… 커어억!”

법진의 몸이 꿈틀거리며 경련을 일으켰다. 그리고 토혈과 함께 이어지던 소리가 마침내 토악질하는 사람의 소리로 바뀌어 나왔다. 그 소리와 함께 출렁, 몸을 물결처럼 경련한 법진은 두 눈을 번쩍, 부릅떴다.

“헉!”

황보숙정이 놀라서 뒤로 주저앉았다. 나머지 일행들도 흠칫, 뒤로 물러나긴 마찬가지였다. 오직 세철과 정곽만이 그 순간에도 변화가 없었다.

“몸을 옆으로 돌려.”

정곽의 급박한 말에 세철은 두말 않고 법진의 몸을 옆으로 뉘었다. 그러자 기도에 고였던 죽은 피들이 법진의 코와 입을 통해서 쏟아져 나왔다. 가슴도 그렇긴 마찬가지였다.

“쿠허억, 쿨럭! 흐어어어억!”

크게 기침처럼 또다시 토혈을 한 법진은 오랫동안 막혔던 숨을 틔우는 사람처럼 거칠게 숨을 들이마셨다. 하지만 그 소리는 뚫린 가슴으로 다시 새 나오며 재차 검은 피를 쏟아냈다. 그러나 그것만으로도 생기가 돌아오는지, 흰창만이 보여지던 법진의 눈에 검은 동자가 차츰 내려앉았다.

“허어… 흐어어… 허어어…….”

힘겨운, 가냘픈 호흡 소리가 계속 들렸다. 그리고 그럴 때마다 가슴에서 검은 피가 흘러내렸다. 그런 모습을 반복하며 법진의 눈에 초점이 생기기 시작했다.

“세상에……! 완전히 죽은 줄 알았더니…….”

언두수가 저도 모르게 감탄을 내뱉었다.

그랬다. 지금 이 자리에 있는 모두가 가진 공통적인 생각이었다. 법진의 상태는 누구라도 그렇게 보지 않을 도리가 없었고, 미약하게 붙어 있던 맥은 소생의 기미로는 가당치도 않던 일이었다. 아니, 오히려 그렇게 붙어 있는 맥이 이상한 지경이었다. 그런데 그 한 가닥 맥이… 숨을, 생기를 틔워낸 것이다.

"이보세요, 대사님! 정신이 드세요? 앞이 보이세요?"

초점이 생겨나는 법진에게 달려든 황보숙정이 소리쳤다. 흥분한 그녀는 자신이 필요 이상으로 소리를 지르고 있다는 걸 알지 못하는 모양이었다.

"대사님! 정신 차리세요!"

"법진 대사님! 정신이 드십니까? 제가 보이십니까?"

거듭된 황보숙정의 소리 뒤로 이번엔 언두수도 같이 소리쳤다. 그리고 그는 한 번으로 끝내지 않았다.

"아이고, 이거……! 알아보시겠습니까? 지난번에 장 형……! 아니, 철비철각호 저 친구하고 함께 소림에 들렀던 언두수입니다!"

소리치며 언두수는 법진의 침상 앞에 선 세철을 가리켰다. 그리고 그 순간 부춘호가 나무랐다.

"이 친구야, 목숨이 경각인 분께 그 무슨 과한 짓인가?"

그제야 제 실태를 파악한 언두수는 당황해하며 법진을 내려다보았다. 하지만 그 순간, 촛점이 생기기 시작한 법진의 눈은 눈동자를 돌려 세철을 향하더니, 검은 동자를 점점 또렷이 했다. 그리고 믿을 수 없게도 말을 토해내었다.

"철… 비… 흐어어… 철각… 호……."

세철을 향한 소리였다. 그리고 세철을 부르는 소리였다.

세철은 법진의 앞에 무릎을 꿇고 다가섰다.

법진의 눈이 세철을 직시하며 다시 분절음을 토해냈다.

“송… 화… 장… 흐어어어… 고… 시주… 흐으으으어… 당문…
에… 잡혀… 흐어어어.”

끊어진 말을 토해내는 중간중간에 숨을 들이키는 법진의 얼굴은 악
귀처럼 일그러졌다. 그리고 그때마다 쏟아지는 가슴의 피는, 점점 더
굳어지고 차가워져만 갔다. 하지만 그렇게 힘겹고 고통스러이 들려준
법진의 말은, 듣는 세철의 가슴에 불인두로 지지듯이 충격을 주었다.

“송화장……!”

세철은 저도 모르게 외마디를 내뱉었다. 그리고 또 한마디를 토하듯
이 뱉어냈다.

“당문……!”

그러나 첫 번째와 사이를 두고 나온 두 번째 음성에, 주변의 일행들
은 섬뜩함을 느껴야만 했다. 그것은 목소리에 묻어 나온 섬뜩하고도
가공스런, 충만한 살기 때문이었다. 그 살기가 주변을 싸늘하게 얼어
붙였다.

세철은 불꽃이 일렁이기 시작하는 눈으로 법진을 내려다보며 말했
다.

“당문이 왜? …그들이 노리는 건… 혈리표요?”

법진은 세철의 눈을 보며 숨을 들이켰다.

“흐어어어어…….”

그리고 대답 대신 떨리는 눈꺼풀을 감았다가 다시 올렸다. 마치 영
겁의 시간 동안 하는 일처럼.

흩어지는 말소리는 그 후에 다시 나왔다.

“하… 필이면… 그… 대를… 다시… 흐으으어… 이것… 도… 세
존… 의… 허어어어어… 뜻인… 가……?”

법진의 미약한 말소리는 힘겹게 옅어지는 숨소리만큼이나 더욱 작아져 갔다. 그리고 세철을 보던 검은 동자는, 조금씩 다시 흐려져 갔다. 잠시 후엔, 그렇게도 힘겹게 떴던 눈동자가 다시 흰자위로 덮여 내리기 시작했다.

죽음이 다시 다가오는 것이다. 무엇을 위해선지 모르게 필사적으로 이어오던 실낱같은 생명의 줄이 끊어지려 하고 있는 것이었다. 하지만 그렇게 사신의 휘장이 법진의 몸을 드리우는 그때에, 법진은 하나뿐인 왼손을 세철을 향해 내밀었다. 천천히. 그러나 사력을 다해서.

세철은 부들대며 뻗어오는 법진의 구멍 뚫린 왼손을 보며 조용히 마주 잡았다. 그리고 두 사람의 손이 마주 잡힌 그 순간, 법진은 아주 옅은 소리로 불호를 외웠다. 나비의 날갯짓 소리와도 같이 미미하게.

"아… 미… 타… 불. 후우우우우……."

긴 바람 소리가 법진의 입으로부터 새어 나왔다. 그리곤 세철과 맞잡은 손이 힘없이 늘어져 내렸다. 가슴에선 더 이상 검은 피도 나오지 않았다.

세철은 조용히 손을 놓고 법진의 눈을 감겨 내렸다. 그리고 천천히 침상에서 물러 나왔다.

법진을 바라보고 있는 세철의 눈엔 더 이상 살기나 분노 따위가 보이지 않았다. 그저, 언제나처럼의 무표정함이 있을 뿐이었다. 하지만 일행들은 알 수 있었다. 쇠처럼 표정없는 세철의 가슴속 깊은 곳에서 용암 같은 분노가 들끓고 있음을.

모두의 침묵 속에서 시선만을 받고 서 있던 세철은 정곽을 향해 입을 열었다. 하지만 그가 내놓은 말은 아무도 예상할 수 없었다. 또한, 왜 법진의 죽음 앞에서 갑자기 그런 말을 하는지도.

“당문으로 가야겠소.”

정곽은 세철의 범 눈을 조용히 응시하였다. 그리고 천천히 고개를
끄덕였다.

사천(四川)으로 가는 길 3

'촉(蜀)의 개는 해를 보면 짖는다' 는 말처럼 안개 자욱한 사천(四川)의 여름 새벽은 길고도 짙기만 했다. 특히 천하 암기와 독의 조종(祖宗)으로 불리우는 당문이 위치한 중량산(中梁山)은, 예부터 유명한 석탄광의 분진을 실어 넣은 듯, 탁하고 농도 짙은 안개가 사방에 가득했다.

산 중턱의 안개 사이로 보이는 당문의 전각들은 어둠에 싸인 채로 기괴로웠다. 그 속에서 음영을 드러내는 전각의 모양들은 흔히 보는 것들과 사뭇 달랐다.

기와가 내리 덮인 처마는 곡선을 지운 단조로운 직선이었고, 그 아래의 담장들은 도시의 성곽처럼 커다란 돌들을 쌓은 석축이었다. 또한 그 사이사이로 검은 창문처럼 사각의 철문들이 달렸으며, 그러한 모양의 전각들은 둥그렇게 원형의 배치로 중심 전각을 비호하듯 배치되어 있었다. 그것은 마치 암벽 산의 중턱에 지은 거대하고 둥그런 새집과 같은 모양의 구조였다.

산은 안개의 흐름에 흔들리며 꿈틀대는 것처럼 보였다. 아침이 오기엔 아직도 멀어 보였고, 아무도 일어나지 않았을 것 같은 이 새벽에, 어디선가 폐부를 찢는 듯한 비명 소리가 새벽 안개를 헤치며 메아리쳤다.

소리는 처절하게 계속 이어졌다. 그 소리를 휘어 감는 중량산 위의 하늘은 곧 비를 쏟아낼 것만 같았다. 그리고 산마저 눈을 감게 만들 것 같은 비명 소리는 당문의 담장 안으로부터 들려 나오고 있었다.

산으로 오르는 유일한 길인 암석대로를 지나 보이는 당문의 정문은 거대하고 음울한 흑색의 철문이었다. 두 쪽으로 열리게 되어 있는 그 문을 지나 중문을 넘어가면, 당문의 중심인 계명전(鷄鳴殿)으로 이어지는 청석대로가 나온다.

길게 뻗은 청석대로의 끝에 보이는 전각의 이름이 계명전인 이유는, 당문의 시조가 남긴 유지를 따름이었다. 언제나 하루의 시작을 알리는 닭의 울음처럼 세상의 시작으로 앞서 나가라는. 하지만 그것은 세상 사람들이 떠올리는 당문의 심상과는 너무도 어울리지 않는 말이었다.

그런 선조의 유지를 받든 때문인지는 모르지만, 계명전의 앞에는 잠도 잊은 당문의 주인들이 불빛을 밝힌 채 모두 나와 있었다. 그리고 그들의 앞에는, 세 명의 남자가 그들의 잠을 뺏은 채 비명을 질러댔다.

"으아아아악!"

처절하고도 고통스런 비명을 질러대는 목소리의 주인은 젊은 사내였다. 이제 갓 약관을 넘긴 듯, 반듯했을 용모가 참혹한 피칠갑으로 얼룩진 사내는 기다란 형틀에 묶여 소리를 질렀다.

하늘을 보고 누운 자세로 묶인 사내의 머리는 귀신처럼 흐트러졌다. 그렇게 양팔을 벌리고 벌거벗긴 상반신에는 당문의 문도 하나가 붙어

앉았다. 그 문도의 손길을 따라서 목불인견의 참상이 진행되는 중이었다.

지이이이익.

손가락 길이의 면도(面刀)를 든 당문도가 젊은이의 옆구리를 그어내렸다. 살갗이 갈라지는 소리가 이상하게도 크게 들리는 것 같았다.

갈라진 살결 안으로 내부가 보이지는 않았다. 그저 사과의 껍질을 깎아 내리는 과도처럼, 피부와 근육의 결만을 얇게 갈라낸 면도는 다시 하복부에도 그어져 내렸다. 그렇게 그어진 상처가 이미 온 가슴에 가득했다. 그리고 그 상처들로부터 흘러내린 피가 형틀을 온통 적셨다.

새로운 상처를 낸 당문도는 무감동한 표정으로 젊은이를 내려다보았다. 그리곤 제 옆에 놓인 작은 항아리에 손을 집어넣었다. 팔목까지 덮는 장갑을 낀 손이 항아리 속에서 다시 나오자, 시커멓게 꾸물거리는 것들이 그 손에 잡혀 나왔다.

손아귀 사이로 꾸물럭대는 그것들은 어른의 손가락 굵기만이나 했다. 군데군데 마디를 보이는 몸통은 길게 늘어났다가 줄어들었다가 하며 쉼없이 움직였고, 끝 부분은 동그랗게 늘어나 퍼지며 또 다른 몸통 같은 빨판이 주욱 튀어나왔다. 그 벌어진 끝에 생선 가시 같은 미세한 이빨들이 수도 없이 박혀 있는 것이 보였다.

제 손아귀의 구역질나게 생긴 벌레들을 무심히 내려다보던 당문도는, 그것들을 형틀에 묶인 젊은이의 새로운 상처에 갖다 댔다. 그리고 쥐었던 손을 폈다.

감각을 느꼈음인지 젊은이는 다시 비명을 질렀다.

"흐어어억! 제발! 제발 그만!"

하지만 젊은이의 비명은 그게 다시 시작이었다.

"그어어억! 크아악!"

젊은이는 온몸을 부들부들 떨었다. 저 동토의 땅 북해의 한가운데 벌거벗고 서 있어도 그렇지는 않을 만큼, 젊은이의 몸은 쉬지 않고 경련했다.

이유는 젊은이의 상처 속에 있었다. 붉은 속살을 보이는 그 상처에, 당문도의 손으로 옮겨진 흉측스런 악충들이 배추를 파고드는 배추벌레처럼 속살을 파고들어 가는 중이었다.

꼬물락대는 검은 몸통들이 용수철처럼 늘어났다 줄어들었다 하며 살 속으로 점점 더 깊이 파고들었다. 그럴 때마다 젊은이는 자지러지게 비명을 질러댔고, 부들부들 떠는 전신은 입가의 피거품처럼 부글부글 끓는 것 같았다.

또 다른 비명은 힘없이 들려 나왔다. 그저 탈진한 자가 기진한 숨을 내뱉듯이, 속으로부터 긁어 나오는 그 소리의 주인공은 옆 자리의 형틀에 뉘어진 중년 사내였다.

"하아아아아……!"

농군 같은 얼굴의 사내는 묶여 있지도 않았다. 그저 형틀 위에 뉘어져 있을 뿐인데도, 사내는 몸을 운신하지 못한 채 시름 같은 소리만 입으로 흘려냈다. 하지만 사내의 목과 이마에는 끔찍할 정도로 혈관이 도드라져 있었다.

중년 사내의 몸 역시도 벌거벗겨진 채였다. 그런 사내의 몸 전신에 은빛의 크고 작은 침들이 빼곡하게 몸통을 박고 있는 것이 보였다.

머리부터 발끝까지 박힌 그 침들은 사내가 미약한 소리를 낼 때마다 모기 날개처럼 진동했다. 특히 그중에서도, 두 눈의 중앙과 인중, 그리고 인후에 박힌 기다란 침들은 튕겨지는 것처럼 격하게 흔들렸다.

아마도 사내의 몸이 고통에 반응하는 정도가 그것밖에는 할 수 없는 상태처럼 보였다.

힘에 겨운 신음 소리는 그뿐만이 아니었다. 악물리는 고통의 신음을 내는 마지막 사내는, 형틀의 앞에 놓은 쇠 의자에 앉은 모습이었다.

사내가 앉혀진 의자는 앉는 자리의 앞쪽으로 손 받침대와 발 받침대가 사각의 작은 문틀처럼 이어진 형태였다. 그 사이를 가로질러 사내의 손과 다리가 고정되어 있었다. 그리고 발끝과 손끝에는 두터운 족쇄가 차였으며, 족쇄로부터 이어진 쇠사슬은 받침대의 바깥 방향으로 고정된 동그란 손잡이에 연결된 형상이었다.

받침대 양쪽, 원형의 손잡이에는 각기 한 명씩의 당문도가 붙어 손잡이를 돌렸다. 그렇게 돌려지는 손잡이를 따라 족쇄의 쇠사슬이 좌우로 당겨졌다. 그리고 족쇄에 잡힌 팔과 다리는 바깥쪽으로 비틀리며 활대처럼 휘어졌다.

"끄으으윽……!"

사내는 텁수룩한 수염이 가득한 사각의 턱을 악물며 신음을 뱉어냈다. 고통으로 악물린 입술에서는 피가 배어 나왔고, 핏발로 가득 찬 두 눈은 흉측하게 일그러지며 진물 같은 액체를 흘려냈다. 하지만 그 고통에 가득한 눈이 계명전의 입구, 당문의 사람들이 모여 선 자리를 악귀처럼 노려보았다.

"호오, 제법 팔다리가 질긴 놈이로구나. 게다가 저놈의 눈은 파내서 보고 싶을 만큼 독기가 흐르는구나."

계명전의 입구 계단 위에, 자단목 태사의에 몸을 묻고 내려다보던 늙은이가 입을 열어 말했다. 옆에는 같은 모양의 태사의가 하나 더 놓여 있었으며, 그 자리에는 콧날이 매섭게 솟은 장년인이 한 명 앉아 눈빛을 빛내며 장내를 주시하였다. 그리고 그런 두 사람의 뒤로 당무호를 비롯한 당현우와 당정, 그리고 당가의 장자(長子) 당현무(唐炫武)와 두 딸인 당문영과 문희를 비롯한 가솔들의 얼굴이 모두 보였다.

유난히 검은 귀밑머리가 길게 내려온 태사의의 장년인, 당가주 당대영이 표안(豹眼)을 번득이며 제 숙부인 당부경의 말에 응대를 했다.

"숙부님의 말씀처럼 뼈골이 질긴 놈이로군요. 저렇게 팔다리를 뒤튼 지가 한 시진이 되어가는데도 여태 저런 눈으로 쳐다보는 것을 보면, 분명 예사 놈은 아닙니다."

당대영은 당무호처럼 특유의 표범 눈알을 번득이며 고문의자에 묶인 사내, 고건성을 노려보았다. 그 눈빛은 집에서 기르던 가축의 발악을 보는 것처럼, 아주 가당찮고 기분 나쁜 기색이 역력했다.

당대영의 바로 뒤에 서 있던 당무호는 제 형의 말을 받아 한마디를 거들고 나섰다.

"독한 놈입니다. 이제껏 저 분근각골좌(分筋刻骨座)에 앉아 반 시진을 넘긴 놈은 저놈이 처음입니다. 돌아오는 동안에도 내내 중독된 몸으로 반항을 서슴지 않던 놈입니다. 반드시 저 되어먹지 못한 기세를 꺾어놓아야 합니다……!"

당무호의 끝말은 이를 가는 것처럼 들렸다. 그런 제 동생의 말을 들은 당대영은 천천히 고개를 돌려 뒤쪽에 선 조카 당정을 보았다. 그리고 시선을 손이 없어진 당정의 팔목으로 내리며 조용히 뇌까렸다.

"그래, 당연히 그래야겠지. 우리 혈족의 피를 본 놈들의 최후가 어떻다는 것을 세상 속에 두루, 뼛속 깊이 각인시켜 주어야 하겠지. 당문의 피가 얼마나 값지고 고귀한지를 말이야……."

당정의 손목을 보던 당대영의 시선은 다시 앞으로 돌아갔다. 그리곤 담담한 음성과 달리 한기가 도는 말의 내용처럼, 마치 독무가 뿜어져 나오는 것만 같은 눈빛으로 다시 입을 열었다.

"이제 유희는 그만 접어두고 본론을 논할 시간이다."

당가주 당대영의 목소리는 당문의 식솔들은 물론, 비틀리는 육신의 고통 속에서 핏물 터지는 눈으로 바라다보는 고건성에게도 동시에 고하는 소리였다.

당대영 뒤에 서 있던 당무호가 앞으로 나서며 소리쳤다.

"젊은 놈의 몸에 명반석(明礬石) 가루를 뿌려라!"

소리친 그는 계단을 내려갔다. 그리고 청석 깔린 내정(內庭)의 바닥 위에 놓여진 고연호와 고민석의 형틀로 다가갔다.

그사이, 당무호의 지시에 따른 당문도는 항아리 옆의 사기 소반 위에 있던 하얀 가루를 고연호의 몸에 던져 대듯이 뿌렸다.

그 반응은 종전처럼 또 즉각 나왔다.

"헉! 뜨, 뜨거워! 아아아아학!"

묶인 팔다리를 제외한 고연호의 몸뚱이가 들썩들썩하며 버르적댔다. 상처에 닿은 명반석 가루들은 흰 거품을 일으키며 부글거렸고, 피조차 멈추었던 상처 속에서는 또다시 꿈틀거리는 움직임이 눈에 보였다.

고연호의 속살을 파고들어 갔던 시커먼 악충, 아니, 짐승과 같은 것들이 다시 징그러운 몸통을 수축 팽창시키며 기어나왔다. 상처 위에 부글대는 흰 거품을 뚫고 나오는 그것들은 처음과 달리 힘이 없어 보였다. 하지만 사람의 몸속을 들어갔다 나온 그것들의 몸통은 불어 터진 면발처럼 팽팽하게 부푼 모습이었다. 무엇 때문인지 짐작이 가는 모양이기도 했다.

고연호는 다시 살을 파는 고통에 더해 정신을 앗아가는 열기까지, 이젠 더 이상 까무러칠 기운도 여력도 없는 정신과 몸에 차라리 스스로 목숨을 끊고만 싶은 심정이었다. 하지만 지금의 몸 상태는 그럴 형편마저도 빼앗긴 지경이었다. 그저 할 수 있는 일이라곤 혀를 깨무는 것인데, 과연 그렇게 해서 목숨이 끊어질는지 알 수 없는 일이었다. 하지만 그만이 유일하다면… 그렇게라도 해야 했다. 이 끔찍한 고통에서 벗어나려면.

"놈의 입에 재갈을 물려라!"

당무호가 다시 소리쳤다.

고연호는 입을 제압하는 당문도의 손에 절망했다. 저 악마 같은 자가 과연 자신의 의중을 헤아리고 명령을 내렸는지는 알 수 없지만, 마지막 남은 자결의 가능성마저도 이젠 빼앗긴 것이다.

"저놈의 입에도 조치를 취해라!"

당무호는 옆 자리의 고민석에게도 같은 명령을 내렸다. 그리고 그 이유를 말했다.

"반혈충(反血蟲)이 되파고 나오는 고통과 명반석의 열기에 놈이 혀를 깨물지도 모른다. 괴혈침(塊血鍼)을 받은 저놈 역시도 마찬가지다. 놈들이 혀를 깨물면, 우리가 묻는 말에 제대로 대답을 할 수가 없다."

입이 막혀 비명 소리의 자유마저도 빼앗긴 고연호와 고민석에게서 당무호가 시선을 돌렸다. 돌려진 그의 시선이 바라보는 곳엔 고건성이 귀신 같은 형상으로 앉아 있었다. 그런 고건성을 바라보는 당무호의 눈에는 짙은 살기와 가학의 충동으로 인한 열기가 이글거리며 흘러나왔다.

당무호는 또 명령했다.

"손잡이를 풀어라!"

붙어 섰던 당문도 둘이 둥그런 원형의 손잡이를 반대 방향으로 돌렸다. 그러자 족쇄에 연결된 쇠사슬이 늘어지며, 비틀려 잡아당겨졌던 고건성의 팔과 다리가 정상으로 돌아왔다.

"크으윽……!"

정상의 모양으로 돌아오는 팔다리가 또 다른 고통을 주는지 고건성은 악물린 신음을 토했다. 당무호는 그 소리를 짜릿한 쾌감으로 느끼며 고건성의 앞으로 다가섰다. 그리고 말을 건넸다.

"어떠냐? 피가 다시 몰리는 팔다리의 느낌이 시원하더냐? 네놈 눈알을 보니 꽤나 괜찮은 맛인 모양이구나?"

비릿한 미소를 머금고 말하는 당무호를 향해 고건성은 숙였던 고개를 들어 바라보았다. 옥(獄) 중의 수인(囚人)처럼 산발된 머리 사이로 보이는 그 눈은 비참한 절망과 주체할 수 없는 분노로 붉게 충혈되어 있었다.

고건성은 그런 눈으로 부들거리는 입술을 경련처럼 열었다.

"궁금하면……! 네놈 팔다리를 비틀어보거라……!"

순간, 비릿하게 미소 짓고 내려다보던 당무호의 눈이 와락 곤두섰다. 그리고 잠시의 사이를 두고 다시 말을 꺼냈다.

"촌놈이… 아직은 살 만한가 보구나."

나직하게 말하는 당무호의 음성에는 찐득한 살기가 날을 세운 것처럼 각이 져 나왔다. 하지만 마주 응대하는 고건성은 물러서지 않았다.

"사천의 이 산구석은… 촌이 아닌 어디라고 말하고 싶은 게냐?"

당무호의 눈은 파랗게 빛을 냈다. 그러나 표정을 그대로 멈춘 그는 천천히 고건성의 얼굴 앞으로 자신의 얼굴을 들이밀었다. 그리곤 온통 핏발 가득한 고건성의 눈을 차분히 응시하며, 치밀어 오르는 살기를 자신의 계획으로 대신 전했다.

"기백이 좋구나. 하지만 네놈의 그 담량이 어떤 결과를 가져오는지 이제부터 지켜보려무나. 네 생전에 다시없을, 아주 좋은 구경거리가 될 것이다."

말을 던진 당무호는 다시 처음처럼 상체를 일으켰다. 하지만 당찬 응대와 달리, 당무호의 말에서 섬뜩한 느낌을 감지한 고건성은 급박하게 되물었다.

"무슨 짓을 또 하려는 게냐?"

당무호는 초조해하는 고건성의 표정 변화를 살피며 다시 처음의 미소를 입에 물었다.

"아무 짓도……."

당무호는 두 손을 풀어 보이며 고개를 좌우로 가로저었다. 그러나 시선을 고연호와 고민석에게로 돌려 쳐다보며 이어진 말을 내뱉었다.

"하지만 네놈의 조카와 의제가 가만있지 않을 것 같구나. 아마도 내 짐작이 맞는다면, 반혈충에게 피를 빼앗긴 대신 그 독을 품은 네 조카는 온몸이 죄어드는 고통에 몸부림을 칠 것 같고, 괴혈침으로 전신의 혈도가 모두 막힌 네놈의 의제는 피가 덩어리져 시커멓게 죽어가겠지. 아주 고통스럽게 말이야."

당무호는 산수의 경치를 이야기하듯, 아주 천연덕스럽게 말을 했다. 하지만 그 말을 듣는 고건성에게는 피 말리는 고통의 순간이 도래했음을 알리는 소리였다.

고건성은 분노의 고함을 버럭, 질러댔다.

"이, 개잡놈들아! 네놈들이 정녕 사람의 종자들이냐? 이 천벌을 받을 놈들아!"

그 고함 소리가 힘들었는지 고건성의 안색은 곧바로 창백하게 변했다. 그러나 즉시 거친 호흡을 들이마시며 다시 말을 꺼냈다. 하지만 이번엔 달라진 어조였다. 많이 누그러지고, 조금은 사정하듯이, 그렇게 말을 꺼냈다.

"도대체 왜? …우리에게서 뭘 원하기에 이러는 거냐? 내가 아는 건 이미 그 산속에서 다 엿듣지 않았느냐? 난 그 물건에 대해서 더 이상 아는 게 없단 말이다……! 그러니 제발 우리를……! 아니, 조카와 의제만이라도 풀어다오! 제발, 부탁한다……!"

말을 맺으며 고건성은 머리를 숙여 철제 받침대에 처박았다. 그리곤 어깨를 들썩이며 오열했다.

고건성을 내려다보는 당무호는 입가에 하얀 치아를 보이며 미소를 그렸다. 처음에 보았던 비릿한 그 미소였고, 고개 숙인 상대에 대한 승리의 쾌재를 부르는 미소였다.

당무호는 찢어진 입가를 열어 작은 소리로 말했다.

"아니야, 네놈은 분명 아직 말하지 않은 것이 있어. 그리고 그건… 잠시 후에 네놈 스스로 알게 될 거야."

의미 모를 소리를 지껄인 당무호는 고연호와 고민석 쪽으로 몸을 돌린 후, 다시 명령을 던졌다.

"놈들을 바닥에 풀어놓아라!"

비켜 서 있던 당문도들은 곧바로 명령을 실행했다. 먼저, 고민석의 몸을 번쩍 들어 청석 바닥에 내려놓았고, 손발이 묶인 고연호의 몸을 풀어 역시 바닥에 내려놓았다. 그리곤 형틀의 양쪽 끝을 붙잡고 들어 올린 후 전각의 뒤쪽으로 빠르게 사라져 갔다.

고건성은 내리 숙였던 머리를 다시 들어 고연호와 고민석을 바라보았다. 그 눈에서 굵다란 눈물방울들이 후두둑 떨어졌다. 그리고 조카의 안타까운 몸짓을 바라보았다.

청석 바닥의 차가운 기운이 몸에 전해지자, 잠깐이나마 몸의 열기를 잊은 듯 고연호는 풀려진 손을 놀렸다. 그리곤 제일 먼저 막힌 제 입의 재갈을 풀어내려고 가죽끈을 잡아 내렸다. 고연호의 그런 행동에 고건성은 저도 모르게 소리쳤다.

"연호야!"

하지만 당무호가 말하던 변화는 그 순간에 찾아왔다.

"허어어어억!"

입에 물린 가죽끈을 풀어 손에 쥔 고연호가 갑자기 허리를 활처럼 들어 올리며 굵은 비명을 뱉어냈다. 그 상태로 두 손은 하늘을 향해 뭔가를 쥐어짜는 것처럼 마구 뒤틀었다. 바닥에 발끝만 닿은 두 다리는 뻣뻣한 장작처럼 경직됐고, 뒤통수와 어깨만이 닿은 상반신에는 검푸른 반점이 생겨나기 시작했다.

"여, 연호야!"

고건성은 재차 소리쳤다. 하지만 그 소리를 웃음 돋은 얼굴로 듣고 있는 당무호의 앞에서, 고연호의 발광은 무섭게 시작을 보였다.

"크아아아악!"

들어 올렸던 허리를 쿵, 소리나게 바닥에 내려 찧은 고연호는 곧바로 온몸을 비틀며 뒤틀었다. 그 상태로 하늘을 잡아뜯던 두 손은 제 몸을 거칠게 쥐어뜯었고, 입에서는 전간병 환자처럼 흰 거품이 토해져 나왔다. 그리고 잠시 후, 하복부 아래에서는 대변과 소변을 동시에 방분(放糞)하였다.

고건성은 피를 토하는 듯한 목소리로 다시 외쳤다.

"아, 안 돼! 연호야!"

하지만 그 순간에 고민석의 몸이 검게 변색되며 이상을 보이는 건, 하늘이 주는 시련이라 하기에는 너무도 가혹하고 몰인정한 상황이었다.

"구어어억."

몸을 가누지 못하는 고민석의 입에는 아직도 재갈이 물린 상태였다. 그 입에서 토악질하는 것 같은 기음이 들려 나왔다. 그리곤 정말로 토악질이, 아니, 토혈이 시작되었다.

"구어어어억!"

고민석의 입과 가죽 재갈의 사이로 검은 액체와 덩어리들이 삐져 나왔다. 마치 짐승의 피를 굳힌 선지 같은 빛깔의 그것들은 코로도 흘러나왔다. 하지만 하늘을 향해 누운 상태인 고민석의 몸은 그것들을 제대로 토해내지 못하는 듯 보였다. 그 때문인지 코와 입으로 다시 흘러드는 죽은 선혈들이 호흡을 막았다. 그리고 벌럭대는 가슴의 기복 뒤로 다른 곳을 찾아서 흘렀다. 양 눈과 두 개의 귓구멍으로도.

"으으윽……! 이런… 이런 개 같은……!"

고건성은 검게 피멍 든 듯 변해가는 모습으로 토혈하는 고민석을 보며 피눈물을 토했다. 악물린 입에서는 입술과 혀가 깨물려 피로 물든 침이 흘러내렸고, 두 눈과 코에서 흐르는 액체는 붉게 물이 든 것들이었다.

풀리지 않는 손발로 몸을 뒤틀며 두 사람의 참혹한 모습을 쳐다보던 고건성은 갑자기, 발광처럼 흔들던 동작을 멈췄다. 마치 그 모습은 힘이 다한 사람처럼 천천히 수그러드는 것이, 생의 의지를 포기한 자의 모습처럼 보였다. 그리고 그렇게 고개를 내려 제 가슴에 묻었다.

당무호는 고건성의 변화에 두 눈을 번득였다. 그렇기로는 계단 위에서 내려다보던 당문의 다른 주인들도 마찬가지였다. 그리고 그중에서 제일 늙은 자, 세상에 널리 알려지진 않았으나 한 시대 전 무림을 영도하던 자들 사이에서 독왕(毒王)으로 불리웠던 자, 당부경이 천천히 입을 떼어 말했다.

"저놈이 드디어 말할 준비가 된 모양이구나. 꽤나 기다리게 하더니, 어디 어떤 말을 쏟아내는지 한번 들어보자꾸나."

당부경의 음성을 뒤로 들으며, 당무호는 고건성에게로 한 발을 다가섰다. 그 순간, 숙여졌던 고건성의 머리와 어깨가 격하게 흔들렸다. 흡사 흔드는 것처럼.

"크하, 크하하! 크하하하하하하!"

고건성의 머리와 상체가 훌렁 젖혀졌다. 그와 동시에 터져 나온 웃음소리는 당무호의 걸음을 멈추게 만들었다.

당무호는 미간을 좁히고 고건성을 노려보았다. 그 눈빛은 자신의 예상과 판단을 벗어난 현상을 보는 괴이쩍음이 분명했다. 하지만 미친 사람처럼 웃어 젖히는 고건성은 그 눈을 보며 천천히 웃음을 접었다.

"크허허, 크허, 크흐, 크흐흐흐……."

호흡을 가다듬듯 마지막 웃음을 지운 고건성은 당무호의 눈을 똑바로 응시하였다. 바라보는 당무호의 옆에는 아직도 고연호와 고민석의 처참한 모습이 보이고 있지만, 아무것도 보고 듣지 않는 것 같은 표정의 고건성은 천천히 입을 떼어 말했다.

"네놈들이 알고 싶은 것은… 혈리표의 제작 방법을 아는지도 모르는 내 얘기 속 소년의 행방이겠지? 또한, 의도적으로 방치한 법진 대사의 시신이 가져올, 소림의 파장 속으로부터 얻을 가상의 이득 따위……?”

당무호의 눈썹 사이 미간은 더욱 깊게 파여 들어갔다. 고건성은 계속 이야기했다.

“네놈들이 소림을 건드린 이유가… 과연 힘에 자신이 있어선지는 모르겠지만, 분명……! 소림이 감추고 있다고 생각하는 혈리표와의 관계와 그 속사정을 빌미로 딴 속셈을 차리고자 하는 거겠지. 그리고 그 이득과 속셈이란 것이 결국은 혈리표의 실물이나, 그 제작 방법이겠지. 그렇지 않으냐?”

너무도 담담한 고건성의 표정과 이야기에 당무호는 잠시 대꾸없이 쳐다보기만 했다. 그리고 그건 계단 위의 모든 당문 식솔들도 마찬가지였다.

고건성은 당무호의 대답을 기다리지 않고 다시 말했다.

“당무호, 네놈이 그토록 알고 싶어하는 그 소년… 내 얘기 속의 그 소년 말이다.”

고건성을 바라보는 당무호의 눈은 순간, 빛을 뿜었다. 그리고 고건성은 그 눈길에 답을 주듯이 거듭 말을 내었다.

“너희들의 손에 떨어지기 직전, 법진 대사로부터 그 소년에 관한 이야기를 전해 들었지. 그 소년을 만났다고 말이야. 그리고 많은 사람들이 그 소년을 알고 있다는 얘기도 들었지.”

“무슨 소리냐, 그게?”

당무호는 바짝 다가서며 물었다. 그 표범 눈알을 올려다보며 고건성은 음미하듯 천천히, 그리고 수월하게 말했다.

“그 소년, 아니, 청년은 바로… 철비철각호다.”

고건성의 입을 보던 당무호의 눈은 와락 치켜 올라갔다. 그 눈을 들어 그는 뒤를 돌아보았다. 그리고 당무호의 시선이 간 곳에는, 당가주 당대영의 시선이 마주 쏘아오고 있었다. 바라보는 당무호와 똑같은 눈빛으로.

갑자기 하늘에선, 굵은 빗줄기들이 떨어지기 시작했다.

＊　　　　＊　　　　＊

안개가 뭉쳐서 내리는 것처럼 비가 쏟아졌다. 장마는 이미 물러갈 시기이지만, 사천 땅에 내리는 비는 시간을 개의치 않는 듯 무섭게 쏟아 부었다. 그 속을 뚫고 거친 산길을 달리는 황보숙정의 마음은 시커멓게 타 들어갔다.

숨 가쁘게 달려온 사천행이었다. 무엇 때문인지 법진이 남긴 한마디에 세철은 행로를 바꿨다. 뒤를 쫓던 것이 분명한 염차수란 인물의 종적도 뒤로 미룬 채 이곳으로 향한 것이다. 그리고 도착하자마자 홀로 없어졌다.

처음 출발할 당시부터 세철은 모두의 동행을 거부했었다. 이 길은 염차수를 쫓는 것과는 또 다른, 지극히 개인적인 일이란 것이었다. 하지만 사천으로 이르는 가장 빠른 행로를 알고 있다고 말하는 정곽의 한마디와 반발하듯 쳐다보는 일행들의 눈길을 보며 조용히 뒤돌아서 걸음을 옮겼다. 그리고 나머지 일행들도 당연한 듯이 뒤를 따랐다.

그렇지만 함께 동행하려는 자신들 남매에게 결별을 요구한 이가 따로 있었다. 정곽이었다. 그는 당연히 같이 갈 걸로 여기는 자신들 남매에게 헤어질 것을 요구했다. 아니, 더 정확히 말하면 법진의 시신을 소림에 인도해 주도록 부탁해 왔다. 또한 사건의 전모를 기별해 줄 것도 포함해서. 그러나 황보숙정은 단호히 고개를 가로저었다.

황당스런 표정을 보인 것은 오히려 황보석정이었다. 무분별하게 보이는, 어찌 보면 남자에 미쳐 사리 분간을 못하는 세간의 여자처럼 행동하는 동생에게서 그는 허탈감마저도 느끼는 것 같았다. 그러나 그대로 따라가게 놔둘 수는 또한 없는 노릇이었다. 그때부터 그는 갖은 협박과 호통, 그리고 애원으로 달래기 시작했다. 하지만 결국은 공염불일 뿐, 꼭 다문 입술로 고개를 가로 흔드는 황보숙정을 보며 황보석정은 할 말을 잃은 듯한 얼굴로 결국 홀로 떨어져 갔다.

그렇게 가며 그는 황보숙정에게 신신당부를 했다. 곧 뒤를 따를 테니 각별히 행동에 유의하라는 말과 자신이 오기 전까지 결코 무리한 일이 벌어지지 않도록 당문의 어른들께 잘 부탁을 넣으라는 말을 남기고서.

뱃길과 뭍길을 고루 지나 길을 오며 황보숙정은 생각했다. 법진이 남긴 말에 따르면 이곳 당문에 세철의 지인들이 억류되어 있는 것이 틀림없었다. 또한 당문은 따로이 노리는 것이 있는 듯했다. 그 노림수가 혈리표라면, 어째서 세철의 지인(知人)들을 억류한 것인지 의문스러웠다. 세철 역시도, 원한이 있는 그 마병의 주인을 쫓고 있는 상황이 아니었던가. 또한, 소림 방장의 사제를 살해해 가면서까지 일을 크게 만드는 그들의 의도 역시도 알 수 없었다. 어째서 그러한 짓을 벌이는지……

의문을 따지자면 저 쇠 같은 사나이에게 지인이 있다는 것도 의문이었다. 그것도 당문에 억류될 만한 이유와 배경을 가진 사람들이. 하지만 모든 의문을 제쳐 두고서, 자신이 사모하는 저 사나이는 타협을 모르는 사나이다. 그저 앞을 막는 것이 있다면 부딪치기만 할 뿐, 결단코 대화와 타협이란 단어를 떠올릴 사람이 아닌 것이다.

당문은 결코 그렇게 상대할 수 있는 곳이, 아니, 사람들이 아닌 것이 문제였다. 상대는 무슨 문제가 되었던 간에 반드시 타협을 해야만 하는, 지난 수백 년간 중원의 모든 사람들이 어렵고 꺼려하던 독과 암기의 집안인 것이다. 그건 무공의 고하에 따른 문제가 아니었다. 아무리 패력의 힘을 가진 자라 해도, 보이지 않는 죽음의 향기와 가시에는 대책이 없는 것이다.

황보숙정은 소리없이 홀로 사라진 세철을 생각하며 발끝에 힘을 가했다. 온몸을 때려오는 빗줄기 속에서 몸에는 소름이 돋고 오한이 서렸지만, 자꾸만 미끄러지는 발걸음을 늦추지 않았다. 그리고 그렇게 점점 가라앉는 몸과 마음은 결코 빗줄기 때문만은 아니었다. 혹시라도 모를, 한 사나이에 대한 사무치는 연모와 그에 따른 걱정과 염려 때문이었다.

가쁜 호흡과 마음만큼이나 흐린 시야 속에서 황보숙정은 저만치 앞서 달리는 정곽과 부춘호 등 다른 일행들의 뒷모습을 보며 소리쳤다.

"이봐요, 같이 가요!"

때마침 번개가 꽈릉! 하고 내리치며 주변을 밝혔다. 그 속을 비집고 들려온 황보숙정의 목소리에 앞서 달리던 사내들 중 언두수가 뒤를 돌아보았다. 하지만 그뿐, 달리던 그대로 고개를 돌린 그는 속도도 늦추지 않고 계속 산길을 달려 올라갔다. 그리고 다른 사내들은 뒤도 돌아보지 않은 채 우중장막(雨中帳幕)을 뚫고 나아갔다. 그렇게 황보숙정의 음성은 빗소리에 묻히며 흩어져 버렸다.

황보숙정은 응답없는 사내들의 뒷모습을 보며 입술을 꼬옥 물었다.
그리고 더욱더 세차게 몸을 움직였다. 그렇게 달리는 그녀의 얼굴에는
굵다란 빗줄기들이 쉬지 않고 부딪쳤다. 그리고 그 사이사이로 내리꽂
히는 낙뢰의 섬광은 그녀의 얽히는 발길을 바로잡아 주었다.

어느새 앞서 달리는 사내들의 앞으로는, 산을 물어뜯고 들어선 듯한
당문의 전각들이 가물가물 모습을 드러내기 시작했다.


비가 그친 하늘을 보며 세철은 걸음을 멈추었다. 방금 전까지도 먹
장처럼 내리 붓던 비는 거짓말처럼 그쳐 버렸다. 그리고 하늘엔 검은
구름들이 갈라지며 푸른색이 조각조각 나타나기 시작했다. 참으로 여
인의 변덕처럼 변화무쌍한 사천의 기상이었다.

멈춰 선 세철은 눈앞에 젖은 창포잎처럼 흘러내린 머릿결들을 차분
히 쓸어 넘겼다. 그렇게 바라보는 시선의 끝에는 당문의 거대하고 검
은 철문이 시커먼 짐승처럼 버텨 서 있었다. 그 문을 보며 한 사람의
영상을 떠올렸다.

건장하고 당당한 체구, 얼굴 가득히 텁수룩한 수염, 늘상 손에서 떠
나지 않던 한 자루 박도, 그리고 엄한 표정 속에 감춰져 드러나지 않는
따듯한 마음.

송화장을 떠나올 때 보았던 고건성의 표정을 세철은 아직도 잊지 않
았다. 처음 만나던 열 살 때부터, 떠나던 열다섯의 그날까지 그를 보았
지만, 진정으로 애틋해하던 송근정에서의 그날 그 얼굴을 세철은 지울
수 없었다.

아버지가 죽고 난 후, 고건성이 무엇 때문에 자신을 돌보아주려 하
는지 세철은 어렴풋이 짐작했다. 때문에 처음부터 아무것도 모른 척했

다. 하지만 도축장에서 일을 하며 지내던 오 년 동안, 변화하는 세철 자신처럼 고건성 역시도 변해갔다.

곁에 두고 감시하던 그의 마음과 눈길은 세월의 마모 속에 차츰 체념으로, 그리고 아비 잃은 한 아이에 대한 배려와 보살핌으로 바뀌어갔다. 그리고 그런 변화와 감정을 누구보다도 세철 자신이 잘 파악하고 있었다.

그런 그가, 마지막 떠나던 날 주머니 하나를 내밀었다. 세 알의 금강석이 들어 있는 주머니였다. 그걸 세철은 말없이 받아 들었다. 하지만 그건 결코 그 값어치를 받아들인 것이 아니었다. 그렇게 건네준 고건성의 마음을, 속죄하고 미안해하며 더 일찍 살뜰히 보살피지 못한 그 마음을, 그리고 떠나는 세철을 붙잡지 못하는 안타까움을 받아들인 것이었다.

그건 은혜였다. 누가 뭐라고 해도 자신은 은혜를 입은 것이다. 처음에야 그런 마음이 아니었다고 해도, 송화장의 울타리 안에서 보낸 오 년은 세철 자신이 다시 살아날 수 있는 시간이었다. 그 시간을 고건성이 마련해 준 것이나 진배없었다. 살 수 있고 복수의 꿈을 꿀 수 있는 길을.

많은 기억이 있는 시간이었다. 밤이면 아버지와 그놈을 생각하며 흘리는 눈물에 베갯잇을 적셨었다. 도축장의 일은 너무도 힘에 겹고 무서워 날마다 좌절을 겪어야 했다. 하지만 그런 와중에 몰래 훔쳐 배우는 송화장의 파철도법은 잠을 잊게 했고, 장이 아저씨와 한 노인의 따뜻한 마음은 다시 아침을 맞는 힘이 되어주었었다. 그리고 그런 모든 것들의 뒤에는 언제나 소리없는 눈길을 주며 배려하는 고건성의 그림자가 있었던 것이다.

　살아생전 아버지는 늘상 세철 자신에게 얘기했었다. 사람이 짐승과 다른 점은, 바로 은혜를 알기 때문이란 것이었다. 그것을 모르면 짐승과 매한가지이고, 은혜를 입으면 반드시 보은(報恩)을 해야 한다는 말씀이었다. 그리고 그런 보은은, 어떠한 일을 제쳐 두고라도 반드시 먼저 해야 하는 것이라고.

　더불어 이런 말씀도 잊지 않으셨다. 사람은 누구나 자신이 맞은 뺨 한 대를 평생토록 잊지 않지만, 배고플 때 얻어먹은 따뜻한 밥 한 술은 제 배가 부르면 잊게 되는 법이라고. 그리고 그렇기 때문에 남에게 입은 은혜는 가장 먼저 갚아야 하는 것이 사람의 도리인 것이라고.

　세철은 당문의 검은 철문을 바라보며 한 모금의 숨을 길고도 깊게 들이마셨다. 그리고 그것을 온몸에 돌리며 열기를 발산했다. 그러길 잠시 후, 비에 젖어 몸에 붙은 검은 무복 위로 하얀 증기가 피어오르기 시작했다. 그렇게 서 있는 세철의 모습은 구름 속에 휘감긴 하늘의 장수 같았다.

　세철은 흰 연기를 전신에 뿜는 사람처럼 그렇게 앞으로 걸어갔다. 그리고 몇 발자국을 떼지 않아 증기가 사라질 무렵, 앞선 당문과의 거리를 가늠하며 오른 주먹을 들어 올렸다. 그리곤 움직임을 멈췄다. 그렇게 멈춰 선 거리가 대략 사 장여. 마치 굳어버린 것처럼 문만을 바라다보던 세철은 갑자기 몸을 움직였다.

　가슴 앞으로 들려 멈춰졌던 오른손 정권이 천천히 뒤로 당겨졌다. 연이어 상체도 오른쪽 뒤로 반이나 돌아가고, 앞을 막듯이 가로 들어 올린 왼팔이 가슴 높이로 오른 순간, 그 왼팔이 밖으로 뿌려지며 틀렸던 상체가 앞으로 돌아 나왔다. 그리고 그와 동시에 나온 오른발이 거칠게 진각을 밟은 그때, 옆구리로부터 꼬아 터지듯 나온 오른 주먹은 공간을 때려 부쉈다.

쉬아아아앙!

공기를 찢어발기는 힘의 소리가 산을 타고 울려 퍼졌다. 하지만 그 보다 먼저 소리를 낸 건, 짐승처럼 버티고 섰던 당문의 철문이 지르는 아픈 비명이었다.

콰아앙!

세철은 그렇게 자신의 방문을 당문에 알렸다. 권풍(拳風)을 날려 뒤틀어 버린 철문을 시작으로.

# 12장 당문지변(唐門之變)

"그놈이 그렇게 우려할 만한 놈이냐?"

늙은 독왕, 당부경의 심드렁한 목소리가 계명전의 대청 안을 울려 나갔다.

듣고 있는 당대영의 눈동자는 활짝 열려진 대청 바깥의 빗속에 고정되어 움직이지 않았다. 그 속에 고건성의 고개 숙인 모습이 비참하게 투영되었다.

갑자기 내린 비로 고문은 중단되었다. 그동안의 시간이 꽤나 되었던지, 새벽의 어둠은 이미 물러간 상태였다. 그러나 비는 무섭게 부어 내렸고, 그 속에 벌레처럼 버려진 고연호와 고민석의 몸은 가끔씩 꿈틀대며 반응을 보였다.

고건성의 절망처럼 수그러든 머리에서 시선을 돌린 당대영은 당무호를 쳐다보았다. 그 눈은 당부경처럼 대답을 요구했다.

당무호는 기다란 탁자의 상석에 앉은 당대영과 당부경을 보며 한 사나이에 대한 짧은 기억을 떠올렸다. 그리고 천천히 입을 떼었다.

"저 역시도 철비철각호란 자의 안면만을 소림에서 보아 알고 있을 뿐, 그자에 대한 이야기는 남의 입을 통해 들은 것이 전부입니다."

듣고 있던 당부경은 고개를 끄덕였다. 하지만 이번 질문은 당대영이 먼저였다.

"풍문만으론 알 길이 없다. 네가 보고 판단한 그자는 실제로 어떤 자이더냐? 과연 겸제와 사자철기대를 패퇴시킬 만한 인물이더냐?"

당대영의 얼굴을 마주 보던 당무호는 잠시 말이 없었다. 하지만 대답은 망설이지 않고 나왔다.

"제가 본 그자는… 과장됨이 없는 자였습니다. 또한 소림에 있는 동안 무치광승과의 비무가 있었습니다만, 전해 들으신 것처럼 그자의 승리로 끝이 났습니다. 그자가 일신에 지닌 무력은, 아마도 삼제오신에 버금가지 않나 하고 생각됩니다."

당대영과 당부경은 말없이 당무호의 얼굴만을 바라보았다. 그러다 문득, 당부경은 어이없는 웃음을 터뜨렸다.

"허허허허! 삼제오신이라!"

당부경의 웃음소리에는 허탈함과 가소로움, 그리고 맥없는 어이없음이 함께 묻어 나왔다. 그 웃음이 잦아들자마자, 그는 당무호와 당대영을 번갈아 돌아보며 상기된 목소리로 입을 열었다.

"도대체 그놈의 나이가 몇인데? 대관절 그놈이 휘두르는 무공이 무엇이길래? …새파랗게 젊은 몸을 삼제오신에 비긴다는 것이 말이 되느냐? 삼제오신이 누구더냐? 또 그들이 살아온 세월이 얼마더냐? 이건 말도 되지 않는다. 아무리 세상의 이야기란 것이 구르며 부풀기는 인지상정이지만, 그 따위 얼토당토않는 이야기를 믿으란 것은 언어도단이다."

당부경의 말은 단호했다. 하지만 그 말을 듣던 당무호는 다시 자신의 의견을 말했다.

"저 역시도 무공의 성취가 하루아침에 이루어진다는 말은 믿지 않습니다. 또한 아무리 고절한 무공이라 해도 오랜 시간의 절차와 반복, 그리고 피땀 어린 수련의 결과로만 성취가 있다고 믿고 있습니다."

당무호의 말에 당부경의 상기된 눈이 조금 풀어지는 듯 보였다. 그러나 옆에 앉은 당대영은 무슨 생각을 하는지 모를 얼굴로 여전히 말이 없었고, 당무호는 자신의 말을 다시 이어 나갔다.

"그러나 그자는… 그런 기존의 궤와 상식이 통하지 않는 사내 같았습니다. 물론 직접 보지는 않았지만, 그자가 처음 강호에 모습을 보일 당시부터 태산에서의 일이 있을 당시까지, 그자가 저지른 일들과 그와 대적했던 모든 인물들의 면면을 살펴보면 그자는 결코 기존의 통념과 상식으로 가늠할 수 없는 자인 것이 분명합니다. 설사 그것이 언어도단이라 해도 말입니다. 그자는… 겸제의 무릎을 꿇린 자입니다."

말을 맺는 당무호의 음성과 표정 역시도 단호했다. 그 얼굴을 들여다보고 있던 당부경의 눈빛은 차츰 경색으로 굳어지다가, 다시 허탈함으로 물들어갔다.

그 옆에서 이제껏 듣고만 있던 당대영이 입을 열었다.

"어쨌든 우리가 찾던 그 소년이 철비철각호이고, 그 철비철각호란 자가 혈리표의 비밀을 알고 있을 가능성이 제일 크다는 거군. 그리고 어쩌면 문제의 핵심을 쥐고 있을 수 있는 자이기도 하고 말이야."

“혹시 그자가 혈리표의 제작에 성공했을 가능성은 없을까요? 저자의 이야기를 들어보면, 그런 시도를 했던 것이 분명한 듯합니다만……."

당무호는 당대영의 말끝에 의문스러운 눈길로 전각 밖 빗속의 고건성을 응시하였다. 그 눈길을 좇아 당대영과 당부경의 시선 역시 돌아갔지만, 대꾸하는 당부경의 음성은 처음처럼 냉소적이기만 했다.

“혈리표를 만들어 가진다고? 허허, 갈수록 가관이구나."

당부경을 힐금 바라본 당무호는 조심스럽게 당대영을 보며 다시 입을 열었다.

“그 아비가 만들었다면, 자식이라고 못 만들란 법은 없지 않겠습니까? 더구나 시도를 했다는 것은……."

“너도 잘 알지 않느냐?"

당무호의 말을 자른 당대영은 천천히 자신들이 앉은 계명전 대청의 내부를 둘러보았다. 마치 세월을 감상하듯이 돌아가는 그 눈빛은, 어스름하게 빛이 닿지 않는 높은 천장의 구석까지도 세밀히 훑어 나갔다. 그리고 시선이 다시 돌아왔을 때, 당무호를 직시하며 다시 말했다.

“지난 이백 년간 본가에서 실패에 실패를 거듭한 일이다. 설혹 그 아비가 천하에 다시없을 명장이라 해도, 상세한 제작 기법이 담긴 책자가 있었기에 가능했을 것이다. 그리고 그것조차도 운이 함께했기에 이루어진 일이라고 나는 생각한다. 그런데 그 아들이, 불과 십여 년의 세월 만에 그 일을 해내리라곤 믿지 않는다. 설혹 우리가 기대하는 그 아비의 숨겨진 안배가 있었다고 해도 말이다."

당대영의 말에 당부경은 고개를 끄덕였다. 하지만 당무호는 수긍하지 않는 눈빛으로 다시 의문을 얘기했다.

"하지만 그 아비 되는 자는, 불과 한 달여 만의 짧은 기간에 그걸 해내지 않았습니까? 말씀처럼 본가에서 이백 년의 세월 동안 반복하고 있는 일을 말입니다."

당부경은 당무호의 얼굴을 바라보던 시선을 돌려 당대영을 보았다. 그리고 당대영은 당무호만을 바라보며 눈길을 무겁게 만들었다. 대답은 천천히 흘러나왔다.

"그래, 솔직히 나 역시도 그 점이 의문스럽다. 좀 전에도 말했듯이, 아무리 책자가 있고 하늘의 운이 따라준다고 해도 한 달여의 짧은 시간 동안에 또 하나의 혈리표를 만들어내다니 말이야… 본가의 일이 그저 선대의 구전으로만 이루어진 일이라지만… 한편으론 부끄럽고 자존심이 상하는 일이다."

말을 끊고 무언가를 곱씹어내는 듯한 당대영의 표정은 딱딱하기 그지없었다. 그러나 그런 생각의 끝에 그는 다시 말을 끄집어내었다. 그것도 옛얘기를.

"이백여 년 전 신승 공료가 한쪽만인 혈리표와 그 제작 기법이 담긴 책자를 들고 본가를 찾아왔을 때, 그 당시 천하제일의 명장이며 본가의 가주이시던 신수(新手) 당경천(唐景天) 어른께서는 많은 고민을 하셨다 들었다. 하지만 제작을 부탁하는 공료의 요구에, 결국은 일체를 비밀로 묻을 것과 오 년의 기한을 약정하고 제작을 하셨다."

이미 익히 알고 있는 내용을 말하는 당대영의 눈에는 똑같은 이야기를 반복하는 어색함이나 거리낌이 전혀 없었다. 그 이야기를 듣고 있는 당무호와 당부경의 얼굴 역시도 그렇게 진지하기는 마찬가지였다.

당대영은 다시 말을 하기 시작했다.

"오 년 만에 다시 나타난 공료의 손에 그 물건을 넘겨주며, 당경천 어른께서는 겨우 겉만을 흉내 냈을 뿐이라며 부끄럽다고 하셨지. 그리고 도대체 어디서 이런 경이롭고 악마적인 물건을 얻어 온 것이냐고 물었지. 그 대답으로 공료는 그저… 세상의 끝에서 우연히 주운 것이라 대답했다지. 그리고 왜 이토록 흉측한 물건을 만들려고 하느냐는 물음에는… 그냥 쓰임새가 궁금해서라고 말하며 웃고 말았다지.”

당대영은 말을 마치며 당부경을 보았다. 그러자 이번엔 당부경이 말을 이어 받듯이 다음을 이야기하기 시작했다.

“그래, 그렇다. 그 일이 있고 나서 당경천 어른께서 돌아가시기 전까지 가문에서 혈리표의 이야기를 꺼내는 자는 아무도 없었다. 그건, 공료와의 약속 때문이었지. 하지만 그분의 사후에 본가에서는 총력을 기울여 혈리표의 복원에 힘써왔다. 그리고 유사한 형태를 만들기는 했지만, 번번이 실패하고 말았지. 모두가 아는 것처럼 지금까지도 말이야.”

종전의 당대영처럼 잠시 말을 쉰 당부경은 천천히 기억을 더듬는 듯 손가락으로 관자놀이를 문질렀다. 그리곤 다시 말을 이어 나갔다.

“혈리표에는 우리가 알지 못하는 비밀이 있다. 그건 바로 그 가공할 힘을 내는 추진력과 회전하며 비상하는 원동력이다. 마치 세상 자체를 갈라 버리는 것 같은 그 무서운 힘 말이다. 그리고 우리는 결국 그 비밀이 혈리표를 다루는 특이한 심공에 있다는 것을 알아냈지. 그 심공이 없다면 혈리표는 그저 날카로운 쇳덩이에 불과하다는 것을 말이야…….”

“심공이라 하시면……?”

알 듯 모를 듯한 표정으로 되묻는 당무호를 보며 당부경은 다시 입을 벌렸다.

"그래, 그것이 없다면 만사 무용지물인 것이다. 애초에 당경천 어른 께서 만드신 한 개의 혈리표가 현각 대사의 불령선하기에 부숴지고 만 건, 원체(元體)의 몸이 견디어내는 그 심공의 힘과 외부의 충격을 견디 지 못한 때문이다. 그리고 그건, 지금 세상을 떠들썩하게 만드는 혈리 표도 마찬가지다. 새로 만들어진 건… 어떤 것이든 흉내 낸 것에 불과 할 뿐이야."

당부경은 판정을 내리듯이 말했다. 하지만 당무호의 의문은 그것으 로 끝나지 않는 듯, 거듭 물음을 물어왔다.

"하면, 본가에서 제작 기법을 손에 넣는다 해도 성공할 확률이 있겠 습니까? 신수라 불리던 당경천 가주께서도 결국엔 실패한 일을 말입니 다."

회의적인 표정을 보이는 당무호에게 말을 던진 것은 당대영이었다.

"그때와 지금은 형편이 또 다르다. 본가는 이백 년간을 그 일에 매 달려 왔다. 그건 너 역시도 잘 알고 있지 않느냐? 이제 본가에 필요한 것은 다 갖췄다. 다만, 그 금속의 정확한 재질과 시전자의 생명을 태워 던지는 것이라고 말하신 당경천 어른의 말이 과연 무슨 뜻인지, 그 심 공의 비밀만 손에 넣으면 되는 것이다."

당대영의 말에 당무호는 고개를 천천히 끄덕거렸다. 그러나 곧바로 다시 질문을 던졌다.

"그러나 그리하자면, 새 분란의 주인공인 염차수란 놈을 잡는 것이 가장 빠르고 확실하지 않겠습니까? 그놈이 소림의 비밀을 훔쳐 낸 장 본인이니까 말입니다."

당대영도 마주 고개를 끄덕였다.

"물론 그렇지. 하지만 토끼와 여우와 호랑이 중에 가장 손쉬운 놈을 먼저 잡는 것이 순리이겠지. 세 놈이 공통적으로 한 뿌리의 만년설삼을 나눠 먹었다면 말이야."

"그 말씀은… 소림과 염차수란 놈과 철비철각호란 자에게 공통으로 흩어진 혈리표의 비밀을 한데 모아서 완벽하게 일을 도모하시겠다는 말씀입니까?"

당무호의 반문에 당대영은 거듭 고개를 끄덕였다.

"그렇다. 우리가 굳이 소림을 건드린 건, 바로 그런 이유 때문이지. 소림을 바깥으로 드러나게 하는 것. 그리고 진행되는 혈리표의 혈사와 연루하여 명분을 만드는 것. 그 대의를 통해 우리가 얻고자 하는 것을 얻는 것 말이다."

당무호는 빛을 내는 것 같은 제 형의 눈을 바라보았다. 그 속에서 형이 품은 뜻과 가문의 오랜 숙원을 읽을 수가 있었다. 하지만 가주인 형의 뜻과 말대로 모든 일이 이루어질지는 알 수 없는 일이었다. 물론 자신의 가문이 가진 힘은 세상 사람들의 생각을 초월했다. 그러나 그렇다고 해도, 세상 역시 호락호락하지는 않은 것이다.

철비철각호를 제외하고 염차수란 놈만 하여도 그렇다. 놈에겐 두 개로 이루어진 한 쌍의 혈리표가 있는 것이다. 그 하나가 완벽하지 않은 모조품에 불과하다 할지라도, 이제껏 그 날에 베어진 목숨은 수백이 넘는 것이다. 거기에다가 소림은… 천년 소림이라 불리우는 그들은… 정말로 벅찬 상대였다. 이것은 결코 두렵다는 말과는 달랐다. 하지만 상대를 경솔히 보는 것처럼 무서운 적은 없는 것이다. 거기에다 지금은 모두가 잊고 있지만, 귀영투와 함께 사라진 혈룡도의 향배는 또 다른 변수였다. 그것도 어떤 변이를 보일지 모를 아주 커다랗고 결정적인.

당무호는 그런 말들을 하고 싶었다. 그리고 다시 나타난 벽력문의 무리들과 점점 수상한 동태를 보이는 황보가와 팽가들의 일, 또한 결단코 간단히 생각할 수 없는 사자철기맹과 묵호련 등을 포함한 삼신의 이야기까지도. 설령 그러한 것들을 놓치고 있을 가주가 아니었지만, 그래도 다시금 강조해서 그런 이야기들을 들려주고만 싶었다.

당무호는 마음을 굳히고 목청을 가다듬었다. 그리고 차분하고 조용하게 입을 열었다.

"가주, 소제가 드리고 싶은 말씀은……."

그러나 그의 이야기는 더 이상 이어지지 않았다.

콰아앙!

당문의 하늘가에 울려 퍼지는 커다란 굉음 소리는 모두의 시선을 돌려놓았다.

계명전의 안에서 이야기를 나누던 세 사람의 시선이 동시에 바깥으로 돌았다. 그리고 소리가 울리는 외원의 정문 쪽과 그 하늘가를 쳐다보았다.

하늘엔 어느새 비가 그쳐 있었다. 시야를 가리던 먹장의 기운들도 모두 가시고, 회색의 구름 사이로 군데군데 푸른 살결이 드러나 보였다.

세 사람의 얼굴 표정은 똑같았다. 하지만 그렇게 궁금한 얼굴 중에 제일 먼저 밖을 향해 소리를 친 건, 입 벌리던 당무호였다.

"무슨 일이냐?"

밖에선 당문의 문도이자 가족들이 그들과 똑같은 얼굴로 내원 정문을 황급히 넘어서는 것이 보였다. 그리고 당무호의 물음에 대한 대답은 또 다른 굉음으로 들려왔다.

콰아앙!

소리는, 성난 호랑이의 울음처럼 깊고 강렬했다.


"뭐냐?"

"무슨 일이냐?"

당현우와 당정이 정문의 앞에 와서 고함쳤다. 정문 앞엔 이미 십수 명의 문도들이 모여든 상태였다. 그리고 그들은 모두 보았다. 두 번의 소리에 이은 충격으로 가운데가 불룩 솟아오르며, 안쪽으로 비틀려 들어오는 거대한 철문을.

소리는 또 터졌다. 하지만 이번엔 그 강도가 달랐다. 더불어 눈에 보이는 문의 형상도.

쿠아아앙!

돌담과 연결된 문틀의 연결 부분이 부서지며 돌 가루가 튀었다. 철문은 그렇게 안쪽으로 기울어져 들어왔고 그 와중에 돌벽을 그으며 계속해서 소리를 냈다.

빠가가가가각.

"이, 이게 무, 무슨 일이냐?"

"어헛! 처, 철문이……!"

바라보는 모두가 놀란 눈을 한 것만큼, 당현우와 당정은 경황없는 얼굴로 밀리는 철문을 보았다. 하지만 그 소란 중에 언제 다가온 것인지, 당가의 장자 당현무가 그들의 뒤에서 웅장하게 소리쳤다.

"망루는 무얼 하는 게냐? 정문 앞쪽의 상황을 어서 전해라!"

그렇게 소리친 그의 눈은 당정과 당현우처럼 우그러진 철문으로 향했다. 바라보는 그의 눈은 제 아비의 눈처럼 표범과 같이 빛을 내고 있었지만, 눈앞의 상황을 이해하는 눈빛은 아니었다. 그리고 그때, 망루에 올라선 자가 제 입에 손을 모아 소리쳤다.

"정문 앞쪽에 웬 사내가 한 명 있습니다! 그리고 사내가 주먹을……! 주먹을 휘두릅니다!"

소리친 망루의 문도는 두 번의 충격이 있을 동안 사내를 발견하지 못한 듯했다. 그러나 지금 전하는 그의 말은, 아직도 사태를 충분하게 파악하지 못한 그런 내용이었다.

망루의 말을 들은 당현무는 미간을 찡그렸다.

'사내? 주먹을 휘두른다고?'

당현무는 의문을 되뇌었다. 하지만 그 순간, 그의 의문을 해소시켜 주는 것처럼 또 한 번의 충격이 문을 때렸다. 아니, 밀고 들어왔다.

콰아아앙!

마치 문풍지 바른 격자무늬 창문을 밀어버린 듯, 거대하고 육중한 당가의 철문이 안으로 넘어져 들어왔다.

"어엇! 피, 피해라!"

"모두 비켜라!"

파아아앙!

안쪽으로 넘어진 철문은 바닥에 부딪쳐 불꽃을 튀기며 요란하게 소리쳤다. 돌 바닥을 치는 그 충격은 대단했다. 그 자리에 섰던 당문도들은 황급하게 사방으로 흩어졌다. 그런 그들의 몸을 쫓듯이 육중한 바람과 고인 빗물이 그들의 배후를 강타했다.

후아아앙.

퍼지듯이 밀려온 바람과 그 원인을 제공한 철문이 소리를 죽였을 무렵, 팔을 들어 바람과 그 밖에 날려오는 것들을 방비하던 당현무는 정문을 응시하였다. 그리고 그곳, 쓰러져 들어온 철문의 바깥에서, 종전의 의문을 주던 망루의 말을 이해할 수 있는 상황을 보았다.

사내가 보였다. 나무 한 그루 없는 자신의 가문 문 앞에 사람이 서 있는 것이다. 그것도 손님조차 오지 않을 이토록 이른 시각에. 그렇게 서 있는 사내는 젊고 건장해 보였다. 아니, 단순하게 그런 표현만으론 부족해 보였다. 사내는 검은 무복에 그것처럼 검고 우묵한 눈동자를 가졌으며, 그 눈을 들어 자신들을 바라다보았다. 그리고 그 눈에서는… 위험한 불꽃이 넘실대며 흘러나오는 것만 같아 보였다.

당현무는 자신도 모르게 침을 삼키며 주먹을 쥐었다. 그리고 사내를 향해 입을 벌리려는 순간, 옆으로 다가온 당현우가 당정과 함께 소스라치게 소리쳤다.

"아니, 저자는 바로……!"

"맞아! 철비철각호다!"

당현무는 제 동생 당현우와 그 옆의 사촌동생 당정을 번갈아 쳐다보았다. 그리고 그들의 눈이 놀라는 이유를 생각해 내며 사내를 다시 바라보았다.

저 사내가 철비철각호인 것이다. 직접 보지는 못했지만, 머나먼 이 사천 땅에까지 흘러 들어온 사내의 꿈같은 무용담. 신풍도 조철련을 때려죽이고 팽귀호를 쓰러뜨리고, 급기야는 겸제의 천웅마겸을 꺾고, 사자철기대를 단신으로 처부순 사나이. 그 이야기의 주인공이 바로 저 사내인 것이다.

당현무는 불현듯 등에 오한이 도는 것 같았다. 그리고 그걸 부추기는 것처럼 사내가 걸음을 옮기기 시작했다. 자신들이 서 있는 정문의 안쪽으로.

"저, 저자가 어떻게 여길……! 서, 서라!"

당현우가 먼저 소리쳤다. 그리고 놀란 눈의 당정은 내원을 향해 날 듯이 뛰어갔다. 뒤도 돌아보지 않는 그 모습은 마치 꽁지에 불이 붙은 개 같았다.

당현우의 외침에도 불구하고 사내는 멈출 뜻이 없는 것 같았다. 그도 그럴 것이, 서란다고 곱게 설 자 같았으면 이렇게 문을 때려 부수고 들어오지는 않았을 것이다. 그것도 천하의 당문을.

"혀, 형님! 막아야 합니다! 저, 저자는 흉폭하기로 소문난 철비철각호입니다!"

당현우의 다급한 목소리가 당현무의 망연자실한 듯한 정신에 일침을 놓았다. 그 소리를 듣고서야 당현무는 꿈처럼 바라보던 미몽에서 깨어났다. 그리곤 주위를 둘러보았다.

자신의 주변에는 동생 당현우를 제외한 십수 명의 문도들이 다가오는 사내를 향해 공격할 태세를 보이고 있었다. 하지만 당현우를 포함한 그들 모두는 왠지 모를 두려움과 거리낌으로 굳은 모습들이었다. 흡사 범 앞의 늑대 무리들처럼.

당현무는 다시 사내를 보았다. 다가오는 사내의 발걸음은 거침이 없었다. 아무 거리낌도, 천하의 모두가 두려워하는 당문에 대한 저어함도, 그리고 남의 집 대문을 부수고 들어서는 불청객의 낯설은 어색함도 없이, 그저 쇠로 된 가면을 눌러쓴 얼굴처럼 표정이 없었다. 그러나 그 눈에서만은 불길이 쏟아져 나왔다.

지그시 어금니를 악문 당현무는 제 몸에 있는 모든 암기들을 차례로 머리 속에 떠올렸다. 그리고 요대에 매달린 가죽 주머니 속의 독분도 생각했다. 이젠 싸울 때였다. 저자가 무엇 때문에 자신의 가문을 찾아온 것인지는 모르지만, 눈앞의 상황은 말로 하지 않아도 될 만큼 명확했다.

어느새 쓰러진 철문의 끝을 밟고 정문을 넘어서는 사내를 보며 당현무는 소리쳤다.

"경종(警鐘)을 울려라!"

망루 위에 있던 당문도가 황급하게 손을 잡아당겼다. 그 손에 작은 종루(鐘樓)에 매달린 종두(鐘頭)가 당겨지고, 격하게 기울어졌다가 제속의 쇳덩이를 치는 종은 맑은 비명을 질러댔다.

댕. 댕. 댕. 댕.

종소리가 당문의 외원을 넘어 내원을 휩싸고 그 뒤의 산 정상을 감고 돌아 멀리멀리 흩어졌다.


세철은 앞을 막은 사내들을 보며 한 발 한 발 발걸음을 계속 옮겼다. 자신을 막아서는 자들은 젊은 자들이었다. 그중엔 소림사에서 본 적이 있는 젊은 사내가 둘이나 있었다. 그 둘 중의 한 사내가 자신을 보며 멈추라고 소리쳤다. 그리고 또 한 사내는 안쪽을 향해 도망치듯 사라졌다.

또 다른 사내가 보였다. 소림에서 본 적이 있는 자가 형님이라고 부르는 걸 보니 둘은 형제가 분명했다. 그리고 주변을 막은 다른 자들을 선도하는 걸로 봐서 저 두 명은 당문의 직계 가족이 분명했다. 그리고 그렇다면, 저들에게 물어볼 말이 있었다.

세철은 쓰러진 철문의 끝, 두터운 가장자리를 밟고 발걸음을 멈춰 세웠다. 그리고 정면으로 보이는 당현무와 당현우 형제를 보며 입을 열었다.

"너희가 잡아온 사람들은 어디 있나?"

세철의 굵은 목소리가 울려 퍼지자 당현우는 소름을 털 듯, 어깨를 부르르 떨었다. 그리고 그 옆의 당현무는 세철의 말이 무얼 의미하는지를 생각해 내고, 문득 자신들의 계획을 떠올렸다.

그렇다. 자신들은 저 사내가 찾아와 주기를 기다렸던 것이다. 아니, 실제로는 자신들이 찾는 소년이 철비철각호 저자라는 것을 오늘에서야 알았을 뿐, 정작 기다란 것은 소림의 기별이었다. 그런데 난데없이 저 자가 찾아온 것이다. 마치 짜여진 각본처럼. 하지만 그렇다고 해도, 저 자는 과연 자신들의 일을 어떻게 알고 찾아온 것일까? 그것도 이렇게 나 빨리…

당현무는 머리가 혼란스러웠다. 하지만 그런 혼란은 접어두고라도, 지금 눈앞의 저자는 무슨 일이 있어도 잡아야 하는 자신들의 목표인 것은 분명했다.

"너희가 강제로 잡아온 사람들이 어디 있냐고 물었다."

당현무의 생각을 끊으며 세철이 다시 물었다. 그렇게 물어오는 눈에서 쏟아지는 빛은 조금 전보다 더욱더 짙고 강렬해진 것 같았다.

당현무는 저도 모르게 뒤로 물려지려는 발길을 힘을 주어 붙잡고 입을 떼었다.

"그대가… 철비철각호인가?"

세철은 당현무의 물음에 대답없이 쳐다만 보았다. 그러자 그 옆의 당현우가 다시 물었다.

"그대가 여길……! 어떻게 온 것인가?"

당현무가 당현우를 돌아보았다. 왜 왔냐는 물음이 아니었다. 그건, 자신들의 납치 행각을 어찌 알고 왔냐는 물음이었다. 냉철하지 못한 말이었다. 그리고 그 물음을 받은 세철의 눈은 화악 하고 불길을 쏟아냈다.

“그들을… 어떻게 했나?”

세철의 기세는 한마디로 무서웠다. 그 기세에 저도 모르게 헛바람을 들이킨 당현우는 한 걸음을 주춤 물러섰다. 그 모양을 보며 세철은 다시 말했다.

“그들을 데려와라.”

세철의 음성은 낮고 살기가 가득했다. 하지만 문도들의 앞에서 추태를 보였다고 생각한 당현우는 붉어진 얼굴을 다시 들이대며 소리쳤다.

“감히! 여기가 어디라고 너 따위가 와서 큰소리를 치는 게냐? 우리 당문이 너같이 근본없는 자의 주먹질에 옷깃이라도 흔들릴 줄 아는 게냐? 천만의 말씀이다!”

당현우의 발악 같은 기세에 오히려 당황한 건 당현무였다. 하지만 제지할 틈도 없이 당현우는 다시 소리를 질렀다.

“네가 찾는 그놈들은 우리 문중에 있다! 네놈이 어찌 알았는지는 모르겠으나, 그들의 안전을 원한다면 고개를 조아리고 빌어라! 감히 어디서 협박을 하는 거냐? 칼자루를 쥐고 있는 게 누구인지 모르는 게냐?”

불을 뿜어내는 것 같던 세철의 눈이 점점, 차갑게 가라앉았다. 그 눈을 들어 세철은 당현우를 바라보았다. 하지만 그렇게 바라보는 눈길은 종전의 불길 같던 눈보다 더욱 사나워 보였다.

세철은 다시 한 번 굵고 낮은 음성으로 말했다. 마치 최후의 통첩처럼.

“다시 말하겠다. 이번이 마지막이다. 그들을 데려와라.”

붉었던 당현우의 얼굴이 일그러졌다. 그리고 제 형이 팔뚝을 잡는 것도 알지 못한 채, 버럭 소리를 질렀다.

"네놈이 정녕코 죽고 싶은 게로구나!"

소리친 당현우의 오른손은 제 허리춤의 사슴 가죽 주머니로 들어갔다. 하지만 그 손이 뽑혀 나오기도 전에, 검은 쇠 기둥이 그의 가슴으로 뻗어왔다.

스파잇!

세철의 발끝이 공간을 가르는 소리가 마찰 소리처럼 터져 나왔다.

밟고 있던 철문을 밀어내고 앞으로 터져 나오듯이 몸을 띄운 세철은 왼발을 허공에 둔 채로 몸을 돌리며 오른발을 뒤로부터 돌아 뻗어냈다. 그 발이 앞에서 소리치던 당현우의 가슴에 틀어박혔다.

퍼억!

"크엑!"

당현우의 몸이 바닥에 고인 빗물에 미끄러지며 뒤로 날아갔다.

촤아아아악!

그 모습이 마치 얼음 강물 위에 던져진 돌멩이 같았다. 그리고 그 광경을 보던 당현무가 소리쳤다.

"안 돼!"

하지만 그 음성은 너무 늦고 말았다.

당현우가 서 있던 자리를 차지하고 내려선 세철은 착지와 동시에 왼발을 옆으로 쭉 내뻗어 디디며 왼손을 허공에 쑤셔 넣듯이 뻗어냈다.

쉬잇!

그 손이 가는 자리엔 당현무가 서 있었다. 하지만 제 옆에 서 있던 동생 당현우가 공격당하던 그 순간, 외침과 동시에 당현무는 몸을 뒤로 날렸다. 그 몸짓은, 눈꺼풀이 움직이는 것처럼 무의식적이고 반사적인 행동이었다. 하지만 그럼에도 불구하고 그는 세철의 손을 피하지 못했다.

"컥!"

세철의 갈고리 같은 손에 목덜미를 붙잡혀 버린 당현무는 숨 막힌 소리를 냈다. 상황은 번개가 치는 것 같은 순간에 변해 버렸고, 그 광경을 손 놓고 쳐다보던 주변의 당문도들은 당황한 얼굴로 기함한 소리를 냈다.

"엇! 저, 저거!"

"소, 소가주!"

그리고 그때 붙잡혀 있는 당현무가 억눌린 소리를 쳤다.

"가……! 갈열주독을 써라!"

당현무의 목소리에 세철을 둘러싼 당문도들은 서로의 얼굴을 쳐다보았다. 그러나 그들의 망설임은 오래가지 않았고, 곧바른 대응으로 세철을 향해 손을 뿌렸다. 아무런 망설임이나 주저함도 없이 신속하게.

세철은 자신과 자신의 손에 잡힌 동료를 향해 독분을 뿌리는 당문도들을 보며 미간을 뒤틀었다. 그리곤 당현무를 잡은 손을 뿌리치며 그 손의 팔굽을 앞으로 밀어쳤다.

피잇.

퍽!

"컥!"

목울대를 팔꿈치로 강타당한 당현무의 몸이 뒤로 도약하듯 뜨며 넘어갔다. 그리고 그 순간에 세철은 당현무의 몸이 쓰러지는 쪽, 당문의 내원을 보며 몸을 날렸다.

꽝!

세철의 발끝이 바닥을 차는 소리가 통겨 나가는 공의 탄성 소리처럼 들렸다. 그렇게 나가는 세철의 얼굴로 알싸한 내음이 코끝에 맡아졌다. 그 순간 호흡을 막은 세철은 앞을 막아선 세 명의 당문도들에게 달려들었다.

막아선 자들의 눈에 당황이 스치는 것이 보였다. 그리고 그들의 손이 품속과 팔등, 제 몸속에 감춰졌던 다른 무기들을 찾는 것이 보였다. 하지만 세철은 너무 빨랐고, 그들이 자랑하는 당문의 암기를 쓰기에는 거리가 너무 좁았다.

세철의 손이 세 번의 주먹을 뻗어냈다. 시커먼 잔영만이 남는 보이지 않는 주먹을.

쉬파바방!

비명 소리도 없었다. 세 사람의 안면이 동시에 부서지며 허깨비처럼 그 자리에 쓰러졌다. 그 사이를 귀신처럼 스쳐 가며 세철은 내원으로 달려갔다. 하지만 그렇게 달리던 몸이 내원의 열린 철문으로 넘어가려는 순간, 빗살 같은 은빛의 선들이 세철의 몸통으로 날아들었다.

피이이이이이잉!

날카로운 공기의 파열음이 꼬리를 물고 들려왔다. 세철은 달리던 몸을 격하게 멈춰 세우며 두 발과 두 주먹을 동시에 앞으로 차올리고 뻗어냈다.

쉬파파파파파팡!

파카카카카카캉!

주먹과 발에 맞고 철비구와 각반에 부딪친 은빛 선들이 불꽃을 내며 튕겨 나갔다. 그러나 그렇게 차올리던 세철의 발이 땅을 밟는 그 찰나에, 사방으로 튕겨져 나갔던 은빛 암기들이 회오리처럼 곡선을 그리며 세철의 등으로 쏟아져 들어왔다.

피이이이이이잉!

세철은 등 쪽으로 쇄도하는 가공할 살기를 느끼며 이를 악물었다. 의표를 찔린 것이다. 튕겨져 나간 암기들이 다시 되돌아오리라곤 생각조차 못했던 일이었다. 하지만 그 일이 지금 벌어졌다. 그리고 대응을 하기엔 너무 늦은 감이 있었다.

'살을 준다!'

마음속으로 외치며 결정을 내린 세철은 왼발을 축으로 체중을 실으며 몸을 뒤틀었다. 그와 동시에 돌아가는 오른 어깨를 따라 오른팔을 머리 위로 들어 올렸다.

그 동작에 따라 몸은 뒤를 보는 형상이 되었고, 어느새 눈앞엔 은빛의 살인 암기들이 혀를 들이밀었다. 그것들을 아찔한 형상으로 보며 세철은 몸을 뒤트는 힘으로 들어 올렸던 오른팔을 수직으로 내리그었다. 손끝은 수도(手刀)를 만들어서.

부아아아앙!

손날이 도끼처럼 세철 몸 앞의 공간을 찍어내며 허물어뜨렸다. 그 속에서 요란한 소리들이 터져 나왔다.

파카카카카카캉! 퍼퍼퍼퍽!

불꽃을 내며 바닥에 튕겨져 나가는 것은 분명 은빛의 암기였다. 하지만 예리하고 둔중한 소리를 내는 것들은, 세철의 몸을 비집고 들어간 그것들이 내는 또 다른 소리였다.

미간을 일그러뜨린 세철은 반사적으로 몸을 돌려 세웠다. 돌아선 방향은 처음에 달려가던 내원 쪽이었다. 그렇게 돌아선 세철은 뒤쪽에 남은 당문도들은 신경도 쓰지 않는 듯 보였다. 그리고 그렇기로는 움직이지 않는 그들 역시도 마찬가지였다.

세철은 다시 내원의 문을 향해 걸음을 옮겼다. 그렇게 걸음을 떼며 그는 오른팔의 상박으로 왼손을 올렸다. 그 손이 닿은 팔뚝에는 날카로운 은빛 날이 튀어나와 있었다. 세철은 손가락에 잡힌 은빛의 금속 이물질을 잡아 뽑았다. 이물질이 뽑혀 나오자 그것이 박혀 있던 팔뚝에선 피가 튀어나왔다.

손에 잡힌 것은 손바닥의 반만한 작은 반달이었다. 그러나 그냥 반달이 아닌, 얇은 은빛의 몸통에 예리한 날을 가진 기문암기였다. 그리고 그런 것들이 오른팔에만이 아닌, 오른 다리의 허벅지와 옆구리, 종아리에까지도 박혀 있었다.

드디어 내원의 문을 넘어서며, 세철은 몸에 박힌 것들을 차례로 뽑아 던졌다.

챙그랑!

청석 바닥에 던져진 금속 조각들이 내는 소리가 날카롭고 경쾌하게 귀에 들렸다. 그러나 그 소리를 들을 여유도 없이 세철은 눈을 부릅떠야만 했다.

세철이 서 있는 곳부터 시선이 닿는 전각의 끝까지, 바닥은 온통 단단하고 반질거리는 청석으로 깔려 있었다. 좌우로는 내원의 담이 둥그런 원형으로 커다랗게 둘러 나갔고, 아무 조형물도 없는 내원에는 한 명의 장년인과 또 한 명의 늙은이, 그리고 소림에서 보았던 당무호와 당정이 자신을 향해 서 있었다. 세철의 눈은 그들이 서 있는 전각 계단의 바로 앞을 보았다.

그곳에 그가 보였다. 보고 있는 세철의 눈을 커다랗게 뜨게 만드는 사람. 결코 잊어선 안 되는 은혜를 베풀어준 사람. 혹독했던 시절 삶의 기반을 제공해 준 사람… 고건성이 철제 의자에 묶인 채로 세철을 바라보고 있었다.

세철을 바라보는 고건성은 입을 벌리려고 하는 것 같았다. 하지만 안타까이 떨리는 입술은 끝내 벌어지지 않았다. 그저 처연한 눈길로 바라만 보다가, 고개를 옆으로 돌려 바닥으로 시선을 돌렸다. 그리고 그곳엔 버려진 것처럼 아무렇게나 널브러진 두 사람의 신형이 보였다.

세철은 자신을 보는 고건성의 심정이 어떤지를 헤아릴 수 있을 것 같았다. 말로는 표현할 길도 없고 말조차 되어 나오지 않는 이 현실과 상황을. 그리고 그렇게 아무 말 없이 시선을 돌려 버린 그 마음까지도.

세철은 두 주먹을 움켜쥐었다. 그리고 다시 걸음을 떼었다. 그러나 그때, 자신을 보고 선 당문의 인물들 중 가장 늙은 자가 말을 걸어왔다.

"네놈이 철비철각호인가?"

세철은 옮기던 걸음을 멈추고 늙은이, 당부경을 바라보았다.

당부경은 다시 말했다.

"앞뒤 잴 줄 모르는 놈이란 얘기는 들었지만, 용기가 가상하구나. 우리 집안을 찾아오다니… 그것도 단신으로 말이야. 게다가 나의 반월회선비(半月回旋匕)를 받아내다니… 헛된 소문만인 놈은 아니로구나."

세철은 대응없이 그저 쳐다만 보았다. 하지만 그 눈길은 말하는 당부경을 지나, 그 옆의 당대영과 당무호, 그리고 당정의 얼굴을 차례로 훑어보았다. 마치 다시 확인하는 것처럼.

세철의 눈길을 받던 당대영이, 미간을 찌푸리는 당부경을 제치고 입을 열었다.

"두드리면 열릴 문을 부수고 들어오다니, 그대는 남의 집을 찾는 예의를 다시 배워야겠군."

세철은 여전히 반응없이 범 눈에 불만을 밝혀놓고 바라보았다. 그리고 그때, 세철의 등 뒤로부터 당문도들이 쏟아져 들어왔다.

그들은 세철이 서 있는 자리를 중심으로 계명전의 앞에까지, 통로를 만들 듯 두 줄로 길게 늘어서기 시작했다. 어느새 세철은 내원의 문 앞에서 계명전의 앞에 이르기까지 인의 통로에 들어선 모습이 되어 서 있었다. 그렇게 늘어선 자들의 수효가 물경 육십여 명에 이르렀다.

장내의 상황이 그렇게 진행되는 동안 장막을 만들던 당문도 중의 한 명이 당대영에게 다가섰다. 그는 세철을 내려다보고 있는 당대영에게 당현무, 현우 형제의 일을 고했다.

"두 분의 상세가 무겁습니다. 소가주는 경추가, 그리고 둘째 도련님은 가슴의 늑골이 모두 부서졌습니다."

말하는 자에게 시선도 돌리지 않고 듣고 있던 당대영의 얼굴이 순간 움찔, 턱을 떠는 것처럼 보였다. 그리고 낯색이 불그스름하게 점점 변해갔다.

그 얼굴로 당대영은 다시 입을 떼었다.

"게다가 네놈은… 남의 자식을 때리는 몹쓸 손버릇을 지녔구나……!"

말하는 당대영의 어조가 바뀌어 나왔다. 음성은 찐득거리는 점액질처럼 살기가 가득했다. 그리고 그 말을 듣는 세철은 처음으로 입을 열어 말했다.

"네 자식 놈들은 맞을 짓을 했다. 그리고 그건 너희들 역시도 마찬가지다."

"뭣이? 이, 이런 천둥벌거숭이 같은 놈이!"

당부경이 즉각 소리쳤다. 하지만 세철은 다시 말했다.

"왜 그런지는 너희들이 더 잘 알 거다."

세철의 거듭된 말에 당부경은 소리치며 몸을 움직였다.

"네! 이놈!"

하지만 그 순간 당대영이 팔을 잡아 세웠다.

분노한 얼굴의 당부경이 당대영을 돌아볼 때, 당대영은 다시 처음의 안색으로 입을 열었다.

"놀랍게도 네놈이 올 줄은 몰랐다만, 어찌 말해도 이젠 우리의 의중을 알고 있겠구나. 그렇다면 이야기가 쉬워질 수 있지……."

세철은 다시 대꾸없이 당대영의 얼굴만 바라보았다. 그 얼굴을 보며 당대영은 잔인한 미소를 입에 머금으며 다시 말했다.

"네놈이 남이 모르는 비밀을 가지고 있다면, 여기 이 버러지들의 목숨을 대가로 그걸 바치고 구걸을 해라."

세철의 눈이 위험한 빛으로 다시 출렁거렸다. 하지만 당대영은 계속 이야기했다.

"네놈의 비밀을 바치는 대신, 이자들의 목숨은 살려주마. 하지만 그렇게 하지 않는다면… 이놈들의 목숨은 물론이고, 네놈에게도 지옥을 겪게 해주마. 죽지도 살지도 못하는 지옥을 말이다……!"

당대영의 눈에서는 세철의 눈에서와 같은 불꽃이 일렁거렸다. 그리고 그렇게 말하는 그의 말은, 추호의 과장도 없어 보였다.

세철은 마주 보던 당대영의 시선에서, 다시 자신을 바라보는 고건성의 눈을 응시하였다. 그 눈이 슬픈 빛으로 가득 물들며 천천히, 고개를 가로저었다. 그리고 끝내, 참았던 한마디를 뱉어냈다.

"미안하구나……."

세철은 심장이 뜨겁게 맥동질하는 걸 느꼈다.

고건성은 또 한마디를 말했다.

"그리고 가능하다면… 연호만은 부탁한다."

세철의 머리 속에 열살박이 소장주의 해맑은 얼굴이 떠올랐다. 언제나 장난스러운 웃음을 입에 짓고 송화장 무사들의 무릎에서 무릎으로 옮겨 다니며 귀여움을 독차지하던 아이… 그러나 그 순간, 세철은 회상을 끊어야만 했다. 분근각골좌에 앉혀져 있던 고건성이 커다란 소리로 부르짖은 때문이었다.

"이 개잡종 놈들아! 결코 네놈들의 손에 죽지는 않을 것이다!"

소리친 고건성은 앉은자리에서 몸을 뒤틀었다. 그러자 고건성의 팔다리를 제압한 철제 의자가 뒤뚱, 뒤로 기울어졌다. 그리곤 고건성의 몸과 함께 넘어갔다. 그 순간 누구도 앞일을 예측하지 못했다. 그러나 그렇게 넘어가는 고건성의 뒷머리가 닿는 그 끝에는, 각이 진 청석 계단의 제일 하단부가 날카롭게 윤을 내고 있었다.

퍽.

"헛! 저, 저놈이!"

둔탁한 소리 뒤에 당부경이 제일 먼저 몸을 날렸다. 하지만 하늘을 보고 누운 고건성의 뒷머리에서는 홍건한 피가 막을 수 없게 흘러내렸다. 그 멱살을 당부경이 잡아당겼다.

"이놈! 누가 네 맘대로……!"

그때, 고건성의 떨리는 목소리가 새어 나왔다.

"날……."

당부경은 부릅뜬 눈으로 고건성을 내려다보았다.

고건성의 마지막 말이 흘러나왔다.

"용서… 해라……."

고건성의 눈은 하늘을 보며 눈꺼풀을 떨었다. 그러다 그 움직임이 점점 잦아들며, 끝내는 떨림을 멈추었다. 그리고 그때 바닥에서 또 다른 소리가 들렸다.

"숙부……!"

죽어가는 음성은 바닥에 버려져 있던 고연호였다. 힘겹게 들리는 그 소리에 고개를 옆으로 돌아보며 당부경은 일그러진 미간으로 소리쳤다.

"이런 재수없는 놈 같으니라고!"

그리고 잡았던 고건성의 멱을 던져 버렸다.

픽!

다시 한 번 계단에 부딪친 고건성의 머리가 소리를 내며 피가 튀어 올랐다.

그리고 그 순간, 당부경의 등 뒤로부터 짐승의 울부짖음이 들려왔다.

"우와아아아아아아!"

돌아선 당부경의 눈엔 미친 범의 폭풍 같은 도약이 선명하게 보였다.

## 당문지변(唐門之變) 2

황보숙정은 무너진 당문의 철문을 보며 절망의 탄성을 내뱉었다.

"아……!"

숨찬 가슴을 달랠 여유도 없었다. 비가 그치는 하늘을 보며 전력으로 달려왔건만, 당문으로 이르는 암석대로를 달리며 들은 세 번의 굉음 소리는 그녀의 심장을 조여왔다. 그리고 그토록 아무 일이 없기를 바라고 또 기원했건만, 저만치 앞으로 보이는 당문의 정경은 그녀의 기대를 저버린 것이었다.

황보숙정은 쓰러진 당문의 정문 안으로 뛰어드는 정곽과 그 일행을 보며 소리쳤다.

"기다려요!"

하지만 그들 역시도 그녀의 기대를 저버리고 문을 넘어 달려들어 갔다.

정곽이 선두로 쓰러진 철문을 넘어서자마자 정문 옆으로 높이 솟은 석축의 망루 위에서 외침이 들렸다.

"침입자다!"

망루 위의 문도는 무엇을 보고 있었던 건지, 정곽 등이 문을 넘어 선 그제야 경고를 울린 것이다.

정곽은 달리던 그대로 빠르게 주위를 둘러보았다. 정문의 주변에는 아무도 없었다. 예상대로 세철이 부순 것이 분명한 철문만이 흔적을 보일 뿐, 그가 지나간 자리로 모두가 몰려간 것이 틀림없었다. 하지만 저 앞에는 남아 있는 자들의 뒷모습이 보였다.

피잉!

정곽은 유엽도를 소리나게 빼 들며 더욱 힘차게 달려나갔다. 그 뒤로는 얼굴을 무섭게 굳힌 언두수가 바짝 뒤따랐고, 또 그 뒤로는 각기 삼 척중검과 삼절곤을 손에 빼 든 하남과 부춘호가 질풍처럼 내달렸다.

달리던 정곽의 앞에서, 저만치 앞쪽의 내원으로 통하는 출구를 둘러 쌌던 십여 명의 당문도들이 황급하게 돌아서는 것이 보였다. 그리고 그들이 소리쳤다.

"서라!"

"웬 놈들이냐?"

정곽은 계속 달려갔다. 그런 일행을 보며 당문도들도 마주 달려왔다. 반원형으로 넓게 퍼지며. 그리고 그들의 손에서 갖가지 모양과 빛깔의 암기들이 쏟아져 나왔다.

쉬쉬쉬쉬쉬쉬쉬식!

정곽은 눈을 번쩍 빛내며 소리쳤다.

"흩어져!"

정곽의 외침에 맞춘 것처럼 뒤의 세 사람이 사방으로 터지듯 흩어졌다. 그리고 소리친 정곽은 달리던 그대로 앞을 향해 몸을 날렸다. 마치 물속으로 자맥질하러 뛰어드는 사람처럼.

머리부터 날린 몸은 지면 위로 낮게 뜨며 앞으로 날아갔다. 그렇게 날아가는 정곽의 손에서 유엽도가 횡으로 빛을 그었다.

피이이잇!

"크아아악!"

"으아악!"

"으허억!"

앞을 막았던 세 놈의 정강이가 동시에 잘려 나갔다. 그리고 그 순간 왼손으로 땅을 짚은 정곽은 퉁겨지듯 떠오르며 공중제비를 넘었다. 그렇게 도는 몸에서 또다시 칼날이 튀어나왔다.

피, 피잉!

돌아가며 나온 두 번의 칼질에 또 한 놈의 양팔이 잘라졌다.

"아악!"

그리고 그때 정곽은 땅을 밟고 내려섰다.

뒤에서 달리던 언두수는 정곽의 말을 듣자마자 왼발을 땅에 찍어 차며 오른쪽 사선으로 튀어 나갔다. 그리고 그곳에서 암기를 던지는 놈의 가슴에 오른 어깨를 들이박았다.

"커억!"

놈은 충격을 이기지 못하고 뒤로 처박혔다. 그리고 그 순간 옆에 있는 놈을 향해 빙글 돌아 다가서며 왼 팔굽을 놈의 인중에 쑤셔 박았다.

빽!

"큭!"

놈의 머리가 틀어지며 그 자리에 주저앉았다.

같은 순간 하남은 언두수의 반대 방향인 왼쪽으로 몸을 틀어 나갔다. 하지만 그 순간 검은빛의 쇄혼전들이 상반신으로 날아들었다.

하남은 앞서 나가던 왼다리를 땅에 대지 않고 주욱 뻗었다. 그 모양 그대로 기다란 일자로 양다리를 벌리며 주저앉은 그는, 상체를 최대한 숙이며 검을 내질렀다.

쉬엑!

푸욱!

"크억!"

암기를 던져 낸 놈의 하복부 정중앙에 하남의 기다란 중검이 쑤셔 박혔다.

눈을 치켜뜬 놈의 얼굴을 볼 사이도 없이, 검을 뽑은 하남은 상체를 뒤로 눕혀 일자로 주저앉은 뒷다리를 끌어당겨 풍차처럼 돌렸다. 그 다리를 따라 앞다리가 같이 돌고, 회오리처럼 도는 두 다리는 거꾸로 솟구쳐 올랐다. 그리고 그 끝에서는 또 한 놈의 아래턱이 부서져 나갔다.

버걱!

"쿠억!"

하남의 옆에서 달리던 부춘호는 언두수가 흩어진 방향의 뒤쪽으로 몸을 날렸다. 삼절곤을 손에 쥔 그는 방향을 바꿈과 동시에 가슴 앞에서 십자로 휘둘렀다. 그 안에서 투골정들이 튕겨져 나갔다.

타타타탕!

소리가 끝나기도 전에 부춘호는 삼절곤을 휘두르던 모양 그대로 앞으로 쇄도했다. 그리고 뒷목을 돌아 나오는 삼절곤의 끝을 잡고 앞으로 휘어 돌렸다.

휘잉!

세 개의 분절된 몸통이 연편처럼 휘어진 잔영을 보이며 한 놈의 관자놀이를 후려쳤다.

뻐억!

“크억!”

움푹 들어가는 놈의 옆머리가 시야에서 사라지기도 전에 부춘호는 그 탄력 그대로 반대로 돌았다.

휘이잉!

그렇게 커다랗고 쾌속한 원으로 돌아간 삼절곤의 끝이, 독분과 암기를 뿌려내려던 다른 놈의 벌린 입에 재갈처럼 때려 박혔다.

버걱!

“컥……!”

함몰된 입에 옆으로 막대기를 문 형상인 놈은 이상스런 신음을 내며 쓰러졌다.

그렇게 쓰러진 놈을 끝으로, 더 이상 정문에서 내원에 이르는 길엔 서 있는 자가 없었다. 그렇게 만든 당사자들을 제외하곤.

정곽은 일행들의 면면을 살펴보곤 다시 내원의 출구를 향해 몸을 돌렸다. 하지만 그 순간 그는 들을 수 있었다. 커다랗게 포효하는 범의 울음소리 같은 세철의 고함 소리를.

눈썹을 뒤튼 정곽은 유엽도를 움켜쥐며 내원을 향해 몸을 날렸다. 그리고 그건 같은 얼굴과 표정의 세 남자도 마찬가지였다. 또한 뒤늦게 문을 넘어서는 황보숙정까지도.

내원의 문을 넘어선 정곽의 눈에 보이는 것은 달리는 세철의 뒷등이었다. 그리고 그 앞쪽에서 당가주 당대영이 소리치는 것이 보였다.

"초혼지독(招魂之毒)을 펼쳐라!"

당가주의 명령이 떨어지자 길게 늘어섰던 양편의 당문도들이 검은 구체를 집어 던졌다. 작은 사과만한 그것들은, 달리는 세철의 발 앞에서 검게 터졌다.

팡! 파파파팡!

검은 연기가 세철의 시야를 가리고 솟아올랐다. 하지만 그 사이를 뚫고 나가는 세철은 숨을 막으며 계속 달렸다. 그러나 그렇게 달리는 세철의 앞에서 그것들은 계속 터져 올랐다.

파파파파팡!

세철은 전각 계단과의 거리를 가늠하며 발끝을 차올렸다. 그렇게 도약하는 그의 등 뒤에서 정곽의 목소리가 터져 나왔다. 그리고 황보숙정의 새된 고함 소리도.

"물러서!"

"안 돼요!"

하지만 세철은 물러설 수 없었다. 그의 눈 속에는, 좀 전에 보았던 고건성의 비참한 모습이 너무도 선명하게 보이고 있기 때문이었다. 더불어 검은 연기 사이로 날아드는 수많은 암기들까지도.

피피피피피피잇!

세철은 허공에 도약한 그 상태에서 왼 어깨를 쳐내듯이 앞으로 내돌렸다. 곧바로 상체가 뒤틀리며 몸통이 옆으로 돌아갔다. 그리고 그렇게 몸을 회전시키며 손과 발을 사방에 휘두르듯 내질렀다.

파파파파파파팡!

손과 발끝에 부서지는 허공의 비명 소리가 요란했다. 그 속에서 작은 금속 조각들이 사방으로 튕겨 나갔다. 하지만 그 사이를 뚫어 세철의 몸을 비집고 틀어박히는 것들의 이빨은 날카롭고 비정하였다. 뜨끔한 그 느낌들을 무시하며 세철은 계속해서 사방을 때려 휘둘렀다.

쉬파파파파파파팡!

안개가 출렁거렸다. 그 검은 안개 속에 내리는 비처럼 쏟아져 들어오던 암기들을 쳐내며 세철은 땅을 밟았다. 그리고 땅을 밟자마자 다시 앞을 향해 내달렸다. 하지만 그 순간 세철의 앞에 도깨비처럼 불쑥 인영이 솟아 나왔다. 눈썹이 보일 듯한 그 거리에서 인영은 세철을 향해 손바닥을 내밀었다.

당부경이었다. 세철은 늙은 그 얼굴이 보였다. 입가가 비틀린 것이 웃는 것처럼 보였다. 그 얼굴을 하고 당부경은 검푸른 손바닥을 세철의 가슴 안으로 쑤셔 박았다.

거리가 너무 가까웠다. 그렇게 전광처럼 두 팔 사이로 들어오는 당부경의 손바닥을 세철은 왼 팔굽으로 돌려 쳤다. 그리고 굽혀 있던 오른팔을 뻗어 정권을 내질렀다. 당부경의 얼굴 중앙으로. 하지만 그 순간 당부경의 다른 한 손이 동시에 뻗어 나왔다. 그리고 세철의 주먹과 맞부딪쳤다.

팡!

충돌의 순간 일그러지는 당부경의 얼굴이 선명하게 보였다. 그러나 연막 속의 기습과 달리 당부경의 몸은 뒤로 밀렸다. 마치 세철이 때려 밀어주길 바란 것처럼. 그 순간 세철은 뭔가가 잘못되었음을 직감했다. 그리고 그건 바로 느껴졌다. 등 뒤에서.

시엑!

예리하고 날카로운 느낌이 소리보다 먼저 등을 엄습했다. 그것은 당부경의 손과 세철의 주먹이 부딪치던 그 순간이었으며, 일그러진 표정 속에 득의의 빛을 보인 당부경이 밀려나던 그 찰나였다.

세철은 위기를 직감했다. 그리고 뒤도 돌아보지 않고 오른손 권배를 휘돌려 쳤다.

부아아!

하지만 그런 동물적인 대응에도 불구하고 오른쪽 어깻죽지 아래를 파고드는 섬뜩한 느낌이 몸에 전해졌다.

푸욱!

그리고 그와 동시에 오른손 권배가 타격점에 작렬했다.

퍼억!

“억!”

물러서는 상대가 보였다.

오른팔을 덜렁거리며 뒷걸음질하는 상대는 당무호였다. 고통스런 그 얼굴은 세철을 보며 이를 악문 모습이었다. 하지만 그 눈동자는 당부경처럼 득의에 찬 빛이 역력했다.

세철은 다시 검은 연막 뒤로 물러서는 당무호를 향해 몸을 날렸다. 하지만 세철은 한 걸음을 옮기기도 전에 급한 숨을 들이마셔야만 했다.

“허억!”

한 발을 옮긴 세철은 무릎을 휘청거렸다. 입과 코로 검은 연막이 숨과 함께 들어왔다. 곧바로 매캐하고 알싸한 느낌이 인후 속으로 전해졌다. 거북하고 역겨운 감각이었다. 하지만 그보다 더 참을 수 없는 느낌은, 당무호가 찌르고 간 등 뒤의 비수가 전해주는 고통이었다.

불길이 타오르는 것만 같았다. 화르르 하고 등으로부터 뱃속의 내부를 향해 불길을 퍼붓는 것만 같은 고통이었다. 그리고 그 불길들이 찔린 등으로부터 시작해 온몸의 구석구석까지 태워 올리는 느낌이었다.

대관절 이 상황이 무엇인지 세철은 가늠이 되질 않았다. 처음의 감각으론 그저 비수에 찔린 것이라 생각했었는데, 지금의 이 고통은 상상조차 하기 힘든 극악한 것이었다. 하지만 도대체 무엇 때문에…

'당문!'

세철은 드디어 해답을 떠올렸다. 이들은 당문인 것이다. 독과 함께 살며 독을 무기로 쓰는 무리들. 그들이 바로 당문이란 가문인 것이다. 그리고 그런 가문을 아무런 준비 없이 상대하려 한 자신은, 안이했던 것이다.

독에 대한 개념조차 없었다. 그저 처음의 생각은, 상대가 독을 쓰기 전에 때려눕히면 될 것이라 생각했었다. 누군가 들었다면 어이없고 유치한 생각이라 혀를 찼을 것이다. 결국은, 분노한 가슴이 냉철한 이성을 흐려 버린 것이다.

돌이킬 수 없는 실수가 분명했다. 지금의 이 뜨겁게 타오르는 고통보다도, 자꾸만 굳어져 가는 것 같은 손과 발의 움직임이 더욱더 큰 문제였다. 더구나 주위의 사방에는 자신을 노리는 적들이 가득했다.

세철은 불길 같은 고통 속에 흐려지는 정신을 붙잡으려 입술을 깨물었다. 혀끝에 비릿한 핏물이 새어들었다. 곧바로 고통의 원인을 주는 비수를 향해 왼손을 등 뒤로 갖다 댔다. 손가락 끝에 비수의 손잡이가 만져졌다. 그리고 그걸 검지와 중지로 잡아 힘을 주어 뽑았다.

텅.

비수가 바닥에 떨어졌다. 하지만 세철이 잡아 뽑아서 떨어진 것이 아니었다.

세철은 청석 바닥에 소리 내며 저절로 떨어진 비수를 보았다. 손가락보다 조금 긴 비수의 손잡이가 보였다. 하지만 떨어진 비수는, 날[刀]이 없었다. 그리고 그걸 보는 세철의 등 뒤쪽에서 커다란 목소리가 울려 퍼졌다.

"명부화(冥府火)를 밝혀라!"

아직도 세철의 주위엔 검은 연막이 가득했다. 그러나 당대영의 것이 분명한 목소리 뒤에, 부연 불길들이 사방에서 밝혀졌다.

세철은 자꾸만 흐려지는 눈으로 사방을 둘러보았다. 눈에 보이는 것은 검은 연막과 그 뒤에서 타오르는 듯한 불길의 잔영이 전부였다. 하지만 그 불길이 점점 짙어지고 선명해져 갔다. 그것은 마치 불길이 연막들을 태워 없애는 것만 같았다. 그리고 그렇게 막막하던 연무가 사라져 가고 주위가 점점 분간이 될 무렵, 처음에 보았던 전각의 계단 위라고 생각되는 곳에서 한 인영이 소리쳤다.

"철비철각호! 네놈의 무도한 기세도 오늘 이 자리로 끝이다!"

종전의 외침 소리와 같은 목소리, 당대영이었다.

"무림이 정한 칠대금용암기를 두 가지나 썼으니, 네놈의 몸은 이제 불붙은 지푸라기나 마찬가지다!"

세철은 당대영을 바라다보았다. 하지만 어느새 밝아진 주변과 달리, 바라보는 당대영의 얼굴이 흐릿하게 보였다. 그런 세철을 향해 당대영은 또 소리쳐 말했다.

"한편 생각하면 과분한 일이지! 너 같은 놈에게 그것들을 사용하다니 말이야! 지금쯤 네놈의 몸속에선 불길이 달아오르는 듯한 고통이 일고 있을 것이다! 그리고 몸뚱이는 점점 무거워지고 굳어가는 것만 같겠지! 또한 눈앞은 흐릿하고 정신은 자꾸만 가물거리며 흩어지겠지! 왜 그런 줄 아느냐?"

세철은 가물거리는 눈으로 당대영만 바라보았다. 당대영은 득의한 미소를 그리며 다시 말했다.

"네놈의 등짝에 박힌 비수……! 그것은 석정비(石精匕)다! 또한 네놈의 전신을 감싸고 숨결로 파고든 검은 연무! 그것의 이름이 초혼지독이지……!"

당대영은 사악하게 소리없는 웃음을 웃었다. 그리고 그 옆에서는 당부경과 당정, 그리고 오른팔을 거머쥐고 인상 쓰던 당무호까지도 함께 웃었다. 하지만 세철은 당대영의 말이 무얼 의미하는지 몰랐다. 그리고 그때 한 여인이 발악처럼 외쳤다.

"안 돼요!"

모두의 시선이 돌아갔다. 당대영을 보던 세철까지도.

소리친 여인은 황보숙정이었다. 그녀는 정곽과 언두수와 하남, 그리고 부춘호와 같이 내원의 문 앞에 서 있었다. 그리고 그들의 앞을 살기충천한 당문도들이 막아선 형국이었다. 일촉즉발의 상황이었다.

소리친 그녀의 얼굴은 다급하고 홍분된 사색이었다. 곱던 안면은 온통 눈물로 범벅이었고, 모아 쥔 두 손은 검조차 떨어뜨린 모습이었다. 그렇게 경황없는 모양으로 그녀는 또 애절하고 격하게 말했다.

"당가주 어르신! 그러지 마십시오! 제발! 부탁입니다!"

밑도 끝도 없는 황보숙정의 말에, 갑자기 모습을 보인 그녀의 출현만큼이나 의아한 얼굴로 쳐다보던 당대영이 말을 건넸다.

"너는? …황보가의 여식이 아니더냐? 네가, 대관절 여기에는 웬일이냐?"

놀라기는 황보숙정의 안타까운 얼굴을 보는 당무호와 당정도 마찬가지였다.

“아니? 저 아이가……?”

당무호의 놀라는 얼굴을 보며 황보숙정은 다시 급하게 입을 벌렸다.

“전후의 사정을 밝혀……! 아니, 제발! 부디 저 사람을 선처해 주십시오! 정녕코 부탁드리옵니다!”

황보숙정은 그 자리에 무릎을 꿇었다. 그리고 두 손을 마주 모아 조아렸다.

두서도 없고 경황도 없는 말과 행동이지만, 황보숙정의 진정이 묻어나오는 그 모습을 보며 당대영은 사정을 짐작하였다. 그리고 낮게 침음성을 뱉었다.

“음…….”

당무호는 거듭 놀라워했다.

“허어, 이것 참! 아니, 대관절 저 아이가 저놈과 무슨 관계이길래……?”

하지만 당대영은 결론을 내렸다.

“네가 이곳에 어찌 된 연유로 왔든, 이제 본 가에 침입한 모든 자들은 그 대가를 치를 것이다! 그것도 아주 혹독하게!”

당대영의 말을 듣던 정곽의 눈이 빛났다. 하지만 그는 움직이지 않고 있는 세철을 다시 보며 무거운 숨을 내쉬었다.

당대영이 말한 석정비와 초혼지독. 그건 그의 말대로 무림이 정한 칠대금용암기 중의 두 가지였다. 그중의 석정비는 이름 그대로 돌의 정화를 비수로 갈아 만든 것이었다. 재질이 무엇인지는 당문의 사람들 이외에 아무도 알지 못했다. 하지만 그 효용이 너무도 끔찍했다.

날 자체가 돌인 그 비수는 사람의 체내에 박히면 날이 녹아내렸다. 그리고 그것들이 체내에 퍼지면서 독과 같은 중독 증상을 일으켰다.

그 증상은 상처로부터 시작하는 불같은 열기와 더불어 신경과 근육을 굳어지게 만든다. 그것이 발전하여 뼈까지도 굳어지면, 결국은 돌처럼 굳은 몸으로 최후를 맞이하게 되는 것이다. 하지만 그렇게 죽는 순간 까지도 피는 돌아 생명이 유지된다. 결국은, 마지막 그 시간까지 고통을 느끼면서 죽어가게 되는 것이다. 그것이 석정비였다.

또 한 가지 초혼지독. 독은 독이되 독이 아닌 독. 그러나 세상에 나온 그 어떤 독보다도 더 무서운 독 중의 독. 그것이 초혼지독이었다. 중독 증상은 단 한 가지. 바로 죽은 자들의 얼굴을 보는 것이었다. 온몸을 뒤덮던 검은 연무가 사라지고 나면, 초혼지독에 노출된 자는 환상을 보게 된다. 그 환상이 어떤 형상으로 나타나는지는 이제껏 살아남은 자가 없어 아무도 알지 못하지만, 다만 한 가지, 죽기 전에 공포와 허상 속에서 울부짖던 자들이 부르는 사람의 이름들은 모두가 이전에 죽은 자들이었다. 그렇게 죽은 자들에게 이끌려 원기가 다할 때까지 울부짖고 울고, 기뻐하고 슬퍼하다가 죽어가는 것이다. 그리고 그런 일들이 어떻게 이루어지는지는, 역시 아무도 알지 못했다.

정곽은 휘청거리는 게 분명한 세철의 뒷모습을 보면서 칼 쥔 손을 꽈악, 힘주어 잡았다. 이제 잠시 후면 세철의 몸에서도 같은 증상이 나타날 것이다. 그도 역시 사람이기에, 철비철각호란 이름으로 천하무림을 경동시켰지만 피할 수 없는 일인 것이다. 그리고 그때가 되면, 모든 게 끝장이었다.

만시지탄이 한숨처럼 흘러나왔다. 진작에 알아차리고 막아야만 했던 일이었다. 쇠처럼 말은 안 할 뿐이지만, 세철의 속마음이 일행들의 안전에 가 있다는 것을 정곽은 잘 알고 있었다. 그런 그가 홀로 움직이리란 것을 알아차리지 못한 자신의 무딘 신경이 책망스러웠다. 하지만

일은 이미 벌어졌다. 그리고 이젠 마음의 결정을 내려야만 하는 때가 온 것이다

정곽은 당대영과 당무호, 그리고 당부경의 얼굴을 바라보며 천천히 칼을 고쳐 잡았다. 그리고 호흡을 가다듬으며 뛰어나갈 순간을 위해 마음속으로 숫자를 세었다.

'하나, 둘, 세……'

그러나 그 순간, 휘청대던 세철이 한 걸음을 털썩 옮겨놓으며 말을 토했다.

"자랑은… 이제 다… 한 거냐?"

세철의 음성에 당대영의 눈이 다시 빛을 뿜었다. 그리고 눈길처럼 뜨거운 음성을 토해냈다.

"네놈이……! 그래, 네놈이 아직까진 견딜 만한가 보구나. 하지만 그런 호기도 잠시 후에는 소용이 없다는 걸 느끼게 될 것이다. 그리고 아주 반가운 얼굴들을 만나게 될 것이다. 뼈에 사무치도록 말이 다……!"

세철은 점점 몽롱하게 변해가는 눈앞의 시선을 붙잡으며 한 걸음을 더 떼었다. 하지만 그 순간 불길처럼 타오르는 고통을 주던 온몸의 열기가 후욱 하고 머리끝으로 솟구쳤다. 세철은 저도 모르게 격한 숨을 내뱉었다.

"허억!"

벌어진 입으로 나가는 숨결은 불길이 쏟아져 나가는 것 같았다. 몸통은 불 구덩이에 파묻힌 것처럼 훨훨 타오르는 것만 같았다. 눈앞에 보이는 당대영의 얼굴과 당무호, 그리고 늙은이와 젊은 당정, 그 뒤로 보이는 당문의 전각까지도 활활 타오르는 불길에 휩싸인 것만 같았다.

보이는 모든 것이, 아니, 천지사방이 온통 날름대는 불길의 천지로 보였다.

세철은 눈을 껌뻑이며 머리를 흔들었다. 온몸이 물결에 흔들리는 수초처럼 이리저리 휘청거렸다. 쓰러지지 않기 위해서 발끝을 옮겨가며 땅을 짚었다. 그렇게 흔들거리는 눈앞에는 온통 시뻘건 불길만이 보이는 것의 전부였다. 그리고 그 불길들은 세철의 몸을 감싸고 타고 오르며 먹어대기 시작했다.

양다리의 정강이에 붙은 불이 짚을 태우는 불길처럼 널름거리며 허벅지로 타고 올랐다. 발끝은 이미 보이지 않았고, 허리를 집어먹기 위해 오르는 불꽃들의 요악한 몸짓만이 계속해서 몸을 태웠다. 그리고 냄새도 났다. 살을 태우는 냄새가.

환상이었다. 이건 허상이 분명했다. 부상으로 균형이 깨진 신체를 파고들어 온 중독 증상이 분명했다. 하지만 이 고통은, 머리끝부터 발끝까지 가루를 내는 것처럼 태워 올리는 이 끔찍한 고통은, 정말로 참기 어려웠다.

세철은 지옥 같은 열기 속에 타 들어가는 정신을 깨워내며 다시 한 번 이를 악물었다. 그리고 두 주먹을 들어 올렸다. 하지만 가슴 앞에 들어 올린 두 주먹도 화르르르 불길에 휩싸였다.

'이건 환상이야!'

움켜쥔 주먹에서 오르는 불길을 보며 세철은 진저리처럼 고개를 흔들었다. 하지만 그때, 누군가가 세철의 이름을 불렀다. 어디선가 들어 본 듯한 귀에 익은 목소리로.

―장세철.

세철은 고통 속에 일그러뜨렸던 눈꺼풀을 다시 들어 올렸다.

눈앞에 한 사람의 영상이 그림자처럼 보였다. 그 그림자가 불길을 헤치며 세철에게로 다가왔다. 그리고 점점 짙어지며 형체를 만들어갔다.

뚜렷한 한 사람의 형상으로 다가온 자는 늑대 같은 인상의 중년 사내였다. 손에는 기다란 장도를 들었고, 피에 절어 일그러진 얼굴에는 핏빛 눈동자만이 번득였다. 그렇게 다가오는 사내를 세철은 알아보았다.

'신풍도 조철련……!'

죽은 자였다. 그것도 세철 자신의 손에. 하지만 그자가 눈앞에 나타났다. 손에는 많은 사람을 베어 죽인 그 장도를 들고서. 그렇게 한 발 한 발 다가선 조철련은 세철을 마주 보고서 멈추었다. 그리곤 귀신처럼 일그러진 얼굴로 입을 열어 말했다.

─철비철각호! 너를 기다렸다! 너를 끌고 지옥으로 함께 가기 위해서 말이다!

웅웅거리는 조철련의 목소리가 귀청을 터뜨릴 것처럼 천둥같이 들려왔다. 그 음성에 세철은 타오르는 두 손으로 귀를 틀어막았다. 하지만 그 순간, 조철련이 장도를 들어 올렸다. 그리곤 세철을 향해 내려쳤다.

쉬이이잉.

쓰걱.

"어헉!"

세철은 고통에 찬 비명을 질렀다.

조철련이 내려친 칼은 반사적으로 뻗은 세철의 손을 지나, 왼 어깨를 가르고 박혀 가슴의 상단부까지 내리박혔다. 그 손잡이와 기다란 날이 세철의 가슴 앞쪽에서 흔들거렸다. 그리고 칼의 손잡이를 놓아버린 조철련은 뒤로 물러서며 사악하게 웃음 지었다.

—키헤헤헤헤헤헤!

조철련의 끔찍한 모습과 흔들거리는 칼날을 보던 세철은 휘청, 크게 몸을 흔들었다. 그리고 이를 악물며 버티려고 애쓰다가, 결국은 두 무릎을 털썩, 땅에 꿇고 말았다.

상상하기 힘든 고통이 어깨로 파고들었다. 이것은 온몸을 태워 올리는 불길의 고통과는 또 다른 고통이었다. 그 고통을 막으려 세철은 어깨로 내리박힌 장도를 붙잡았다. 하지만 잡은 손으로부터 옮겨 붙은 불은 칼날을 타고 오르며 상반신을 휘감았다. 그러나 고통은 그게 끝이 아니었다.

—네 이놈! 장세철!

또 다른 목소리가 들렸다. 그리고 거듭해서 또 다른 목소리들도.

—크하하하하! 철비철각호 이놈!

—우헤헤헤헤! 드디어 다시 만났구나, 이 애송이 놈!

—장… 세… 철……!

세철은 꺾어졌던 고개를 힘겹게 들어 올렸다. 그리고 자신을 부르며 다가서는 다른 자들의 면면을 보았다.

미안검 송요주, 비편비도 방왜, 일로무극도 위진경이었다. 모두가 역시 이전에 죽어버린 자들이었다. 그들은 신풍도 조철련처럼 불길을 가르고 다가와서는 세철의 앞을 둘러싸고 서서 내려다보았다. 그 눈들이 모두 시뻘건 불길처럼 핏빛이었고, 손에는 살아생전의 애병들이 불을 머금은 채 번쩍거렸다.

사악한 광기가 가득한 눈빛으로 내려다보던 미안검 송요주가 입을 벌렸다. 그 입에는 말과 함께 시뻘건 피가 흘러 제 가슴을 적셔 내렸다.

—철비철각호, 네놈에게서 받은 빚을 이제 되돌려줄 때가 되었구나. 우리 모두가 이 순간을 기다렸다……!

—그래! 우린 정말로 많이 기다렸어!

비편비도 방왜가 곱사등을 더욱 흔들면서 끔찍한 눈길을 뿜어냈다. 그리고 일로무극도 위진경이 서리 같은 음성을 조용히 뱉어냈다.

—철비철각호… 내 몸을 보아라… 너무 아프다…….

문풍지를 통과하는 겨울의 새벽 바람 같은 위진경의 목소리에 세철은 처참하게 일그러진 시선을 돌려보았다. 그리고 똑똑히 보았다. 위진경의 몸이 자신의 손발에 맞아서 죽던 그 당시의 모양으로 변하는 것을.

위진경의 안면이 서서히 뭉그러지듯 안쪽으로 함몰되어 갔다. 팔다리에선 툭툭거리는 소리가 나며 이리저리 꺾어졌다. 가슴에서는 뿌직대는 소리가 나오며 갈비뼈들이 튀어나왔다. 그 사이로 터져 나오는 핏줄기들은 너무도 선명했다. 그리고 그렇게 변태한 모습으로 위진경이 다시 말했다.

—이 아픔과 고통을… 네게 돌려주마…….

위진경이 뒤틀린 손에 들린 협도를 들어 올렸다. 그리곤 힘차게 내리그었다.

쉬에엑.

"으윽!"

무릎 꿇은 세철은 또 한 차례 출렁거렸다. 그 흔들림에 따라 조철련의 칼날이 거세게 흔들렸지만, 세철의 오른 어깨로 짝을 맞추듯이 내리

박힌 위진경의 협도는 더욱 크게 흔들렸다. 그리고 그 모습을 내려다
보던 방왜가 미친 듯이 웃어 젖히며 채찍을 휘둘렀다.

─우헤헤헤헤! 이 찢어 죽일 놈!

피이잉!

"컥!"

세철은 거듭해서 신음을 내뱉었다. 하지만 막힌 듯한 그 소리는, 방
왜의 채찍이 휘어 감은 목청을 더 이상 넘어오지 못하였다. 그리고 그
순간 송요주의 장검이 세철의 가슴 한가운데를 쑤시고 들어왔다.

푸욱.

세철의 상반신이 꿀렁대었다. 그 모양이 급체한 사람의 구토질처럼
격렬했다. 그렇게 고통에 찬 세철을 내려다보며 세 사람이 동시에 핏
물 번진 이빨을 드러냈다.

웃는 것이다. 자신들의 목숨을 거두어간 세철의 고통 어린 모습을
보며 희열을 느끼는 것이다. 그 소리없는 미소가 감당 못할 세철의 고
통을 더욱 가중시켰다. 그리고 그런 미소는 저만큼 떨어져 모두를 보
고 있는 조철련의 얼굴에도 떠올라 있었다.

세철은 그들의 미소를 보며 부들부들 몸을 경련했다. 말도 나오지
않는 입에서는 찐득한 피가 흘러나왔다. 그런 세철의 처참한 모습은
보고 있는 그들의 모습과 똑같았다. 고통은 너무도 극심했다. 이날 이
때껏 생명을 부지하고 살아오는 동안 많은 고통이 뒤따랐지만, 이토록
막심한 고통은 처음이었다.

감당하기 힘들었다. 아니, 이젠 감당할 수 없는 지경에 이르렀다. 이
대로 쓰러지고만 싶었다. 그리고 모든 걸 포기하고 쉬고만 싶었다. 그
대가가 저들의 손에 이끌려 지옥에 가는 거라 할지라도, 그저 이 고통

만 사라질 수 있다면 그렇게 하고 싶었다. 하지만… 이대로 죽는다면… 그냥 여기서 모든 게 끝난다면… 아버지의 복수는 어떻게 갚을 것인지…

세철은 생각이 아버지에게 이르자 문득, 아버지가 사무치게 보고 싶었다. 비명에 죽어간 아버지… 자신이 만들어준 혈리표에 머리가 갈린 아버지… 힘없는 대장장이에 불과하지만 누구보다도 자신을 사랑했던 아버지…

"꾸어억!"

세철은 시커멓게 죽은 선지피를 입으로 게워냈다. 그리고 처음보다 더욱더 격렬하게 몸을 떨어댔다. 머리 속은 오직 한 가지만을 생각했다. 자신을 지키려다 죽은 아버지만을… 억울했다. 결코 이대로 죽을 수는 없었다. 여기서 끝나서는 안 될 목숨이었다. 아직 해야 할 일이 남아 있는데, 그것 때문에 여태껏 생명을 부지하고 살아온 것인데, 이렇게 이해 못할 상황과 장소에서 비상 먹은 개처럼 죽을 수는 없는 노릇이었다.

머리 꼭대기로 불길처럼 피가 몰려들었다. 분노는 가슴속에서 폭발할 것처럼 맴돌이쳤다. 그 기운을 빌어, 아직도 목을 조여 감고 있는 비편비도 방왜의 채찍을, 세철은 불타는 두 손으로 부여잡았다. 그리곤 마지막 남은 최후의 모든 힘을 모아, 좌우로 잡아당기며 괴성을 질렀다.

"으아아아아아!"

뿌드드득!

친친 감겼던 채찍이 좌우로 뜯겨져 나갔다. 그와 동시에 세철은 오른쪽 무릎을 세워 올렸다. 그리곤 힘주어 땅을 밀어내며 몸을 일으켜 세웠다. 그리고 어디서 나오는지 모를 힘으로 커다랗게 소리쳤다.

"난 아직 죽을 수 없다!"

천둥 같은 소리였다. 그 소리가 소용돌이치며 웅웅대는 것처럼 울려 퍼졌다. 그 순간, 세철의 몸을 태워 올리며 사방을 둘러쌌던 불길들이 화악! 하고 밀려 나갔다. 그것은 마치 태풍에 물러나는 거대한 파도 같았다. 그 중심에 거암처럼 일어선 세철은 양 어깨를 가르고 박힌 두 개의 칼날을 손아귀에 쥐어 잡았다. 그리고 힘주어 비틀었다.

팡! 팡!

칼날이 분질러졌다. 반 토막의 그 날들이 손 안에서 모래처럼 흩어졌다. 그 모양을 내려다보던 세철의 눈에, 검은 범의 눈동자가 다시 자리 잡기 시작했다. 세철은 곧바로 가슴에 박힌 장검도 잡아 뽑았다. 그리고 바닥에 팽개쳤다.

파캉!

뭉쳤던 모래를 던진 것처럼 검의 형상이 흩어졌다. 그리고 그 순간에 앞을 막아선 죽었던 자들의 신형이 먼지처럼 분해되기 시작했다.

―이, 이놈! 장세철!

―아, 안 돼!

―으아아악! 이렇게 갈 수는 없어!

―철비철각호! 이 죽일 놈아……!

햇빛에 스러지는 안개처럼 네 사람의 신형이 흩어졌다. 그렇게 미세하게 부서져 가는 그들의 얼굴은 세철의 손에 마지막을 보였던 그 모양보다 더욱 비참했다. 하지만 뿌려지는 유골 가루처럼 허공 중에 휘날려 흩어지는 그들의 형상은 그것이 마지막이었다.

바람처럼 모든 것이 사라졌다. 어느덧 불길도 자취를 감추고 사라져 버렸다. 손을 태우던 불꽃도, 온몸을 휘감아 오르던 불길도, 사방을 장막처럼 둘렀던 화염의 벽도 모두 흩어지고 보이지 않았다. 그리고 그것들을 대신해서 처음에 보았던 당문의 정경들이 세철의 눈 속에 자리 잡혔다.

"어엇! 저, 저놈이!"

생사람의 목소리가 다시 세철의 귀에 들렸다. 당부경이었다. 그리고 그 헛바람 소리의 뒤를 이은 당대영의 음성도 생생하게 들렸다.

"놀라운 놈이구나……!"

세철을 보는 당대영의 눈은 사람이 아닌 다른 무엇을 보는 듯했다. 그렇게 질린 눈빛으로 당대영은 또 중얼거렸다.

"정기가 흩어지면 해독하여 사로잡으려 했더니… 제 생명의 심지를 스스로 태워 올려 초혼지독의 환상에서 벗어났구나……!"

당대영의 눈은 놀라움에서 안타까운 빛으로 변해갔다. 그러나 곧 특유의 독기 어린 표범 눈알로 돌아와서는, 단호하고 냉철하게 소리쳤다.

"어차피 네놈은 근원지기(根源之氣)가 상했으니 죽는다! 하지만 그때까지 징그러운 네놈의 얼굴을 더 이상 보고 싶지 않구나! 놈에게 멸혼총통을 써라!"

당대영의 명령에 세철의 양편으로 당문도들이 썰물처럼 주욱 물러났다. 그와 동시에 계단 위에 있던 당정이 뛰어내렸다. 손에는 길쭘한 쇠막대기를 들어 세철에게 겨누었다. 그런 당정의 발 아래에는 고건성의 시체와 그와 다름없는 고민석과 고연호가 버려진 가축처럼 누워 있었다.

당정은 그 아비처럼 사악하게 소리없이 웃었다. 다시 일어섰지만, 죽어가는 것이 분명한 세철을 보고 짓는 승리의 미소였다. 그리고 하나밖에 없는 손의 엄지 밑에 만져지는 격발 장치를 지그시 내리눌렀다.

"안 돼!"

처절하게 터져 나온 소리는 황보숙정이었다. 그 소리가 당정의 손가락을 보고 있는 세철의 귀에 극명하게 들려왔다. 더불어 뒤돌아보지 않아도 알 수 있는 정곽과 언두수, 하남과 부춘호의 분노한 몸 움직임 소리도 느껴졌다.

세철은 생각했다. 저들을, 아무 조건 없이 자신에게 주기만 하는 저들을 살려야 한다고. 결코 자신 때문에 저들이 죽거나 상하는 일은 없어야 한다고. 만일 그렇게 된다면, 그건 죽어서도 갚을 수 없는 빚을 지게 되는 것이라고.

세철의 몸이 움직였다. 바닥을 찬 발이 땅을 꺼뜨릴 것처럼 밀어내고, 그 힘을 받은 몸통은 질풍처럼 앞으로 터져 나갔다. 그리고 그 순간 당정의 놀라는 눈과 그 손에 들린 검은 쇠막대기에서 폭발해 나오는 빛의 확산을 보았다.

투아아아앙!

황홀하게 터져 나오는 은빛 빛무리들을 보며 세철은 몸을 띄워 올렸다. 스치듯이 발 밑을 지나가는 빛무리들이 종전까지 세철이 서 있던 공간을 천군만마처럼 휩쓸었다. 그러나 그 순간 세철의 몸은 당정의 얼굴 앞에 떠 있었다.

세철은 공중에 뜬 왼발로 당정의 쇠막대기 든 손을 찍어 밟듯이 차내렸다. 그리고 남은 오른발은 철퇴처럼 당정의 경악한 얼굴로 쑤셔 박았다.

슈퍽!

서 있던 당정의 목이 수수깡처럼 뒤로 꺾어졌다. 그건 마치 등으로 붙어 내리는 것만 같았다. 그리고 그 몸은 소리도 없이 뒤로 넘어갔다. 그러나 그 순간 착지하는 세철의 전신으로 당부경의 검푸른 손 그림자가 날아들었다.

퍼버버버벅!

세철의 몸통에 당부경의 손 그림자가 작렬했다. 그러나 그와 동시에 세철의 두 주먹이 당부경의 양쪽 쇄골을 내리찍었다.

퍼퍽!

"크윽!"

땅으로 내리던 세철과 그 아래를 파고들었던 당부경의 몸이 동시에 주저앉았다. 그리곤 곧바로 흩어지듯 양편으로 갈라졌다.

비틀거리는 걸음으로 물러난 세철은 당부경의 일그러진 얼굴을 보며 발에 힘을 주었다. 다시 전진하려는 것이다. 몸의 고통은 이제 느껴지지도 않았다. 하지만 그런 세철의 발을 당대영의 외침 소리가 묶어 놓았다.

"멈추어라!"

세철은 당대영을 바라보았다. 그리고 다시 초점이 잡힌 검은 범 눈알에 불길을 일으켰다.

"이, 지독스러운 놈……!"

욕설을 신음처럼 내뱉는 당대영은 어느새 계단 아래로 내려와 있었다. 그런 그의 두 손은 각기 고연호와 고민석의 늘어진 몸을 짚단처럼 붙잡아 일으켜 세운 모습이었다.

바라보는 세철처럼 불 먹은 눈에 이를 악문 당대영은, 제 자식의 주검 앞에서 망연해 있는 당무호를 바라보다가 세철에게로 다시 눈길을 돌렸다. 그렇게 나오는 목소리는 잔혹함과 살기를 넘어 처절하게 들려왔다.

"이제 곧 명이 다해 죽을 놈이지만, 더 이상 날뛰는 건 용인하지 않겠다……! 이제 내 가족들을 해친 대가를… 네놈이 스스로 죽고 싶도록 톡톡히 치러주마……!"

당대영은 이를 가는 듯한 말을 마침과 동시에 고민석의 늘어진 몸을 앞으로 밀어 던졌다. 그리고 그 팔을, 먼지를 털어내듯이 앞으로 뿌려 냈다.

피아아!

당대영의 팔을 감쌌던 소매가 산산이 찢겨 올랐다. 아니, 터져 나갔다. 그렇게 터지는 의복의 조각들을 뚫고 은청빛 네 개의 선이 팔을 타고 뻗어 나갔다. 그 빛들이 진행하던 앞의 공간을 난자했다. 그리고 그 앞에는, 쓰러지던 고민석의 뒷머리가 있었다.

피리리리리링!

고민석의 머리를 스며 지나가는 듯한 네 개의 팔뚝만한 빛들은, 낭창거리는 잔영을 남기며 당대영의 팔뚝으로 돌아갔다. 그 앞에서 고민석이 서서히 쓰러졌다. 그러나 그렇게 쓰러지는 고민석의 머리가 흩어져 떨어졌다. 이리저리 나뉜 과일처럼 여러 개의 조각으로.

쿵.

쓰러진 고민석의 몸이 소리를 냈다. 그리고 당대영은 세철을 보고 다시 말을 건넸다.

"이제 이놈 한 놈만 남았구나… 네가 찾으러 온 놈들 중에 말이다……!"

말하는 당대영의 손엔 세철의 팔에 달린 철비구처럼 금속의 비갑이 보였다. 하지만 은빛이 찬란한 그것은 네 개의 팔뚝만한 검날이 손목

어림에서 벌어진 가지처럼 튀어나와 있었다. 그리고 그것들이 고연호의 목에 겨누어졌다.

당대영은 그 날들을 지그시 눌러 그어 내리며 웃었다.

"크ㅎㅎㅎㅎㅎ……!"

붙잡힌 고연호의 목에 선들이, 붉은 선들이 그어지며 가슴으로 이어 내려왔다. 그 몸이 부들대며 눈동자를 까뒤집었다. 그리고 여린 신음을 내뱉었다.

"으으으……!"

바라보는 세철은 고연호의 몸처럼 부들대고 떨기 시작했다. 눈앞에서 갈라지는 만신창이 고연호의 몸을 보며 치떨리게 이를 악물었다. 그리곤 생각했다. 가만두지 않겠다고. 당문을, 이곳에 있는 모두를 결코 가만두지 않겠다고. 자신과 자신에게 마음을 준 이들을 괴롭히는 저 모두를…

세철은 미친 호랑이의 포효처럼 소리쳤다.

"으아아아! 죽일 테다! 모두 죽여 버릴 테다!"

울부짖는 듯한 소리와 함께 세철은 등에 매달린 회색 바랑을 앞으로 잡아 돌렸다. 동시에 거칠게 잡아뜯었다. 그리고 그 속에서 두 개의 검은 물체를 손에 집어 올렸다. 그렇게 손에 잡힌 검은 원반을 포개듯이 부딪쳐 반대 방향으로 돌렸다.

쉬캉!

원반에 검은 반월의 날들이 흉측하게 튀어나왔다. 그 모양을 창졸간에 지켜본 당대영과 그 옆으로 물러선 당부경의 입에서 헛바람이 나왔다.

"허엇! 저, 저것은……?"

“혀, 혈리표!”

당무호만이 제 자식의 목 꺾어진 시신 앞에서 말없이 서 있었다. 하지만 그들이 그렇게 경악하던 그 순간에, 세철은 두 개의 혈리표를 집어 던졌다.

쿠오오오오오오!

용의 울부짖음이 당문의 하늘가로 솟구쳐 올랐다.

당문지변(唐門之變) 3

　언두수는 실신할 것처럼 쓰러지는 황보숙정을 안고 서 있었다. 그 상태로 움직일 수가 없었다. 저만치 앞에는 쓰러질 듯 위태위태한 세철의 등이 보이고 있었지만, 그 사이를 가로막은 당문도들의 독과 암기는 더 이상의 움직임을 허용하지 않았다.

　마음은 다급하고 호흡은 거칠었다. 손발에 고이기 시작한 땀은 등과 가슴을 적시며 온몸 속에서 흘러내렸다. 그리고 그렇기는 눈을 치켜뜨고 앞만을 보고 있는 하남과 부춘호도 마찬가지인 것 같았다.

　하지만 역시 정곽은 냉철했다. 옆으로 보이는 그의 모습은 여전히 변함없이 무표정했다. 세철과 당문의 주인들을 바라보는 눈빛에도 동요가 없었다. 그러나 칼을 잡은 손끝이 간혹 꿈틀대는 것을 보면, 그 역시도 자신의 마음과 다를 바가 없는 것 같았다.

　사지에 빠져 버렸다. 천하의 당문에 이처럼 몰상식하게 들이닥친 것

자체가 어불성설이었다. 하지만 친구가 위험에 처해 있다. 언제나 독불장군이고 말이 없는 쇠 같은 친구이지만, 그 닫혀진 가슴 안에 흐르는 따뜻함을 엿볼 수 있는 그런 사내였다. 세상 사람들은 그를 두려워했다. 그 엄청난 무위와 비정할 만큼 냉혹한 겉모습을 보고 두려워하는 것이다.

그 친구가 지금 쓰러지기 직전의 상황이었다. 생의 목표이던 아비의 복수를 하기도 전에, 은혜를 입었다고 생각하던 사람들을 구하기 위해 발길을 돌려 온 이곳에서 죽음의 위기를 맞은 것이다. 하지만 역시나 상대는 당문이었다. 어쩌면 지금 이 순간의 이 자리가, 친구나 일행 모두의 마지막이 될지도 모른다. 아니, 이곳 당문이 모두의 목숨이 끊어지는 최후의 장소가 분명했다. 그러나 이대로 죽을 수는 결코 없었다.

언두수는 정곽의 옆얼굴을 보며 나직하게 말했다.

"선배, 어떻게든 해봐야 하지 않겠습니까?'

정곽은 말을 듣는지 마는지 고개조차 돌리지 않았다. 그런 그의 모습을 초조한 눈빛으로 하남과 부춘호도 같아 돌아보았다. 참지 못한 언두수는 다시 말을 건넸다.

"선배, 지금 이 상태로는……."

"조용히 하고 앞을 봐. 그리고 모두들 마음의 준비를 해둬."

정곽이 고개도 돌리지 않고 대꾸를 했다. 하지만 그의 말이 무얼 말하는지 언두수를 포함한 모두는 알 수 없었다. 그러나 정곽의 말처럼 세 남자의 시선은 동시에 앞으로 돌아갔다.

앞에는 세철의 흔들리는 뒷등이 보였다. 검은 연무인 초혼지독에 갇혔다가 다시 나타난 세철은 멸혼총통을 쏘아대는 당정의 목을 꺾어버렸다. 도대체 어디서 저런 힘이 나오는지 모를 일이지만, 다시 움직이는 세철의 모습은 안도를 주었다. 하지만 당부경과의 충돌 이후 다시 흔들리고 있는 것이다. 지금의 저 모습이, 저 몸 상태에서 나오는 움직임이 어떤 것인지를 언두수를 비롯한 모두는 짐작을 하고 있었다. 그리고 그렇기에 더욱더 초조하고 걱정스러운 것이었다.

"도대체 뭘⋯⋯."

언두수는 중얼거리던 입을 다물었다. 위기가 연속되고 중첩되는 이 순간, 앞을 막아선 채로 살기가 가득한 눈길들을 쏘아 보내고 있는 수십의 당문도들 너머로, 당가주 당대영의 팔뚝에서 터지는 은청의 빛이 보였다. 그리고 그 손에 모가지 잡힌 닭처럼 들어 세워졌던 한 사내의 머리가 갈라지는 것도 보였다.

"엇! 저, 저!"

언두수가 실혼한 사람 같은 황보숙정의 허리를 끌어안은 채, 저도 모르게 한 발을 내디뎠다. 그 순간 앞을 막은 당문도들의 발길도 한 걸음 좁혀 다가왔다. 그러나 그것보다도 언두수와 일행 모두의 눈을 사로잡은 건, 세철의 행동이었다.

시체 같았던 한 사내의 머리를 조각낸 당대영은 또 한 젊은이의 목에 네 줄기 가지 같은 기문병기의 검날을 그어댔다. 그리고 그 모습을 보던 세철이 벽력처럼 소리 지르며 몸을 움직인 것이다. 그 손에서 바랑이 찢겨 나가고 시커먼 먹빛의 원반 두 개가 날아올랐다.

쿠워오오오오!

귓속을 갈아내는 것 같은 소리가 하늘 가득히 퍼졌다. 그 엄청난 소리에 앞을 막고 대치한 당문도들의 시선도 뒤를 보고 돌았다. 그리고 그 순간, 정곽이 소리쳤다.

“모두 엎드려!”

정곽이 언두수와 황보숙정의 몸을 동시에 밀치며 땅에 엎드렸다. 무슨 경황인지 따질 겨를도 없이 하남과 부춘호 역시 황급하게 바닥을 보며 엎드렸다. 그리고 그렇게 황급하던 찰나에, 그들은 모두 볼 수 있었다. 분명하고도 선명하게 벌어지는 엄청난 참극의 시작을.

세철의 손을 떠나며 소리 지르는 두 개의 혈리표가 검은 선을 허공에 그었다. 그 두 개의 선이 지나가는 곳은 당대영의 기문병기가 달린 오른팔과 고연호의 머리 뒤에서 놀라고 있던 표범 눈깔 박힌 얼굴이었다.

스팟!

미세한 소리가 들린 것 같았다. 그러나 그 소리의 여운이 채 가시기도 전에, 고민석을 잡은 당대영의 왼팔이 파르르르 경련했다. 그리고 순서처럼, 젊은 목과 가슴을 그어 내리던 오른팔의 어깨에서 핏줄기가 솟구쳤다. 그 피가 팔을 적셔 내릴 무렵, 기문병기가 붙은 당대영의 오른팔은 제 몸통과 분리되어 떨어져 내렸다.

“이, 이보게! 가주!”

당부경이 땅에 떨어진 당대영의 팔을 보고 소리쳤다. 하지만 그의 놀람은, 쩌억 하고 벌어지는 조카의 머리통을 보며 뒷걸음질을 쳤다.

“허억!”

당부경의 급한 숨소리가 끝나기도 전에, 하늘 높이 급격하게 솟구쳤던 혈리표가 세철의 손에 되돌아왔다. 그리고 그걸 손바닥에 스쳐 얹듯이 받아낸 세철은 재차 손을 뿌려냈다.

쿠오오오오오!

시커멓고 끔찍스런 악귀 같은 혈리표가 다시 이빨을 제 몸통에 감아 돌리며 날아갔다. 그 이빨들이 지면으로 휘어 감기듯이 스미며 청석 바닥을 갉아먹었다.

버거거거거걱!

돌 가루들이 정신없이 튀며 두 줄기 선이 앞으로 전진했다. 그 선이 가는 곳에는, 경악한 얼굴로 뒷걸음질하는 당부경의 몸이 있었다.

부어어어억!

발걸음이 풀에 걸리는 사람처럼 비틀대며 뒷걸음질하던 당부경의 다리 앞에서 청석 바닥이 산산조각나며 튀어 올랐다. 그러나 그보다도 더 먼저 솟구친 건, 시커멓게 회전하는 두 줄기의 검은 빛살이었다.

쓰거억!

당부경의 양 무릎으로 직각처럼 솟구친 두 줄기 선이 그 하복부와 가슴을 거쳐 양 어깨를 관통하고 빠져나갔다. 그리고 시커먼 빛깔 같은 소리를 허공에 질러 넣었다.

쿠오오오오!

그 순간, 진이 빠지는 것 같은 신음 소리가 벌어진 당부경의 입으로 새어 나왔다.

"허어억……!"

당부경은 제 몸을 스쳐 간 뜨겁고 짜릿한 기운의 정체가 무엇인지 다시 생각했다. 부릅떠진 눈은 제 앞에 산산이 파헤쳐진 청석 바닥을 내려다보았다. 그 뒤로 이어진 두 줄기 선도. 그리고 제 몸에 이어진 것처럼 선으로 터져 나오는 두 갈래 핏줄기를 확인하며 눈동자를 떨었다. 더불어 솟구치는 피의 선을 따라 점점 벌어지는 제 몸통의 양쪽도.

당부경은 그렇게 무너져 내렸다. 독왕이라 불리던 그가, 그 위험하고 꺼려지는 몸이 세 갈래 육포처럼 찢어지며 땅에 쓰러졌다. 그리고 그 순간 다시 돌아오는 혈리표를 받아 들며 세철이 또 소리를 질렀다.

"죽인다! 모두 죽인다!"

세철의 손은 또다시 혈리표를 집어 던졌다. 하지만 그렇게 몸짓하며 외치는 그의 입에서 진홍의 피가 터져 나왔다.

"크흑!"

그러나 세철의 손을 떠난 혈리표는 참혹한 검은 빛으로 허공을 날아갔다. 그 방향은 주인들의 죽음 앞에 판단을 잃어하는 당문도들의 머리 위였다.

"피, 피해라!"

누군가 소리쳤다. 그러나 검은 빛은 그 소리보다 몇 배는 빨랐다.

쿠워오오오오오!

퍼퍼퍼퍼퍼벅!

피가 도는 사람들의 가슴을 관통하는 쇠붙이가 내는 소리는 끔찍했다. 그 소리가 지나간 곳에, 갈라진 사람들의 몸뚱이가 몸속의 것을 터뜨리며 쓰러졌다. 그렇게 지나간 두 개의 선이 당문의 내원 석벽을 부수며 날아올랐다.

콰아아앙!

그리고 그것들은 휘어진 초승달 같은 궤적을 그리며 아득히 솟구쳤다가, 상상도 못할 빠르기로 다시 내리꽂혔다.

쿠오오오오오!

쓰거거거거걱!

궤적을 보며 몸을 피하던 자들의 목이 잘려지며 땅에 굴렀다. 그 소리와 모양이 가지에 열린 사과를 베어 따듯이 단순 명쾌했다. 그리고 그렇게 앞으로 나가는 두 개의 선은 또 다른 자들의 어깨와 팔, 가슴과 다리, 모든 것을 가리지 않고 가르며 지나갔다. 그 선의 끝에는 세철의 흔들리는 몸이 있었고, 광기만이 번들대는 것 같은 두 눈을 밝힌 세철은 계속해서 두 손을 휘저어 던져 냈다.

"모두 다 죽여 버릴 테다아!"

세철의 눈에서 튀어나오는 불길은 진짜 광기였다. 그렇게 휘두르는 세철의 손에서는 마치 두 줄기의 검은 선이 늘어났다 줄어들었다 하는 것만 같았다. 그러나 그런 선들이 당문의 내원 벽과 바닥, 계명전의 지붕과 벽들을 투과하듯이 뚫고 날아다녔고, 그 사이에서 움직이는 모든 것들을 산산이 조각내며 소리를 질러댔다. 마치 용의 울부짖음 같은 들어보지 못한 소리를.

쿠워오오오오!

다시 날아오는 혈리표를 양손에 받아 든 세철은 그 힘을 못 이기는 듯이 비칠대며 연속해서 뒷걸음질을 쳤다. 그리고 그렇게 휘청대며 격한 기침을 터뜨렸다.

"쿠허억!"

시뻘건 핏덩어리들이 세철의 입에서 튀어나왔다. 그것들이 땅에 떨어져 퍼질 때, 세철은 다리를 꺾고 주저앉았다. 그리고 계속해서 기침과 토악질을 했다.

"쿨럭! 쿠아악!"

선홍의 뜨거운 핏덩이들이 계속 쏟아져 나왔다. 그렇게 격한 모습으로 몸을 흔들던 세철의 양손에서 혈리표가 떨어져 내렸다.

챙그렁!

세철은 토혈과 기침 속에 흔들던 몸을 점점 가라앉혔다. 그 눈에서는 여전히 광기 어린 살기가 흘러나왔지만, 어쩐지 점점 사그라져만 가는 것 같았다. 그리고 그런 모습으로 세철은 다시 입을 벌렸다.

"전부 다… 죽여 버릴… 테다……."

끊어지듯 이어지는 듯한 그 말을 끝으로, 세철의 몸은 천천히 옆으로 쓰러졌다. 그리고 그 순간 제일 먼저 몸을 움직인 것은, 인육편의 무더기를 넘어 달리며 고함을 치는 정곽이었다.

"모두 일어서!"

달리는 정곽의 주변에선, 지옥 같은 광경을 보며 몸을 일으키는 살아남은 자들의 움직임이 점점이 보였다.


매캐한 석탄 내음이 섞인 산 공기를 거칠게 들이마시며 정곽은 앞으로 달려갔다. 그 눈이 암석산 내리막길의 좌우를 살피며 간간이 뒤를 돌아다 보았다.

정곽이 돌아보는 이유는 세철이었다. 늘어진 몸을 언두수의 등에 업힌 세철은 의식이 없는 상태였다. 입에서는 아직도 선홍의 핏물이 조금씩 흘러내렸다. 위험했다. 그것도 아주 많이. 어쩌면 이미 돌이킬 수 없는 상태인지도 알 수 없었다. 그리고 그에 못지않게 위험한 상태인 고연호가 하남의 등에 업혀 약한 숨을 조금씩 내쉬었다.

정곽은 달리던 그대로 일행에게 말을 전했다.

"사천의 남쪽은 당문의 땅이다. 경계가 되는 아미산으로 들어가기까진 결코 마음을 놓아선 안 된다."

달리는 산바람에 흩어지는 정곽의 목소리가 모두의 귓가에 전해졌다. 그리고 그중에서 일행의 맨 뒤, 부춘호의 바로 앞에서 달리던 황보숙정이 다급한 목소리로 물어왔다.

"얼마나 걸릴까요? 그때까지 저 사람은 괜찮을까요?"

정곽은 힐끔 한번 돌아본 후, 계속해서 앞길만 달려 내렸다. 대답은 언두수가 해주었다.

"살아날 겁니다. 이렇게 죽을 친구가 아닙니다."

대답하는 언두수의 목소리는 스스로에게 하는 다짐처럼 들렸다. 하지만 지금 세철의 상황이 어떠한지는 모두가 알고 있었다. 세철의 목숨은 그야말로 꺼지기 직전의 촛불과도 같은 것이다. 그것도 마지막 심지마저도 다 타버린.

그 까닭은 세철의 입에서 지금도 흘러나오는 진한 적홍의 핏물이 증거였다. 원기마저도 흐트러진 상태에서, 이해 못할 힘으로 혈리표를 날려대던 상황이 지금의 모습을 만든 것이다.

황보숙정은 흐트러진 머리카락 사이로 보이는 세철의 얼굴을 보며 울음 섞인 숨을 들이마셨다. 하지만 그 눈의 눈물이 또다시 떨어지기도 전에, 앞을 달리던 정곽의 호통 소리는 찬물처럼 온몸을 깨워내었다.

"공격이다!"

산을 내려가는 유일한 길인 암석대로의 좌우 바위들 뒤에서 인영들이 솟구쳤다. 그렇게 갑작스레 나타난 자들의 손에서 기다란 유성추들이 직선으로 뻗어 나왔다.

휘아아앙!

선두에 선 정곽의 유엽도가 좌상(左上)과 우상(右上)으로 연속해서 칼질을 후려 넣었다.

카캉!

그와 동시에 하남의 중검이 허리춤에서 폭발해 나갔다. 그리고 후미에 선 부춘호의 삼절곤도 측방의 유성추를 후려갈겼다.

캉! 캉!

튕겨 나가는 유성추를 제 몸에 감듯 회수한 당문도들이 착지와 함께 반대의 방향으로 돌며 다시 공격을 했다. 그렇게 튀어나오는 유성추들을 향해 정곽이 소리치며 뛰어들었다.

"물러서!"

정곽의 외침에 일행들은 한 동작으로 뒤로 물러섰다. 그리고 정곽은 제 몸의 사방으로 짓쳐오는 네 개의 유성추를 보며 유엽도를 다시 그었다. 하지만 이번엔 유엽도만이 아니었다. 오른손에 잡힌 유엽도가 몸통을 그어댈 적에, 왼손은 허리춤에 둘린 요대를 뽑아 휘둘렀다.

카카카캉!

유엽도가 유성추를 그어 때리고 요대에 감겼던 연검이 풀려 나와 유성추를 후렸다. 정곽의 숨어 있던 네 개의 병기 중, 그 첫 번째인 연검이 모습을 보인 것이다.

유성추를 돌려 다시 회수하는 당문도들은 정곽의 손에 들린 유엽도와 연검을 번갈아 보며 이채 어린 눈빛을 떠올렸다. 하지만 그들은 곧바로 다시 덤벼들었다.

휘이이잉!

돌아가던 힘으로 터져 나오는 유성추가 정곽의 앞뒤 양 방향과 좌우측의 양 측방에서 동시에 날아들었다. 정곽은 날아오는 그것들에서 눈을 떼지 않고 똑똑히 바라보았다. 그리고 그것들이 몸통의 사방을 부수려고 달려드는 그 순간, 유엽도와 연검을 들고 제자리에서 회전을 했다.

키아아앙!

회전하는 정곽의 몸을 둘러싸고 불꽃이 명멸했다. 그렇게 돌아가는 칼날과 검날에 그어지며 미끄러지듯 정곽의 몸을 비껴 나간 유성추들이 다시 주인들의 손으로 돌아갔다. 하지만 그 순간을 노린 정곽은 양손에 잡힌 연검과 유엽도를 돌아가던 회전력 그대로를 실어 좌우로 날려 보냈다.

피핑!

"컥!"

"크억!"

두 놈의 목에 각기 연검과 유엽도가 몸통을 박아 넣었다. 그리고 같은 순간, 돌아가던 몸을 멈춰 세운 정곽의 양쪽 소매에서 두 개의 은빛 선이 좌우로 터져 나갔다.

피아아앙!

"꺽!"

"끄억!"

역시 두 놈의 목이 뚫어져 버렸다. 하지만 이번에 목을 뚫고 들어간 건 칼날과 검날이 아니었다. 기다란 은빛의 그것은, 투명하리만치 반짝이는 작은 쇠사슬의 끝에 삼각의 날카로운 추를 달은, 정곽의 숨겨진 두 번째 병기 은장마삭(銀藏魔索)이었다.

정곽은 좌우로 벌어진 두 개의 쇠줄, 은장마삭을 잡아당겼다. 그 손짓에 따라 은빛의 줄이 당겨지며 순식간에 소매 속으로 사라졌다. 그리고 그 끝이 박혔던 나머지 두 명의 당문도의 목에선 피가 앞뒤로 터졌다.

세철을 업은 채로 그 모습을 바라보던 언두수가 심각함없이 입을 열어 말했다.

"허, 저놈들만 쇠사슬을 쓰는 게 아니네?"

하남과 부춘호가 무심결에 고개를 끄덕였다. 그리고 정곽은 나무토

막처럼 뒤로 넘어가는 당문도들의 몸을 보며 또 다른 자들의 목에 박힌 칼과 검을 뽑아 들었다. 그러나 그 순간, 중량산의 사방에서 호응하며 울리는 호각 소리는 그들의 심장을 옥죄어왔다.

삐이이익!

삐이이익!


*        *        *


황보석정은 초조하고 다급했다. 겨우 하루 거리의 늦은 시간으로 뒤따라왔건만, 일은 벌써 벌어진 것이다. 헤어지기 전 동생을 통해 그렇게도 만류하고 당부를 했지만, 그 사내는 결국 일을 벌이고야 만 것이다.

한숨이 저절로 입가로 새어 나왔다. 사천 땅에는 벌써 파다하게 소문이 돌았다. 얘기는 당문이 철비철각호에게 초토화되었다는 것이었다. 물경 절반이 훨씬 넘는 당문의 가족들이 떼몰살을 당했으며, 살아남은 당문의 문도들과 천수비천 당무호가 그 뒤를 쫓고 있다는 말이었다.

놀랍고도 충격스런 얘기였다. 그러나 그보다도 더욱 놀라운 말은, 당가주와 그 숙부인 당부경을 포함해 당문의 절반을 몰살시킬 동안 철비철각호 그 사내가 쓴 무기가, 바로 그 끔찍한 혈리표라는 사실이었다.

황보석정은 아미산의 앞을 가로지르는 금구하(金口河)를 바라보며 불호를 외우는 법성 대사의 옆얼굴을 바라보았다.

"아미타불……."

법진처럼 마른 얼굴에 길고 검은 수염을 늘어뜨린 법성 대사의 얼굴은 무겁게 가라앉아 있었다. 그 옆으로는 소림의 천재무승, 무치광승 정범이 강을 보고 굳어진 얼굴로 섰고, 그들의 뒤쪽으로는 금강동인 같은 십팔나한과 목인방의 삼십여 제자들이 방갓에 목봉을 들고 서 있었다.

"어찌할까요?"

황보석정이 법성에게 조심스럽게 물었다. 법성의 고개가 돌아왔다. 그리고 차분한 목소리로 말을 했다.

"참으로 지독한 사람들이군요. 이 강을 건너는 모든 배를 불살라 버리다니… 아무리 독을 쓰는 사람들이라지만, 정말로 손속에 인정이 없구려."

법성의 눈이 바라보는 것은 강가의 저 위로부터 눈에 보이는 아래까지, 곳곳에 불타고 있는 배들의 잔해였다. 그 소행이 당문인 것은 말할 필요도 없지만, 어떻게 한 것인지 강을 지나가는 배들 역시 단 한 척도 보이지 않았다.

법성처럼 불타는 배들의 잔해를 보며 눈가를 찌푸린 정범은 어딘지 각이 진 음성으로 말을 꺼냈다.

"헤엄을 쳐서라도 건너야 하지 않겠습니까? 저 건너에는 법진 사숙을 해친 사갈(蛇蝎)의 무리들이 있고, 또 그들에게 쫓기는 사람들이 위험에 처해 있지 않습니까?"

법성의 시선이 제 옆의 정범을 돌아다 보았다. 그리고 강바람에 휘날리는 수염 사이로 또박또박 말을 꺼냈다.

"네가 하고자 하는 말은, 여기에 있는 모두가 알고 있는 사실이다. 하지만 저 강은 삼문협에 비견될 만큼 협착과 굴곡이 심한 곳이다. 배 없이 건너자는 네 말은, 용궁에 가자는 말과 매한가지다. 알겠느냐?"

"하지만 이대로 손 놓고 있을 수만은 없는 일이 아니겠습니까? 시간
이 지나면 지날수록 그들의 안전은 보장할 수 없습니다. 더구나 그 사
내는……."

"안다."

법성이 단호한 목소리로 말을 끊었다.

자신의 말을 끊은 법성의 마른 얼굴을 정범은 불만스럽게 바라보았
다. 그러나 그런 정범의 눈을 응시하며 법성은 차분하게 다시 얘기했
다.

"법진의 죽음은, 너뿐만이 아닌 우리 모두에게 커다란 슬픔과 충격
을 주었다. 그리고 철비철각호 그 청년에게 갖는 너의 각별한 관심도
모두 알고 있다. 하지만 네 눈 속에 끓어오르는 그 살심은 결코 세존의
제자가 가져야 할 도리가 아니다."

법성의 말에 정범의 눈이 반발하는 빛으로 튀어 오르다가, 이내 갈
무리하듯 조금씩 가라앉았다. 그 변화를 응시하며 법성은 다시 말을
이었다.

"무릇, 모든 일에는 분별이 있어야 하는 법. 결코 해악을 제거하는
일에 원칙의 도리를 내세워 망설이라는 말이 아니다. 하지만 조그만
눈덩이가 굴러 산사태를 만들 듯이, 마음의 작은 불씨가 제 몸과 진리
의 법, 나아가서는 세상의 근본을 해치게 되는 것이다. 그 분별이 바로
진리의 실천이다."

정범은 법성의 눈을 바라보다가 천천히 합장을 했다. 그리고 고개를
조아리며 불호를 외웠다.

"나무아미타불… 사숙의 말씀, 언제나 명심하겠습니다."

정범의 모습을 보며 고개를 끄덕인 법성은 다시 강을 보며 시선을

돌렸다. 하지만 중들의 선문답을 들으며 조바심 내던 황보석정은 초조하게 법성에게 말했다.

"대사, 시간이 없습니다. 그들에게 이미 일이 닥쳤는지도 알 수가 없습니다. 어떻게든 강을 넘지 않으면……."

"강을 건넙시다."

법성은 간단하게 대답을 했다. 그리고 황보석정은 정범의 궁금한 눈처럼 동그란 눈동자로 반문을 했다.

"예? 아니, 어떻게……."

법성은 의외로 명료하게 대답을 내놓았다. 하지만 그 방법이 조금 억지스럽기는 했다.

"저만치 위쪽에서 나무를 베어 띄웁시다. 그리고 그걸 붙잡고 하류로 내려오는 동안, 반대 편 강가로 헤엄을 쳐야겠지요. 어릴 적 황하의 강이 범람할 때 썼던 방법이올시다."

허망한 눈으로 바라보는 황보석정과 정범의 눈을 보며 법성은 나직이 불호를 외우며 말을 덧붙였다.

"아미타불. 황보 시주의 말대로 시간이 없소이다."

황보석정은 법성의 말에 생각이 다시 황보숙정에게로 미쳤다. 그 말에 어금니가 지그시 물렸다. 그리고 또 생각했다. 법성의 얘기처럼 시간이 없노라고. 또한 이제는 건너다 죽는 한이 있어도 강을 건너야만 한다고.

제일 먼저 황보석정의 발걸음이 돌아섰다. 그리고 강 상류를 향해 달리기 시작했다. 그 뒤를 정범이 따라 달려갔다.


*　　　　*　　　　*

언두수는 턱 끝을 넘어오는 숨을 거칠게 몰아쉬며 세철을 바닥에 내려놓았다. 그 옆에는 하남이 고연호를 같은 모습으로 내려놓았다. 그렇게 시체 같은 두 사람을 내려놓는 둘의 모습은 처절했다. 의복은 찢겨져 너덜너덜했고 그 위로 배어 나온 핏물들은 검게 말라붙었다.

제일 마지막으로 초막에 들어서는 정곽을 확인하며 언두수는 말없이 손을 내밀었다. 그리고 정곽은 그 손에 작은 약병을 쥐어주었다.

약병의 뚜껑을 연 언두수는 허리춤의 죽통 마개를 열어 그 속의 물을 마개 안에 조심스럽게 담았다. 그리고 약병을 손바닥에 기울여 다섯 알의 보명단(保命丹)을 꺼냈다. 그걸 마개 속의 물에 넣어 개기 시작했다.

세철에게 약을 먹여야 하는 것이다. 당무호에게 쫓기는 내내 틈틈이 해왔던 일이다. 그 때문인지는 모르지만, 벌써 죽었어도 열 번은 더 죽었어야 했을 세철의 몸은 아직도 가는 생기를 이어가고 있었다. 그 때문에 아미산을 바로 앞에 둔 이 이름 모를 야산에서, 초막을 발견하자마자 세철을 눕힌 것이다.

참으로 진저리 쳐지게 끔찍하고 고단한 도망길이었다. 자신들은 이미 아미산의 초입으로 들어섰지만, 금구하를 넘어온 지금까지도 저 지독한 당무호와 그 친족의 무리들은 계속해서 뒤를 쫓았다. 그 외중에 있었던 수많은 격전으로 일행들의 몰골은 말이 아니었다.

놈들은 독을 쓰지 않았다. 아니, 수도 없이 썼다. 그러나 당문을 나올 당시, 언제 챙겨 넣은 것인지 정곽은 해독약을 가지고 나왔다. 그 용도가 칠대금용암기의 하나인 초혼지독까지도 해독하는 것을 보면, 출처는 죽어버린 당대영이나 당부경의 품속이 분명했다. 그리고 그것은 이제까지 모두의 몸을 지켜주는 수호신이었다.

언두수는 피딱지 위로 새로운 피가 흐르는 얼굴을 진저리 치게 흔들었다. 그렇게 지난 일을 회상하는 언두수에게 하남이 말을 넣어 깨워냈다.

"그만 젓고 먹이자구."

하남의 말에 언두수는 어, 하고 얼굴을 들었다. 그리고 자신이 젓고 있는 물통의 마개를 보며 현실로 돌아왔다.

"제길, 쓸데없이……."

잡념을 자책하며 언두수는 수통의 마개를 집어 들고 세철의 입으로 가져갔다. 그러나 그 순간 피로 물든 얼굴의 황보숙정이 제지를 했다.

"그건, 저 사람에게 먹이세요."

고연호를 가리키며 그렇게 말하고 황보숙정은 약병을 집어 들었다. 곧바로 언두수처럼 다섯 알의 보명단을 흘려낸 다음, 제 입에 털어 넣고 씹기 시작했다.

"어? 그 무슨……."

말하려는 언두수를 하남이 손을 뻗어 만류했다. 그 순간에도 황보숙정은 제 입속의 약을 곡식 씹듯이 꼭꼭 씹어댔다. 그리고 잠시 후, 세철의 머리맡으로 다가앉으며 고개를 수그렸다. 그 얼굴이 점점 더 내려가, 붉은 황보숙정의 입술이 세철의 검게 죽은 입술에 닿았다.

제 입에서 세철의 입으로 약을 흘려 넣는 황보숙정의 모습을 보며 언두수는 눈을 꿈벅였다. 그러나 결코 함부로 할 수 없는, 타인의 앞에서 여염의 처자가 보일 수 없는 그 행동에 언두수는 가슴속에 먹먹한 무엇이 차 오름을 느꼈다. 그리고 생각했다. 저 여인이 세철을 진정으로 사랑하고 있음을.

황보숙정과 세철의 모습을 바라보고 있는 언두수의 손에서 하남이 약물 담긴 수통 마개를 빼내갔다. 그리고 세철처럼 기식(氣息)이 끊어져 가는 고연호의 입을 벌리고 흘려 넣었다.

옆에서는 부춘호가 옆구리를 쑤시고 들어간 수리전을 뽑아내며 정곽에게 말을 걸었다.

"얼마나 시간이 있겠소?"

초막의 문 앞에 앉아 부춘호처럼 팔다리에 박힌 투골정을 뽑아내며 밖을 응시하던 정곽이 돌아보지 않은 채 대답했다.

"한 식경쯤? …아니, 어쩌면 반 식경도 안 될는지 모르겠군."

정곽의 말에 모두는 안색을 다시 무겁게 굳혔다. 그들 모두가 알고 있는 사실이었다. 자신들의 뒤를 쫓는 당문과의 거리는 없는 것이나 마찬가지고, 또한 시간조차도 없다는 것을. 하지만 이렇게나마 다시 확인하는 것은, 조금이라도 심리적인 거리를 벌어보고픈 마음 때문이었다. 그러나 그런 초조함이 화를 불렀는지, 바깥을 내다보던 정곽이 느닷없이 낮은 음성으로 뇌까렸다.

"반 식경도 남아 있지 않았었군……."

언두수가 제일 먼저 초막의 거적문을 걷어내며 밖을 보았다. 그리고 일그러진 표정으로 욕설을 퍼부었다.

"제기랄! 저 지긋지긋한 개잡놈들!"

초막의 아래로 내려다보이는 골짜기로 사람의 그림자들이 빠르게 달려 올라오는 것이 보였다. 그 수효가 대략 삼십여 명이나 되어 보였다.

눈빛을 빛내던 정곽은 몸을 일으키며 일행에게 짧게 말했다.

"가자."

그 말을 남기고 정곽과 언두수가 초막 거적을 밀어내고 밖으로 나섰다. 그러나 골짜기의 위쪽을 바라보고 몸을 움직이려던 그들은, 그 자리에서 굳어버리고 말았다.

골짜기의 위쪽에서도 사람의 모습이 보였다, 그리고 그들은 아래쪽에서 올라오는 인영들처럼 **빠르게** 달려 내려오는 중이었다.

세철을 업고 초막을 나오던 부춘호가 언두수처럼 탄식 같은 욕설을 뱉어냈다.

"지독한 놈들……!"

드디어 완전하게 꼬리가 잡힌 것이다. 그것도 피할 길이라곤 없는 골짜기의 위아래로 포위되어서. 그런 상황을 바라본 일행 모두는 각자의 병기를 꺼내 들었다. 절망 어린 얼굴을 하고 보던 황보숙정까지도.

삽시간에 거리를 좁혀온 당문의 무리들은 초막을 둘러싸고 둥그렇게 커다란 원형의 진을 형성하고 멈춰 섰다. 그리고 그들의 뒤쪽에서 한 명의 사내가 솟구쳐 오르며 초막 앞의 작은 평지에 내려섰다.

당무호였다. 그가 표범 눈알에 피를 바른 것처럼 붉은빛을 띠고 정곽을 포함한 일행 모두를 바라보았다. 그 눈이, 부춘호의 등에 업힌 세철의 늘어진 몸을 보며 번쩍 빛을 뿜었다. 그리고 이를 가는 음성으로 말을 꺼냈다.

"철비철각호……! 그리고 네놈들 모두……! 여기가 끝이다……! 이제 곧, 지옥으로 인도해 주마!"

당무호는 그 한마디만을 뱉어내고 한 발을 물러섰다. 모든 것을 삭이는 듯한 그 표정은, 마치 얼음을 깎아놓은 것처럼 찬 기운이 풍겼다. 그리고 또 한편 주체할 수 없는 분노가 그 안으로부터 새어 나오는 것만 같았다.

당무호는 천천히 오른손을 들어 올렸다. 그 손짓이 신호였는지, 초막을 위와 옆으로 내려다보며 둘러싼 후방과 좌우 측방의 당문도들이 등 쪽의 물건을 앞으로 돌려냈다. 그 물건을 보고 부춘호가 경악처럼 소리쳤다.

"사, 삼엽시(三葉矢)!"

전방을 제외한 당문도들의 손에 들린 물건은 팔뚝만한 검은 철궁이었다. 그 모양과 색깔이 마치 궁신의 활을 축소시켜 놓은 것만 같았다. 하지만 그 시위에 재워진 화살의 모양이 달랐다. 시커먼 오죽의 끝에 세 개의 각 진 뿔처럼 튀어나온 살촉을 가진 그것은, 당문이 비장한 칠대금용암기 중의 또 하나인 삼엽시였다. 발사와 동시에 회전하는 세 개의 활촉이 사람의 몸을 관통해 빠져나오며, 그 내부의 것들을 모조리 가르고 헝클어 버리는 살인 무기. 그것이 삼엽시였다.

정곽은 빠드득 소리가 나게 이를 갈아붙이며 당무호를 향해 신형을 급작스럽게 터뜨려 나갔다. 그리고 그 순간 당무호의 손이 내려졌다.

피피피피피핑!

전방을 제외한 삼면에서 삼엽시들이 울며 날아왔다. 그와 동시에 당무호가 서 있던 전방의 당문도들은 반월회선비를 던져 댔다. 그 은빛 작은 달들의 비상을 보며 정곽은 마지막을 직감했다. 그러나 그 순간에도, 정곽은 포기하지 않고 가슴속에 숨겨진 제사의 병기들을 던져 냈다.

피이이이잇!

뛰어나가던 정곽의 손이 가슴을 거쳐 바깥으로 뿌려졌다. 그 손에서 반월회선비들과 같은 빛깔의 은빛 작은 선들이 비상을 했다. 그리고 날아오는 반월회선비들의 몸들과 허공에서 힘을 겨뤘다.

티티티티티티팅!

정곽의 손에서 뿌려진 열여섯 자루의 유엽비도가 반월회선비들을 튀겨내며 떨어졌다. 그 찰나의 틈에 유엽도와 연검을 뽑아 든 정곽은 당무호에게로 돌진했다. 하지만 그 순간, 왼 어깨를 관통하며 삼엽시가 튀어나왔다.

퍼억!

정곽은 출렁댔다. 하지만 그 상태 그대로 몸을 멈추지 않았다. 서너 걸음만 더 가면, 지나온 만큼만 더 나가면, 당무호의 몸이 있는 것이다. 하지만 그 순간 오른 허벅지를 뚫고 들어온 또 하나의 삼엽시는 정곽의 몸을 허물어뜨렸다.

퍼억!

"큭!"

정곽은 끝내 신음을 터뜨렸다. 하지만 그는 바로 고개를 쳐들었다. 그렇게 바라보는 눈 바로 앞에 당무호가 지옥의 악귀처럼 이빨을 드러내며 다가서는 것이 보였다. 또한 그 팔뚝에서 튀어나오는 기문병기, 네 개의 가지 같은 검날을 가진 귀마참령인(鬼摩斬令刃) 역시도.

피리리링.

낭창대는 모양과 소리를 내는 귀마참령인을 보던 정곽은 천천히 뒤를 돌아다 보았다. 그 모습은 이 순간 모든 것을, 마치 생명을 체념하는 사람의 행동처럼 보였다. 그렇게 돌아간 그의 눈에 세철을 끌어안고 제 몸으로 덮어 누른 황보숙정이 보였다. 그 옆에는 늘어진 고연호의 모습도 보였다. 그리고 그런 세 사람을 둘러싸고, 삼엽시에 팔다리를 뚫린 채 병기를 휘두르는 세 남자의 모습도 보였다.

정곽은 다시 앞으로 고개를 돌렸다. 그리고 머리 위에 다가와 있는 귀마참령인과 그걸 제 팔뚝에 착용한 당무호의 표범 눈알을 올려다보았다. 그리고 다짐했다. 이 자리에서 비록 죽을 것이지만, 손 안에 칼과 검이 잡혀 있는 그 순간까지는, 당무호의 머리카락 하나라도 베어 넘기고 죽을 것이라고.

걸음을 멈춘 당무호는 정곽을 내려다보며 귀신처럼 입을 찢었다. 그러나 웃음소리는 없었다. 그리고 귀마참령인이 달린 팔을 서서히 들어 올렸다. 그 팔이 어깨 어림에서 멈춘 순간, 당무호는 낭창이는 네 개의 검날 달린 팔을 후려치듯 내렸다.

피리리리링!

이제 끝이었다. 그러나 그런 생각을 떠올리는 순간, 정곽은 이를 악물며 유엽도를 그어 올렸다. 그리고 순간, 또 다른 소리가 허공에서 들려왔다.

"멈춰라!"

슈아아아악!

대기 속을 파고드는 힘의 소리가 날아와 당무호의 귀마참령인이 달린 손을 휩싸며 지나갔다.

퍼억!

그 힘에 휩쓸려 당무호의 내려치던 손이 옆으로 돌아갔다.

신음은 격하게 새어 나왔다.

"어헉!"

주춤주춤 두 걸음을 물러나는 당무호를 보던 정곽이, 주저앉은 자세 그대로 좌측 허공을 보았다. 그곳에 한 명의 중년 승려가 손을 내뻗은 채 땅으로 내려앉고 있었다. 그리고 그 얼굴은 이전에 알고 있던 소림의 천재무승, 무치광승 정범임을 알아보았다.

정곽은 무치광승의 뒤로 보이는 또 다른 승려들의 비상과 그 사이에 끼인 황보석정의 얼굴을 보며 긴 한숨을 내쉬었다. 몸에서 맥이 빠져나갔다. 아지랑이 같은 것들이 눈앞에 아른댔다. 손에 잡힌 유엽도와 연검은 저절로 떨어져 내렸다. 그리고 천천히 뒤로 드러누웠다.

장마가 지나가 버린 하늘엔, 파란 구름들만이 목화 송이처럼 뭉실뭉실 떠다녔다. 그 모양이 눈이 부서 정곽은 눈을 감아버렸다. 눈꼬리엔, 작은 이슬이 투명하게 맺혀 내렸다.

『혈리표』 5권에 계속…